KB178357

김남조 시의 정동과 상상

방승호 方勝號

   대전 출생. 문학박사. 문학평론가. 2022년 『시작』에 발표한 「지옥에서 남겨진 시체 – 허수경 유고시론」으로 신인상을 받으며 평론 활동을 시작했다. 디아스포라 및 정동 이론, 신유물론에 관심이 많다.

김남조 시의 정동과 상상

초판 인쇄 · 2024년 1월 29일
초판 발행 · 2024년 2월 5일

지은이 · 방승호
펴낸이 · 한봉숙
펴낸곳 · 푸른사상사

주간 · 맹문재 | 편집 · 지순이 | 교정 · 김수란, 노현정 | 마케팅 · 한정규
등록 · 1999년 7월 8일 제2-2876호
주소 · 경기도 파주시 회동길 337-16(서패동 470-6)
대표전화 · 031) 955-9111(2) | 팩시밀리 · 031) 955-9114
이메일 · prun21c@hanmail.net/prunsasang@naver.com
홈페이지 · http://www.prun21c.com

ⓒ 방승호, 2024

ISBN 979-11-308-2132-0   93800

값 29,000원

저자와의 합의에 의해 인지는 생략합니다.
이 도서의 전부 또는 일부 내용을 재사용하려면 사전에 저작권자와 푸른사상사의 서면에 의한 동의를 받아야 합니다.
이 도서의 표지 및 본문 디자인에 대한 권리는 푸른사상사에 있습니다.

현대문학
연구총서
58

김남조
시의
정동과 상상

방승호

The affect and imagination
in Kim Nam-jo's poetry

푸른사상
PRUNSASANG

부끄러움이 앞선다. 아직 다듬어지지 않은 평론가가 선생님의 연구서를 쓴다는 게 쉬운 일은 아니다. 물론 부끄러움은 모두 나의 몫이다. 다만 나의 부끄러움이 선생님께 미치지 않기를 바랄 뿐이다. 이러한 걱정에도 책을 내야 하는 이유는 분명히 존재한다. 이것부터 밝히는 것이 연구자로서 또한 문단의 후배로서 도리라 생각한다.

바이러스가 창궐하던 때 김남조 시인은 가끔 나에게 전화해 문학에 관한 당신의 생각을 들려주셨다. 시인은 줄곧 나에게 과거에 묻혀간 사람들을 위해 글을 쓰라고 하셨다. 최전선에 있는 사람들보다는 시간의 언덕 저편에 묻힌 사람들. 그들을 위해 글을 써야 한다고 말씀하셨다. 그때는 어떠한 이유에서였는지 잘 이해하지 못했다. 단지 수화기 너머로 들려오는 시인의 목소리에서 그 말이 진심임을 느낄 수 있었을 뿐이다. 타자를 위해 시를 쓰라는 시인의 당부, 그 진정성 있는 목소리를 들을 때마다 나는 시인의 현존을 느꼈다. 물론 지금은 그 현존이 부재로부터 다시 빚어지는 것이겠지만.

시인이 세상을 떠나기 전에 책 출간 소식을 알렸다. 그때 선생님은 계속 고맙다는 말만 반복하셨다. 선생님은 얼마 후 다시 나에게 전화해 원고를 꼭 보내달라고 하셨다. 그러나 나는 그 약속을 지켜드리지 못했다. 그리고 그 약속을 지키지 못하게 되었던 날, 선생님이 나에게 당부했던 말이 다시 떠올랐다. 시간에 묻혀간 사람들을 위해 글을 쓰라고 했던 그 말이 다시 나의 가슴에 꽂혔다. 논문을 정리하며 선생님의 당부가 계속 떠올랐다. 시인은 마지막까지 나에게 깨달음을 주고 가셨다.

　문학은 뒤를 밝힌다. 문학은 앞으로 나아가기 위해 먼저 뒤를 밝혀 보인다. 이것이 문학이라고 생각한다. 문학은 보이지 않는 것을 밝힘으로 미래를 엿보고, 은폐된 존재를 감각의 층위로 끌어올려 생명을 부여한다. 김남조 시인이 말한 것도 이와 다르지 않을 것이다. 눈앞에 있는 것만 보려고 하지 않고, 어떠한 현상이나 존재의 뒤를 돌아보라는 말. 그렇게 시간의 저편으로 사라지는 것들을 호명하고 그들의 부재를 역설적 현존으로 다시 회복시키는 일 말이다. 이것이 시인과 나의 약속이었던 셈이다. 이것은 또한 부끄러움을 무릅쓰고서라도 그 약속을, 시인에 관한 연구로 가장 먼저 지키려 하는 이유이기도 하다.

　이 책의 키워드는 정동과 상상이다. 정동 이론은 시인의 사랑이 펼쳐지는 과정을 이해하는 데 필요했다. 시인의 사랑은 정서라는 단어로 파악하기에는 그 과정이 길고도 깊었다. 그 과정을 사후적으로 '사랑'이라고 단정하는 것은 선험적으로 정해진 길을 답습한다는 느낌이 들었다. 그래서 나는 어떠한 마주침에 의해 일어나는 과정적 차원의 정서적 움직임을 밝히고자 정동이라는 개념을 선택했다. 논의 과정에서 스피노자, 들뢰즈, 마수미, 누스바움, 벤야민의 이론을 참조했다. 정동 이론을 접하면서 최성희의 연구가 도움이 되었다. 선배 연구자의 글로 많은 것을 배울 수 있었다고 말하고 싶다.

　상상은 시인의 사랑이 펼쳐지는 방식을 말할 때 필요한 개념이다. 시인의 상상은 천문학적 상상력에서 시작하여 인간과 비인간이 평등하게 공존하는 수평적 상상력으로 발전한다. 시인이 외쳤던 사랑의 역동 역시 수직에서 수평으로 움직여 나간다. 이러한 시인의 사랑, 다시 말해 상상의 힘은 무엇보다 시에 대한 진정성과 맞물려 더 깊이 있게 펼쳐진다. 그러므로 상상을 말하기 위해서는 시인으로서 김남조의 진정성을 말하지 않을 수 없었다. 진정성에 관한 논의는 당연하게도 김홍중의 연구가 큰 도움이 되었다. 사실 내가 텍스트를 바라보는 시야가 넓어진 이유 중 하나는 김홍중 선배 연구자의 글 때문이다. 조금 덧보태자면 그와 같은 연구자가 있다는 사실이 큰 자산이라 생각한다. 이 자리를 빌려 깊은 감사의 말을 전하고 싶다.

1부에서는 정동의 흐름을 밝힌다. 먼저 「한국전쟁과 분노, 그리고 멜랑콜리」는 한국전쟁을 겪은 여성 주체로서 시인이 느꼈던 감정을 분노와 멜랑콜리 차원에서 탐색한다. 이 글에서는 시인이 분노를 표출하고 해소하는 과정을 '이행분노의 길' 개념을 활용하여 설명했다. 「성찰적 주체와 비재현적 사유」는 주체의 성찰성과 메타적 사유에 대해 분석한다. 이 글은 시인의 사랑을 이분법적 세계관에 균열을 내는 탈주체적 가능성이자 모든 존재 사이에서 피어나는 비재현적 사유로 정의했다. 「타자에 대한 축복과 희망」은 후기시 중 주목할 만한 주제에 대해 다루었다. 여기서는 시인의 축복과 사랑이 장소성을 넘어 범세계적 가치관으로 확장되는 양상을 집중 조명하였다.

2부에서는 시인의 상상을 다룬다. 「수평적 상상력과 신유물론적 사유」는 시인의 생태학적 사유를 신유물론 시각에서 재해석했다. 이 글은 나무와 사막에 대해 독특한 사유를 보인 시인의 세계관을 새로운 유물론으로 다시 살피면서, 그의 시가 인간과 비인간이 공생할 수 있는 공간을 창출한다고 분석했다. 「김남조의 시쓰기와 진정성」은 시론에 관한 논의다. 이 글은 겸허한 자세로 시쓰기에 몰입했던 시인의 열정을 짚어보고 이를 진정성의 개념으로 풀이했다. 또한 시적인 것의 본질에 다가서려는 시인의 열정과 상상을 벤야민의 '메시아주의'와 연관하여 해석했다. 「시간 의식과 영원성의 문제」는 시인의 상상이 나아가는 방향을 바슐라르의 현상학과 영원성의 관점에서 설명했다. 「겨울의 상징성 연구」는 겨울 상징을 중심으로 시세계를 총체적으로 분석한 글이다.

3부는 형식을 조명한다. 「리듬과 앙장브망」은 시의 리듬을 율격과 시행 차원에서 다뤘다. 율격의 계승과 변주 양상을 밝히면서 시행발화의 흔적들을 반복과 일탈의 형식으로 구분하여 조명했다. 특히 「겨울 바다」의 본래 형식과 개정된 형식을 비교 분석하고 이로 인한 구조주의적 차이를 앙장브망의 차원에서 분석했다. 「김남조 시의 이미지」는 감각 이미지와 비유 이미지의 형상화 양상을 조명한 글이다. 「꽃의 은유, 자연의 직유」는 은유와 직유가 적용되고 변형되는 현상을 분석하는 것에 초점을 두었다.

이 책이 나오기까지 많은 분의 도움이 있었다. 정확히는 내가 지금 여기에 오기까지 도와주신 분들이다. 먼저 조금씩 길을 밝혀주신 이형권 교수님께 감사드린다. 스승님은 말하지 않아도 스스로 행하는 법을 알려주셨다. 묵묵히 후학이 따라올 분야를 창출하시는 교수님이 있어 나 역시 더 노력할 수 있다. 홍용희 교수님은 또 한 분의 스승이시다. 미숙한 후배를 멀리서도 이끌어주는 교수님이 없었다면 이 책을 출간할 용기를 얻지 못했을 것이다. 더불어 하나라도 더 챙겨주려 하시는 고명철 선배, 일본에서 쓴소리와 덕담을 골고루 담아주신 남기택 선배, 항상 좋은 본보기가 되시는 오창은 선배에게 마음을 전한다.

후견이 없다면 그 또한 실질적 고아일 수 있다는 한 평론가의 말처럼, 내가 고아가 되지 않기 위해 도와주신 분들이 있다. 가족은 언제나 나에게 가장 큰 힘이다. 부모님과 이가은 여사, 현민, 현경에게 늘 고맙다는 말을 전한다. 누군가는 존재만으로 큰 행복이 될 수 있다는 사실을 요즘도 느낀다. 흔쾌히 책 출간에 힘을 보태준 푸른사상사도 고아가 될 뻔한 글을 거두어준 참 고마운 분들이다.

　김남조 시인께 이 책을 바친다. 이 책은 문단의 양 끝에 있던 두 사람의 약속이면서 모두를 향한 새로운 약속의 시작이기도 하다. 이 책을 기점으로 시인의 논의가 더 활발해지기를 바란다. 시인은 늘 상상했다. 그 상상은 거대한 질서보다는 작은 존재를 밝혔고, 풍요로운 미래를 말하기 전에 먼저 어둠 속 작은 빛을 찾으려 했다. 이러한 변증의 역학에서 김남조의 언어는 움직이고 시인의 사랑은 피어난다. 우리에게 선물한 시인의 사랑. 이제는 그 사랑에 보답할 차례다. 보답은 필자 혼자서는 턱없이 부족하다. 겸허한 마음으로 도움을 요청한다. 시인의 사랑이 당신과 함께할 테니.

2024년 1월 서재에서

방승호

차례

제2부 수평적 상상력과 진정성

제3부 질서와 무질서

제1부

김남조 시의 정동

시인의 사랑과 상상
— 연구 목적과 체계를 대신하여

1. 서정, 사랑의 시학

　김남조 시인(1927~2023)은 한국 현대시사에서 가장 중요한 인물 중 한 명이다. 시력 70여 년간 총 열아홉 권의 정규 시집을 발표한 김남조는 가톨릭적 세계관에 입각한 기도의 자세로 삶의 본질을 탐구한 서정시인이다. 시인은 늘 겸허한 자세로 시에 천착하였다. 김남조는 천여 편이 넘는 시를 발표하면서 한순간도 시 앞에서 자만하지 않았다. 오히려 "나는 시인 아니다/시를 구걸하는 사람이다"(「나의 시에게 4」)라고 말하며 시를 쓰는 사람으로 겸손을 잃지 않았다. 시인은 가늠할 수 없는 생의 끝자락까지 문학의 본질에 닿기 위해 오로지 시쓰기에 몰입하였다. 이러한 점에서 그가 남긴 시는 누구보다 문학에 열정적이었던 주체의 진정성 있는 텍스트라 할 수 있다.

　삶을 이끌어가는 정동(affect)[1]은 사랑이다. 그런데 사랑은 아이러니하게

1　브라이언 마수미, 『정동정치』, 조성훈 역, 갈무리, 2018, 25쪽. 마수미가 규정하는 '정동'은 스피노자의 이론에서 비롯된 것이다. 정동은 세계와의 관계 속에 영향을 주고받으며 변화를 일으키는 양식으로, 이러한 변화의 관점에서 정동은 문턱의 이행이라고

삶의 굴곡마다 생성되어 존재를 더욱 성장하게 한다. 김남조 시가 거쳐온 과정도 이와 비슷하다. 전쟁으로 나타난 대타자의 폭력은 시적 주체를 수난과 역경 속에 성장시켰고 이는 곧 그의 시를 발전시키는 원동력이 되었다. 그렇기에 그간 축적된 '사랑의 시학'²은 부단한 자기 극복 과정에서 얻어진 응축물과 같다. 사실 김남조가 처음부터 사랑을 맹목적으로 추구한 것은 아니다. 자기를 사랑할 줄 알아야 타자에 대한 인식이 가능해지듯이, 시인은 자기 삶에 대한 철저한 성찰을 시 속에 담아낸 결과 타자에 대한 사랑 의식을 뚜렷하게 지니게 되었다. 그의 시는 삶에 대한 철저한 인식과 성찰로 촉발된 결과물이나 마찬가지다.

1950년대는 전쟁의 혼란 속에서도 많은 시인이 창작 활동을 전개했던 시기이다. 전쟁으로 인해 모든 것이 폐허로 변한 현실, 이러한 파괴적 질서 속에서 문단 주체들은 자신만의 정체성을 찾기 위해 부단히 노력하였다. 전쟁을 기점으로 한국의 문화적 총량이 가속적으로 늘어나기 시작한 것도 바로 이러한 이유와 무관하지 않다. 이 시기 여성 문인들이 한국 문단의 새로운 주체로 등장하였고, 이러한 흐름 속에서 문단에 여성 주체로 자신의 목소리를 내기 시작한 인물이 바로 김남조 시인이다.

김남조는 1950년 『연합신문』에 「잔상(殘像)」을 발표하며 시인으로 등단한다. 뒤이어 전쟁 상황인 1953년, 우리나라 최후 피난지였던 부산에서 자

할 수 있다. 정동의 협의 개념이 몸의 반응에서 시작되는 움직임의 순간을 의미한다면, 광의의 개념은 이러한 정동과 결부되어 나타나는 '비재현적 사유'까지 포괄한다. 필자는 후자의 의미로 사용하면서 존재의 역량 변화를 일으키는 감정적 차원에 집중하여 논의한다.

2 김재홍을 비롯한 논자들은 김남조의 시세계를 '사랑의 시학'으로 정의한 바 있다. 김재홍, 「사랑과 희망의 변증법」, 『한국대표시인 101인 선집-김남조』, 문학사상사, 2002 ; 나희덕, 「삶과 죽음을 넘어서는 사랑」, 『한국예술총집(문학편 5)』, 대한민국예술원, 2002.

신의 첫 시집 『목숨』을 출간한다. 죽음의 가능성이 오히려 현존재의 실존을 확인하게 한다는 하이데거의 언급처럼,[3] 전쟁 경험은 김남조가 존재에 대한 인식을 새롭게 하는 계기가 되었다. 절망적 상황에서 체험한 고통과 충격으로 유발된 감정들은 자아의 죄의식이나 인고 등의 태도로 시 텍스트에 분출된다. 인간적 삶의 고통을 극복하려는 노력은 점차 긍정과 사랑의 정신으로 발전하였고 가톨릭적 세계관은 시인의 사유를 지탱하는 힘이 되었다. 그리고 70여 년간 지칠 줄 모르고 작성한 시가 축적되어 김남조 특유의 사랑과 희망의 시학을 구축한다.

시인은 특정한 시대 흐름이나 이념에 따르지 않았다. 오히려 시인은 지독한 성찰과 구도의 자세로 시를 쓰며 인간의 존재론적 가치를 탐구하였다. 또한 실존적 고통 속에서 치유를 갈구하는 인간 본연의 모습을 시적 언어로 표출하기도 하였다. 후기에는 비인간 물질의 생명력 탐구에 몰두하며 인간과 비인간을 구분하는 이분법적 질서를 허물고 상생과 공동의 공간으로서 세계를 상상해왔다. 인생의 굴곡 속에서도 마르지 않았던 자기 인식과 성찰 윤리, 그리고 시를 통해 주체와 타자가 구분 없는 세계를 희망한 시인의 사유는 한국 서정시의 한 흐름을 이루었다.

1930년대 모윤숙과 노천명의 뒤를 잇는 여성 시인으로 알려진 김남조 시인. 그동안 그의 시에 대한 논의는 이어져왔으나 그 이면에는 보완해야 할 문제점도 남아 있다. 종교적 관점에 치우친 연구 경향은 시 텍스트에 잠재된 물질적 상상력과 서정적 가능성을 배제하는 결과를 낳았다. 필자는 김남조 시세계 전반을 내용과 형식 측면에서 검토하는 한편, 그동안 논의되

---

3 마르틴 하이데거, 『존재와 시간』, 이기상 역, 까치글방, 1998, 350~351쪽. 하이데거는 '미리 달려가봄'이 가장 고유한 극단적인 존재 가능성을 이해하는 방법이라고 설명한다. 즉, 죽음으로 미리 달려가보는 행위가 본래적 실존의 가능성을 입증할 수도 있다는 것이 하이데거의 분석이다.

지 않았던 미시적 차원의 특성들을 다각적으로 조명하고자 한다. 시적인 것은 텍스트의 축적과 총체로 인해 형성되기도 하지만, 반대로 이러한 총체의 파괴로도 생성될 수 있다는 이유에서다.

서정시 역시 이러한 총체의 파괴와 무관하지 않다. 혹자들은 서정시를 단순히 고백의 형식에 얽매인 제도적 텍스트로 간주한다. 그러나 서정시의 본질 역시 플라톤이 추방한 차이에 근거한다. 단지 고백이라는 형식에서 동일성 개념과 유착되었을 뿐, 시적인 것의 본질은 서정시에서도 여전히 유효하게 적용될 수 있다. 이데아의 복사물에 대한 복사물, 다시 말해 시뮬라크르(simulacre)로서 시적 본질은 서정시에도 여전히 존재한다.

서정적 주체는 이성이 중심이 된 사회에서 잃어버린 상상계를 불러일으키는 자이다. 그러므로 서정을 말한다고 해서 그 시를 동일성의 한계에 얽매인 텍스트로 간주하는 일은 위험하다. "진정한 시인은 승리하기 위해서 죽음에 이르기까지 패배하기를 선택한 사람이다"[4]라는 사르트르의 말처럼, 시인은 상징계에서 실패한 존재이면서 상상계를 향한 미련을 버리지 못한 주체이기 때문이다. 그러므로 실패의 방식은 서정 텍스트가 시적인 것에 가까워질 수 있는 본질적 방법이 될 수 있다.

2. 정동 이론과 상상

서정시의 본질을 다루는 데에 있어서 정동 이론은 거시적 차원의 관점에서 벗어나 주체의 내재적 변화에 주목한다는 점에서 유의미하다. 익히 알려져 있듯이 스피노자는 정동에 대해 신체의 활동 역량을 변화하게 하는

---

4 장 폴 사르트르, 『문학이란 무엇인가』, 정명환 역, 민음사, 1998, 54쪽.

신체적 변용이자 관념이라고 정의한다.[5] 그리고 들뢰즈는 정동을 어떠한 마주침 속에서 유발되는 실제적 감성으로 설명한다.[6] 여기서 알 수 있는 점은 스피노자와 들뢰즈가 말하고 있는 정동이 세계와의 만남을 조건으로 하여 변화를 일으키는 사유 양식을 의미한다는 점이다. "감성에서 상상력으로, 상상력에서 기억으로, 기억에서 다시 사유로"[7] 이어지는 이행은 들뢰즈가 말하는 사유 이미지의 핵심이며 정동이 일으킬 수 있는 차이이자 역동적 과정이다. 정동은 단순한 인식의 문제가 아닌 세계와의 관계 속에서 발현되는 감정적 차원의 역능이다.

그러므로 정동은 세계와 주체, 주체와 타자, 그리고 타자와 타자를 연결하게 하는 원리다. 정동은 존재의 잠재적 역량과 관련된 양식이기에 고정적이지 않으며, 변화 가능성과 대면하기에 부단히 흐르는 성향을 지닌다. 마수미가 정동과 감정을 구분하는 이유도 바로 이러한 까닭 때문이다. 그렇다고 해서 정동과 감정은 전적으로 차별되는 개념은 아니다. 마수미는 『존재 권력』에서 공포(fear) 정동을 다루며 정동과 감정의 차이를 분석한다. 그러면서 두 개념을 이분화하지 않고, 공포가 '시작(몸)-행동-경험화-감정'으로 연계된다고 설명한다. 즉 정동은 감정과 별개인 것이 아니라 몸의 반응[8]으로 나타나는 정서적 움직임과 다름없는 것이다.

---

5 베네딕투스 데 스피노자, 『에티카』, 강영계 역, 서광사, 2007, 153쪽. 한편 스피노자가 제시한 'affectio'와 'affectus' 두 용어의 번역에 대해 들뢰즈는 'affectio'에는 'affection'(정서)이 대응하며 'affectus'에는 'affect(정동)'가 대응한다고 언급한다. 질 들뢰즈, 「정동이란 무엇인가?」, 질 들뢰즈 외, 『비물질노동과 다중』, 서창현 역, 갈무리, 2005, 22~23쪽.

6 질 들뢰즈, 『차이와 반복』, 김상환 역, 민음사, 2004, 312~324쪽.

7 위의 책, 325쪽.

8 이와 관련하여 마수미는 "정동적으로 튀어올랐던(affectively sprang)"이라는 표현을 사용한다. 이렇듯 정동은 세계에 대한 몸의 반응이다. 브라이언 마수미, 『존재권력』, 최성희 · 김지영 역, 갈무리, 2021, 265~266쪽.

이러한 이유로 정동은 서정시와 밀접하게 작용하면서 텍스트 내부에 변화를 일으키는 기제가 될 수 있다. 서정시가 혹자들에게 제도적인 텍스트로만 치부되지 않을 수 있다면, 그 이유 역시 정동이 지닌 가능성 때문일 것이다. 정동은 열림을 향한 움직임이다. 제도에서 그 균열을 감지하고, 동일성에서 비동일성으로 이행을 가능하게 하는 것이 정동이다. 그러므로 정동을 탐구하는 일은 표면적인 정서를 논하는 것이 아니라, 그 변화 양태와 가능성을 동시에 다루는 일이라 할 수 있다. 다시 말해 정동 연구는 제도 안의 변화와 차이를 포착하고 이것이 지닌 가능성을 제대로 말하는 작업이나 마찬가지다.

정동은 타자들과 그리고 다른 상황들과 연결되는 방식이라는 점에서 이분법적 사고의 틀을 허물 수 있다. 이는 정동 이론이 권력과 제도에 대한 저항 담론으로 진전될 수 있음을 함의한다. 존재의 사이를 공명하며 확산하는 정동은 "지속적인 관계의 충돌이나 분출일 뿐 아니라, 힘들과 강도들의 이행"[9]과 함께 제도의 틀 밖으로 나아갈 수 있다. 그러므로 정동 이론은 변화와 매우 밀접하고 지평의 확장을 일으킨다는 점에서 미래를 향해 있다. 즉 정동은 선험적인 것에 대응하는 존재의 움직임이며, 이것은 서정이 일으킬 수 있는 감정적 전회의 가능성과 결부된다.

정동은 또한 진정성의 담론과도 연결될 수 있다. 진정성은 존재의 내면으로부터 촉발되는 마음이다. 그리고 그 내면은 분노와 좌절, 열정과 희망으로 구축된 갈등 공간이다.[10] 진정성의 주체는 이러한 내면으로 침잠하지 않고 공적 지평으로 나아간다는 점에서 역동적이다. 진정성의 윤리는 내면에서 외부를 향해 움직이며 변화와 실천의 역량을 존재에게 심어놓는다. 이것은 감정과 밀접하게 작용하며 타자와 타자를 연결하고, 하나의 체제를

---

9 그레고리 J. 시그워스 · 멜리사 그레그, 「미명의 목록[창안]」, 멜리사 그레그 · 그레고리 시그워스 편저, 『정동 이론』, 최성희 · 김지영 · 박혜정 역, 갈무리, 2015, 14쪽.
10 김홍중, 『마음의 사회학』, 문학동네, 2009, 32쪽.

이루어 삶의 토대가 되기도 한다. 다시 말해 진정성은 감정의 힘과 움직임으로 형성될 수 있는 하나의 윤리이다.

그러므로 정동은 진정성과 만나 비로소 '문턱의 이행'을 일으킬 수 있다. 필자가 정동에 주목하는 이유도 바로 여기에 있다. 정동은 세계에 의한 주체의 반응이면서 동시에 세계를 향한 주체의 반응이다. 이러한 점에서 정동은 능동적이면서 수동적이고, 총체를 향하면서 동시에 총체에 균열을 일으키는 힘과 다름없다. 마치 진정성이 모여 규칙과 체계를 이루고, 이러한 진정성의 양식이 오히려 상징계의 질서에 틈을 열게 하는 것처럼 말이다. 이렇듯 정동과 진정성은 어떠한 현상과 반복된 마주침을 전제로 선험적인 질서에 균열을 일으킨다는 점에서 유의미하다.

필자는 질서에 균열을 내는 또 한 가지 조건으로 '상상'이라는 개념을 제안한다. 여기서 상상은 지난 경험으로 획득된 이미지를 새롭게 재구성하는 정신 작용이라는 정의에서 나아가, 선험적으로 주어진 것에 대한 일탈의 가능성을 포괄한다. 물론 상상은 고정된 이미지의 체험이라는 의미로 한정될 수 있다. 그러나 반대로 생각하면 어떠한 이미지를 파괴하는 '파상력'을 지니기 위해 우리는 끊임없는 상상이 필요하기도 하다. 사회학자 김홍중의 언급처럼 파상이 상상계로 대표되는 꿈으로부터 깨어나는 각성의 힘이라면,[11] 상상은 이러한 각성의 힘이 솟구치기 위한 필요조건이다.

상상은 파상처럼 에너지가 집중되어 순간적으로 파괴되지 않지만, 이것은 조금씩 차이를 일으키며 질서의 틈을 열고 망각과 현현의 가능성을 지금 여기에 펼쳐놓는다. 김남조 시가 지닌 가능성은 이러한 점에 있다. 김남조 시는 현실의 질서를 무자비하게 파괴하여 실재에 가닿는 파상의 힘보다는, 작은 차이를 일으키며 조금씩 구원의 여지를 만들어가는 상상력에 기

---

11 위의 책, 194쪽.

반한다. 시인은 과거의 파편을 성찰의 힘으로 감내하고, 사랑과 희망의 정신으로 미래지향적 가치를 생산한다. 시인의 상상은 주체와 타자, 인간과 비인간 자연물의 이분법적 질서에 작은 균열을 일으키고, 모든 존재가 동등하게 존재할 수 있는 미래를 열어놓는다.

김남조 시에 관한 논의는 정동에 관한 이야기에서 시작하여 진정성의 담론을 거쳐 시인의 상상을 말하는 것으로 이어질 것이다. 이는 김남조 시가 함의하는 서정의 본질을 논하는 일이면서, 선험적인 세계에 대응하는 주체의 역량과 그 가능성을 조명하는 작업이 된다. 김남조 시인이 생각하는 시적인 것의 본질은 무엇인가? 필자의 연구를 통해 김남조의 시쓰기가 지향했던 궁극적인 귀결점을 찾고 그간 주목되지 못했던 김남조 시의 문학적 가치를 재확인할 수 있기를 바란다.

3. 연구사 검토

김남조 시에 관한 연구가 본격화된 시기는 1970년대다. 이때부터 기존 논의의 틀에서 확장된 시각으로 주제를 조명하였고, 형식적 측면에도 관심을 가지기 시작한다. 이어 1980~1990년대에는 이미지나 상징, 여성성과 같은 범주로 그 논의를 확대했고, 2000년대 이후에는 생태시, 샤머니즘, 실존적 휴머니즘, 노년 의식, 죄의식에 관한 연구가 진행되며 논의의 영역을 점차 넓혀가고 있다. 선행 연구는 크게 주제 연구와 형식 연구로 구분할 수 있다.

주제 연구는 종교성과 사랑 연구로 양분된다. "정념과 사랑과 기도의 시"[12]라고 정의한 서준섭의 언급처럼, 주제 연구는 절대자를 향한 기도에

---

12 서준섭, 「정념과 사랑과 기도의 시 - 김남조 시 연구를 위한 노트」, 『시와시학』, 시와시학사, 2006, 봄호, 43~51쪽.

서 분출되는 종교적 사유와 사랑이라는 정서를 중심으로 논의해왔다. 우선 종교성에 관한 논의[13]는 천주교 신자로서 김남조의 삶과 연관하여 그 주제적 특징을 구명하는 방식을 취한다. 즉 김남조가 경험한 신앙생활을 토대로 시에 반영된 그 흔적들을 발견하고 그 주제적 특징을 증명한다. 김남조가 추구하는 가톨릭적 세계관이 화자의 정서에 감응되며, 시세계를 관통하는 사랑의 정신이 가톨릭 신자로서 김남조의 신앙심에서 출발한다는 분석이 해당 논의의 공통된 특징이다. 종교성에 관한 논의가 더 진전된 결과를 제시하기 위해 노력해왔지만, 단순히 반복 재생산된 언급들이 많다는 점은 부정하기 어려운 사실이기도 하다.

먼저 김영선[14]의 연구가 주목된다. 김영선은 김남조의 생애를 전체적으로 살피고, 이를 통해 시 속에 드러나는 가톨리시즘을 논하였다. 그는 가톨릭을 대하는 김남조의 정신이 어머니에 대한 그리움과 일체화되어 나타남에 주목하고, 성모 마리아와 어머니에 대한 연민과 정념이 시 속에 가톨리시즘을 형성하고 있음을 밝혔다. 나아가 김남조의 시적 인식은 가톨릭적 인간애와 생명 의식을 전면에 드러내면서 절제와 인고를 통한 자아 성찰의 세계로 펼쳐진다고 분석했다. 이러한 김영선의 논의는 시세계와 생애의 연관성을 분석한 연구로서 그 의의가 있지만, 한편으로는 종교성에 치우친 시각으로 인해 다양한 관점에서 시 분석의 가능성을 배제했다는 단점도 지적된다.

---

13 박이도, 「신앙적인 아픔과 호소 그리고 사랑의 정신」, 『깨어나소서 주여』, 종로서적, 1988 ; 윤병로, 「한국시에서의 기독교와 문학」, 『시문학』, 시문학사, 1994, 11월호 ; 정효구, 「해방 후 50년의 한국 여성시」, 『시와시학』, 시와시학사, 1995, 봄호 ; 김효중, 「김남조의 詩」, 『한국 현대시 성찰』, 우리문학사, 1995 ; 심선옥, 「생명 의식과 사랑의 종교적 변용」, 『한국예술총집(문학편4)』, 대한민국예술원, 1997 ; 김효중, 「김남조의 가톨릭시 연구」, 『인문과학연구』 제7집, 인문과학연구학회, 2006.
14 김영선, 「삶과 신앙의 문학적 상상력」, 『한국문예비평연구』 제16집, 한국현대문예비평학회, 2005.

서강대학교에서 정리한 『한국 전후 문제시인 연구』에서도 김남조 시의 종교성과 그 형상화 방법에 대해 집중 조명했다. 여기서 조경은[15]은 인간이라는 유한한 존재의 비극성을 뛰어넘어 신의 세계 혹은 영원의 세계로까지 초월하고자 하는 시인의 의지가, 갖가지 기독교적 상상력을 통해 김남조 특유의 시적 세계를 구축한다고 설명했다. 또한 이 논문은 유신론적 세계관과 수직적 상상력에 대해 집중 분석하였는데, 이와 같은 수직적 상상력과 이미지들이 구현하고자 한 것은 가톨릭적 신앙에 바탕을 둔 세계관이라고 정리했다. 그리고 이러한 세계관은 존재에 대한 해명과 고민을 통해 변주되는 양상을 보인다고 설명했다.

사랑을 중심으로 한 논의들은 사랑이라는 큰 층위 아래 인간애, 모성애, 자연애 등 다양한 측면에서 분석이 이루어져왔다.[16] 김복순은 한국 여류시에 나타난 애정 의식을 연구하면서 모윤숙, 노천명, 홍윤숙과 함께 김남조를 거론하고, 주체의 사랑과 자연과의 연관성을 연구하였다.[17] 이 연구는 사랑이라는 소재만을 집중한 논의에서 벗어나 이를 형상화한 대상인 자연과의 연관성을 살피고, 타 시인들과의 비교연구를 통해 김남조 시의 정체성을 고찰한 점에서 그 연구 가치가 있다.

---

15 조경은, 「존재론적 아픔과 順命의 시학」, 『한국 전후 문제시인 연구 4』, 예림기획, 2005, 235~335쪽.

16 성낙희, 『한국 현대 여류문학 연구』, 숙명여자대학교 석사학위 논문, 1969 ; 정한모, 「內熱한 耕地와 그 사랑」, 『심상』 11월호, 심상사, 1973 ; 김해성, 「김남조론」, 『한국 현대시인론』, 금강출판사, 1973 ; 원형갑, 「김남조와 사랑의 現象學」, 『현대시학』, 현대시학사, 1984, 7~8월호 ; 김용직, 「시와 사랑하기의 변증법」, 『시와시학』, 시와시학사, 1997, 가을호 ; 이숭원, 「시의 절정, 시인의 초월」, 『폐허 속의 축복』, 천년의시작, 2004 ; 김명원, 「촛불과 향유의 미학」, 『시와시학』, 시와시학사, 2006, 봄호.

17 김복순, 『한국 현대 여류시에 나타난 애정 의식 연구-모윤숙, 노천명, 김남조, 홍윤숙 시를 중심으로』, 서울여자대학교 박사학위 논문, 1990.

김재홍[18]의 논의는 본격적으로 시세계의 양상을 구분하였다는 점에서 주목된다. 그는 시세계의 특징을 '사랑과 희망의 변증법'으로 정의하고 이를 '사랑의 시학', '고독과 허무의 시학', '섭리와 은총의 시학'으로 분류하였다. 또한 김남조의 삶이 시로 형상화되면서 기도의 율조를 통해 신앙적인 시세계를 형성하고 있다고 강조했다. 한편 정영애[19]는 김남조의 생애와 이에 따른 주제 의식 변모 과정을 분석하고, 김남조 시를 '사랑시학'으로 정의했다. 이 논문에 따르면 초기는 고독과 허무 속의 생명시학, 중기시는 생명력 확산과 사랑시학, 후기는 죽음인식과 희망의 시학으로 구분된다. 특히, 정영애는 중기시의 사랑시학을 집중적으로 분석했는데, 이는 크게 '에로스적 사랑', '아가페적 사랑', '모성애', '인간애'의 테마로 나뉘며, 이러한 사랑 정신이 궁극적으로 행복한 세계를 지향한다고 설명했다.

　주제 연구에서 주목할 만한 논의를 몇 가지 더 언급하기로 하자. 앞서 제시한 종교성이나 사랑에 관한 논의 이외의 연구들을 말하는 것이다. 우선 1980년대 진행된 연구에서는 에로스적 특성에 대해 조명한 김지향[20]의 논문이 주목된다. 이 논문은 시에 나타난 에로스를 지상의 것, 아가페를 천상의 것으로 양분하고, 시 속에 펼쳐진 내면 탐색이 에로스와 아가페를 혼연일체가 되게 함으로써 시적 생명력을 얻는다고 분석하였다. 그리고 에로스적 표현을 사용하였어도, 주체가 지닌 가톨릭적 세계관으로 인해 에로틱한 분위기가 희석되어 나타난다는 점을 특징으로 도출하였다. 이와 같은 분석은 시세계의 공간을 지상과 천상으로 구분하여, 주체의 내면 탐색과 정서

---

18 김재홍, 「김남조작품론」, 『한국대표시인 101인 선집 – 김남조』, 문학사상사, 2002, 303~316쪽.

19 정영애, 『김남조 시의 변모 양상 연구』, 숙명여자대학교 박사학위 논문, 2009.

20 김지향, 「여류시에 나타난 에로스적 이미지 연구」, 『태능어문연구』 제3집, 서울여자대학교, 1986, 77~89쪽.

적 표출 과정을 설명했다는 점에서 여타 논문과 구별된다.

여성성을 테마로 한 연구에서는 신은경[21]의 논의가 주목할 만하다. 신은경은 텍스트의 여성성을 구명하기 위해 '시적 대상의 관계화', '액체 이미지', '순환 모티프' 등의 특성을 추출하여 분석했다. 그는 이러한 특성들이 결과적으로 자기 존재의 의미를 구축하거나 자의식을 확인하는 과정에서 나타나는 것이며, 이는 '여성으로서의 나', '여성인 나'에 대한 의미 탐색의 결과물이라고 설명한다. 즉, 김남조의 창작 행위는 여성으로서의 자기 존재 의미를 발견하는 것이며, 결과적으로 여성성을 구현하는 행위라는 것이 이 논문의 분석이다. 이와 같은 신은경의 논의는 시에 나타난 여성성 측면을 역동성과 공간성, 순환성과 같은 특성으로 분류하고, 이를 통해 여성 문체적 특징을 같이 살폈다는 점에서 그 의의가 있다. 한편, 신기훈[22]은 여성 주체의 수동적이고 순종적인 자세에 대해 비판적인 시각으로 접근했다. 그는 시가 전달하는 일상성 강조가 시를 수용하는 여성들로 하여금 남성주의 틀 안에서 움직이도록 부추긴다고 지적하고, 이러한 것들이 결과적으로 가부장적 가치관을 암묵적으로 용인하게 만든다고 진단하였다.

2010년 이후에는 생태시학,[23] 샤머니즘,[24] 실존적 휴머니즘,[25] 노년 의식[26]

---

21 신은경, 「여성성의 구현으로서의 여성 텍스트와 여성 문체-김남조 시를 중심으로」, 『한국 페미니즘의 시학』, 동화서적, 1988, 190~224쪽.

22 신기훈, 「1950년대 후반 여류시에서 '여성 주체'의 문제」, 『문학과언어』 제26집, 문학과언어학회, 2004, 327~329쪽.

23 김옥성, 「김남조 시의 기독교 생태학적 상상력」, 『일본학연구』 제34집, 단국대학교 일본학연구소, 2011, 43~69쪽. 한편, 김옥성은 제1시집 『목숨』(1953)에 나타난 죄의식을 논하기도 하였다. 그는 서정적 주체가 전쟁의 고통을 죄의 결과로 해석하고 이를 운명으로 수용한다고 분석했다. 나아가 자신을 그리스도와 동일시하면서 자기희생의 의지를 드러낸다고 진단하였다. 김옥성, 「김남조의 '목숨'에 나타난 죄의식과 자기 구원 의식 연구」, 『어문학』 제132호, 한국어문학회, 2016, 193~218쪽.

24 이순옥, 『김남조 시의 샤머니즘적 특성 연구』, 계명대학교 박사학위 논문, 2012.

등 전보다 다양한 시각에서 접근이 이뤄졌다. 정동매는 김남조의 전후시에 나타난 실존 의식에 주목하였다. 그는 한국전쟁으로 인한 인간성 실추의 문제가 인간 본연의 삶의 가치를 회복하려는 한국 휴머니즘으로 발전되어 나타남을 분석하고, 김남조 시가 한국 휴머니즘의 한 흐름을 형성한다고 논하였다. 그리고 이는 거부할 수 없는 전쟁의 폭력과 생존 현실에서 형성된 휴머니즘이라고 평가했다. 구명숙은 후기시의 노년 의식에 주목하여 연구하였다. 그는 후기시 주제가 노년의 평화로움과 당당함, 안식과 관용, 생명에 대한 무한한 사랑의 정신으로 나타난다고 설명하였다. 더불어 노년에 대한 긍정과 감사의 태도는 나이 듦에서 깨닫는 바를 원숙한 미의식으로 승화한다고 강조하였다.

형식 연구는 소통 체계, 상징, 이미지 연구로 구분할 수 있다. 선행 연구가 주제 측면에 집중된 나머지 이 방면의 연구는 상대적으로 논의의 폭이 넓지 못한 편이다. 우선 소통 체계에 대한 언급으로 김해성[27]의 논의가 있다. 김해성은 김남조의 시를 '기구(祈求)와 영원한 대화'의 형식이라고 설명했다. 그리고 시에 나타난 의도적인 시어의 배열과 화자와 청자의 대화 형식이 김남조가 추구하는 종교적 신앙의 자세에서 기인한 것이라고 분석했다. 김해성의 언급은 시세계에 뚜렷하게 나타나는 형식적 특성을 밝힌 것으로, 시인의 종교적 가치관과 연관하여 시세계의 소통 체계를 분석한 첫 사례라 할 수 있다.

시어의 상징이나 이미지 연구는 주로 자연물의 상징성에 주목하여 진행

---

25 정동매, 「김남조 전후시에 나타난 실존 의식 연구」, 『아시아문화연구』 제32집, 가천대학교 아시아문화연구소, 2013, 281~308쪽.

26 구명숙, 「김남조 후기시에 나타난 노년 의식」, 『여성문학연구』 제35호, 한국여성문학학회, 2015, 383~413쪽.

27 김해성, 「김남조론」, 『한국현대시인론』, 금강출판사, 1973.

되었다. 해당 논의들은 1980년대 후반부터 본격화되었는데, 주로 자연물의 상징성이나 이미지의 특성을 밝히는 것에 집중해왔다. 상징성 연구 중에서는 대표적으로 김효중의 논의가 있다. 김효중[28]은 시세계에 나타난 자연물의 상징성을 총체적으로 고찰하였다. 그는 시에 나타난 상징의 소재를 총 11가지로 분류하고, 각각 소재들이 의미하는 상징 의미를 밝히고자 노력했다. 이 논문이 제시한 11가지 소재들은 '별', '바다와 물', '눈', '불', '새', '산', '황혼과 밤', '바람', '달', '가을', '꽃과 나무'로 정리된다. 이 연구를 기점으로 시어의 상징성이나 이미지에 관한 후속 연구[29]가 이어지기도 하였다.

이와 별개로 이명자[30]와 김현[31]은 시세계의 한계점에 대해 지적하였고, 문단[32]에서도 지속적으로 김남조 시에 관한 논의를 이어가고 있다. 최근에

28 김효중, 「김남조 시에 나타난 자연적 상징의 의미」, 『국문학연구』 제11집, 효성여자대학교 대학원 국어국문학 연구실, 1988, 67~85쪽.

29 김봉군, 「김남조 문학 연구」, 『국어교육』 제97권, 한국국어교육학회, 1998, 369~398쪽. 김봉군은 김남조 시에 나타난 수정(水晶) 빛 이미지에 주목했다. 그는 투명한 수정 빛 이미지가 시적 공간에서 수직적 구조로 발산되며 이는 궁극적으로 은총과 만남의 시학을 완성하는 표상으로 작용한다고 설명했다.

30 이명자, 「동행자의 목소리─김남조 시집 『동행』」, 『심상』, 1976, 11월호, 63쪽. 이명자는 김남조의 시가 사회적 문제를 다루지 않음을 지적했다. 이는 공인으로서의 책임 의식이 부족하다는 것을 지적한 사례다.

31 김현, 『상상력과 인간/시인을 찾아서─김현문학전집3』, 문학과지성사, 1991, 36~50쪽. 이 문헌에서 김현은 김남조를 비롯한 한국 여류시인을 대상으로 고독, 사랑, 그리움과 같은 관습적인 감정의 노출과 오만의 경향이 짙다는 것을 지적하고 이를 여류시가 극복해야 할 암종으로 규정하였다. 이는 김남조를 비롯한 한국 여성 시인들의 한계를 지적한 사례 중 하나다.

32 이재복, 「목숨, 사랑 그리고 구원의 형식─김남조의 시세계」, 『시와시학』, 시와시학사, 2017, 여름호, 50~69쪽. 이재복은 시에 드러난 '정념'과 이에 대한 반성적 태도를 신을 향한 자기 구원의 몸짓으로 설명하고, '정념'의 언어를 획득한 시인의 궁극적인 지향점이 자기 초월을 통한 자기 구원의 형식으로 형상화된다고 진단하였다. 유성호, 「은은한 '시'의 파문으로 가닿는 궁극적 자기 구원」, 『심장이 아프다』, 문학수첩, 2013, 145~166쪽. 유성호는 김남조의 근작들이 시인의 자기 인식과 자기 구원의 테마를 완

는 후기시의 비움 의식 연구[33], '나무'의 시적 기호에 관한 연구[34] 등 미시적 관점에서 김남조 시를 재해석하려는 시도가 돋보인다. 이렇듯 선행 연구는 사랑과 종교성이라는 큰 틀을 중심으로 이뤄져왔으며, 점차 여성성을 비롯한 미시적 연구로 이어지며 논의의 시각이 다양해지고 있다.

이러한 각고의 연구 끝에 김남조 시에 대한 진전된 논의를 도출해왔지만, 한편으로는 주제 측면에서 반복 재생산된 대목들이 적지 않다는 점을 부정하기는 어렵다. 주지하다시피 주제에 관한 연구와는 달리 형식 연구는 상대적으로 미흡한 상황이다. 시어의 이미지나 상징에 대한 단편적인 분석보다는 김남조 시세계 전반을 아우르는 수사법이나 운율에 대한 논의가 필요한 시점이다. 더불어 근작에 관한 연구가 이어지지 않고 있다는 점은 후속 연구의 필요성을 제기한다.

4. 시기 구분 문제

필자는 주제와 시인의 생애를 고려하여 다음과 같이 시기를 구분한다.

구분	주제	해당 시집
초기시	고독의 시학	제1시집 『목숨』(1953)~제5시집 『풍림의 음악』(1963)
중기시	성숙의 시학	제6시집 『겨울 바다』(1967)~제11시집 『시로 쓴 김대건 신부』(1983)
후기시	정화의 시학	제12시집 『바람세례』(1988)~제19시집 『사람아, 사람아』(2020)

성하는 과정에 있다고 평하였다.
33 신정아, 「막스 피카르트 침묵 사상을 통한 김남조 후기시의 비움 의식과 침묵의 표상 분석」, 『동아인문학』 제60집, 동아인문학회, 2022, 27~62쪽.
34 정유화, 「김남조의 삶을 표상하는 나무의 시적 기호와 의미작용」, 『한국학논집』 제90집, 계명대학교 한국학연구원, 2023, 201~232쪽.

초기시의 주된 정서는 고독과 슬픔이다. 초기시는 전후문학의 특징이라
할 수 있는 비애와 절망을 주체가 극복하고 실존 의지로 자아정체성을 찾
아가는 경향이 드러난다. 전쟁과 이별로 인한 고독한 존재의 상황은 이 시
기에 두드러지게 나타나는 특징이며, 이러한 점은 주체의 절망과 슬픔뿐
만 아니라 분노, 우울의 정서와 함께 시 속에 형상화된다. 제1시집『목숨』
(1953), 제2시집『나아드의 향유』(1955), 제3시집『나무와 바람』(1958), 제4시
집『정념의 기』(1960), 제5시집『풍림의 음악』(1963)이 여기에 속한다.

중기시는 성찰과 긍정적 인식이 핵심 키워드다. 인생의 중년기에 겪은
일련의 사건들은 김남조의 시 속에 투영되어 이전보다 성숙한 자아를 형성
한다. 중기시는 서정적 자아의 꾸준한 성찰을 기반으로 한다. 세계와 대면
하는 자아가 직설적으로 자신의 정서를 표출하기보다는 대상과 일정한 거
리를 두고 자기 인식적 태도를 보이기도 한다. 이러한 성찰성은 점차 긍정
과 사랑의 정신으로 발전하는 양상을 보인다. 이러한 특징은 삶에 대한 긍
정이나 존재에 대한 사랑, 그리고 절대자를 향한 기원으로 드러난다. 모
성애, 자연애를 다룬 텍스트도 이 시기부터 본격적으로 나타나기 시작한
다. 제6시집『겨울 바다』(1967), 제7시집『설일』(1971), 제8시집『사랑 초서』
(1974), 제9시집『동행』(1976), 제10시집『빛과 고요』(1982), 제11시집『시로
쓴 김대건 신부』(1983)[35]가 시기상 여기에 속한다.

초기와 중기를 구분[36]하는 기준으로 필자는 텍스트를 관류하는 주제가

---

35 김대건 신부에 대한 생애를 서술한 시집이다. 내용은 인물의 일대기적 성격이 강하나,
시기상 중기시에 포함하여 다룬다. 시집 구성은 다음과 같다. 제1장 : 배경, 제2장 : 가
계 및 소년기, 제3장 : 성소(聖召), 제4장 : 유학, 제5장 : 서품 전 활동기, 제6장 : 서품
후 활동기, 제7장 : 순교.

36 시기 구분과 관련하여 서준섭과 정영애의 논의가 있다.
서준섭은 김남조의 작품 세계를 네 단계로 구분하고 3기와 4기는 경계선을 긋기 어렵
다고 언급하며 향후 시대 구분 변화 가능성에 대해 내비쳤다. 1기-『목숨』(1953)~『겨

초기는 '고독', 중기는 '긍정'과 '사랑'이 지배한다는 점에 주목하였다. 그리고 제6시집 『겨울 바다』부터 김남조의 중년기에 해당한다는 점도 시기 구분에 중요한 기준으로 작용했다. 시기 구분과 관련하여 김남조는 다음과 같이 언급한 바 있다.

> 생각해보면 전쟁과 빈곤, 충격과 비탄 등에 젊음은 송두리째 파묻혀 버렸고 중년기에야 수증기처럼 서려 오르는 감응으로 긍정적인 가치관과 경건한 신뢰 등을 만나게 되었음은 고마운 일이었다. 사십 대에 이은 오십 대도 좋은 시절이었다. 할 일이 폭주하고 몸은 자주 지쳤으나 안정되고 넉넉해지면서 생명감의 녹지대를 품게 된 게 분명했다. 시집으로 『겨울 바다』, 『설일』, 『사랑 초서』, 『동행』, 『빛과 고요』를 잇따라 출간했으며 102편의 짧은 시 묶음인 『사랑 초서』와 시집 『동행』의 말미에 들어간 「촛불」 25편은 이 시절의 수확이라 꼽을 만하다.[37]

이처럼 김남조 본인도 긍정적인 가치관이 생기기 시작된 시기를 '중년기'라고 언급하고 있다. 김남조는 "중년기에야 수증기처럼 서려 오르는 감응으로 긍정적인 가치관과 경건한 신뢰" 등을 느끼게 되었다고 약술한다. 당시 이러한 시인의 인식과 사유가 시 텍스트에 긍정과 사랑의 정신으로 드러난 것으로 분석된다. 중기시 핵심 주제가 성숙을 통한 긍정과 사랑이라

울 바다』(1967), 2기-『설일』(1971)~『빛과 고요』(1982), 3기-『바람세례』(1988)~『희망학습』(1998), 4기-『영혼과 가슴』(2004)~『기도』(2005). 서준섭, 「정념과 사랑과 기도의 시-김남조 시 연구를 위한 노트」, 『시와시학』, 시와시학사, 2006, 봄호.
정영애는 세 단계로 구분한다. 초기시-『목숨』(1953)~『나무와 바람』(1958), 중기시-『정념의 기』(1960)~『빛과 고요』(1982), 후기시-『바람세례』(1988)~『귀중한 오늘』(2007). 정영애, 『김남조 시의 변모 양상 연구』, 숙명여자대학교 박사학위 논문, 2009.
37 김남조, 「세 갈래로 쓰는 나의 자전적 에세이」, 『시와시학』, 시와시학사, 1997, 가을호, 47~49쪽.

는 점을 고려한다면 제6시집 『겨울 바다』부터 중기에 포함하는 것이 여러 모로 타당해 보인다.

끝으로 후기시는 '정화의 시학'이다. 인생의 노년기, 동반자의 상실 등의 경험은 김남조의 시를 더욱 깊이 있게 만든다. 이 시기는 내적 성찰에서 확장된 사랑의 정신이 타자와 세계로 확장되어 나타나는 것이 특징이다. 중기시를 지배했던 주체의 성찰과 사랑은 내면적 자아에서 타자와 세계로 그 범위를 넓힌다. 이 시기는 그동안 축적된 신앙과 삶에 대한 사랑 정신이 세계에 대한 정화와 포용으로 발전하는 모습을 보인다. 제12시집 『바람세례』(1988), 제13시집 『평안을 위하여』(1995), 제14시집 『희망학습』(1998), 제15시집 『영혼과 가슴』(2004), 제16시집 『귀중한 오늘』(2007), 제17시집 『심장이 아프다』(2013), 제18시집 『충만한 사랑』(2017), 제19시집 『사람아, 사람아』(2020)가 이 시기에 포함될 수 있다.

다만 후기시를 조금 더 세분화할 필요가 있다면, 이를 또다시 두 시기로 양분하여 총 네 단계로 나눌 수 있다. 이 경우 제1시집 『목숨』(1953)~제5시집 『풍림의 음악』(1963)을 1기로, 제6시집 『겨울 바다』(1967)~제11시집 『김대건 신부』(1983)를 2기로, 제12시집 『바람세례』(1988)~제16시집 『귀중한 오늘』(2007)까지를 3기로, 제17시집 『심장이 아프다』(2013)~제19시집 『사람아, 사람아』(2020)를 4기로 구분할 수 있다. 이는 제17시집을 기점으로 자신의 시쓰기에 대한 주체의 반성적 태도가 빈번하게 나타나기 때문이다. 시에 대한 시인의 메타적 성찰은 최근 작품에서 확인할 수 있는 차별적인 특징이기에 이러한 특성을 고려하여 3기와 4기를 구분하는 게 적절하다고 판단된다.

한국전쟁과 분노, 그리고 멜랑콜리

1. 서론 : 한국전쟁과 김남조

전쟁을 발전의 필요악으로 간주한 칸트, 전쟁을 역사적 담론 형성의 모태라고 진단한 푸코의 언급처럼, 전쟁은 상징계의 패러다임을 움직이는 핵심 기제이다. 그러나 전쟁을 단순히 거시적 차원으로 해석하는 것은 위험하다. 이것은 대타자의 충돌 결과일 뿐만 아니라 타자들의 생활 공간에서 발생한 개별적 사건의 총합이 될 수 있기 때문이다. 그러므로 우리는 전쟁과 그 결과를 논할 때, 미시적 차원의 인물사나 기록 등을 간과하는 것은 위험하다. 오히려 우리는 그들의 경험을 회억하고 단편적 서사를 재구성하여 전쟁의 영향을 더 세밀하게 다뤄야 한다.

민족 해방으로 시작해서 한국전쟁의 비극을 거친 1950년대. 전후의 절망적이고도 궁핍한 현실은 개인의 일상을 중단시켰고, 재난으로 인한 극한의 상황은 당시 사람들의 의식적 차원을 공허하게 만들었다. 개인이 감당할 수 없는 충격을 경험한 뒤에 오는 허무 의식은, 삶과 죽음의 문제에 대한 존재론적 질문을 스스로에게 던지게 하였다. 이처럼 한국전쟁은 개인에게 실존주의적 탐닉을 유도하였고, 이 당시 죽음을 목도한 주체의 불안과 허무와 같은 극단적 내면 의식들이 개인의 자의식을 끊임없이 괴롭혔다. 이러한 점에서 이념으로 비롯된 한국전쟁의 가장 큰 비극은, 어쩌면 분단의 상처 속에 잊혀간 수많은 개인의 상실이 무의미하게 파묻힌 일이라 할 수 있다.

김남조 역시 일제강점기와 한국전쟁의 고통을 고스란히 겪은 여성 시인이다. "6·25사변이라는 커다란 역사의 소용돌이 속에 휘말려 민족적 시련과 함께 내 개인에게도 엄청난 핍박과 고통이 따르게 되었습니다"라는 언급에서 알 수 있듯이, 당시 전쟁 체험은 김남조에게 정서적으로 막대한 영향을 주었음이 분명하다. 세계대전의 경험이 삶과 죽음에 대해 고민하게 만드는 강한 계기가 된 것처럼, 한국전쟁의 경험은 김남조를 비롯한 개인들의 내면을 뒤흔든 충격적인 사건이었던 것이다.[2]

김남조의 초기시는 한국전쟁의 상흔을 이념적 차원에서 다루지 않는다는 점에서 차별된다. 비극을 그대로 이데올로기화하지 않고, 오히려 그것으로 인해 묻혀간 개인의 의식과 감정에 집중하는 것이다. 물론 초기시의 상당수 작품이 종교적 신념을 드러내는 특수성을 보이지만,[3] 이러한 시 역시 단순한 신앙 고백으로 끝나지 않는다. 여성 주체의 철학적 고뇌와 본능적으로 표출되는 자아의 감정이 시 곳곳에 솔직하게 드러나며 텍스트의 주

---

1 김남조, 「나의 인생, 나의 문학」, 『월간문학』, 1978. 9.
2 "나의 집안에선 너무나도 많은 죽음이 있어 온 사실과 이러저러한 형편들의 틈바구니에서 결국 나 하나만이 생존자인 실정이며, 병풍처럼 에워싸는 죽음들에 대하여는 착잡한 감정이랄 수밖에 없다. 그리고 이 점이 내 삶과 나의 문학에도 적잖은 상관을 맺어오고 있으나 여기에선 이에 관하여 더 부연할 이유가 없을 것 같다." 김남조, 『예술가의 삶−김남조』, 1993, 48쪽.
3 대표적 작품으로 「晩鐘」, 「꽃」, 「태양의 刻文」, 「죄」, 「성숙」, 「다시 한번 너의 牧歌 내 그리운 요람의 노래를」이 있다.

제 의식을 형성하고 있다.

필자는 본 연구를 통해 김남조 초기시에 드러난 서정적 자아의 감정에 주목하고자 한다. 특히 '분노'와 '우울'의 문제를 짚어봄으로써, 전쟁이라는 구조적 폭력 속에 잊혀간 개인의 비극을 다시금 조명하고자 하는 것이다. 김남조의 초기시에는 사랑과 구원에 천착한 시인이라는 이름에 걸맞지 않은 여성 화자의 분노가 반복적으로 발견된다. 이는 단발적으로 분출되는 것이 아니라, 인고와 같은 태도와 함께 복합적으로 드러난다는 점에서 특별하다. 이러한 특징은 문학이라는 표현 양식을 매개로 드러낼 수 있는 당시 여성의 실천적 행위이자, 한국전쟁의 비극을 경험한 사회적 타자로서 한 인간의 본능적 대응 방식을 시사한다는 점에서도 중요하다.[4] 주지하다시피 전후 시대의 여성 지식인들이 자신의 감정을 표출하는 방법은 주로 문학이라는 양식을 경유로 이뤄져왔다. 다만 모윤숙과 노천명과는 다르게 김남조가 선택한 '분노'라는 감정은, 한국전쟁을 경험한 역사적 주체로서 여성의 세계 인식을 솔직하게 드러내는 정조라는 점에서 차별적이라 할 수 있다.

일찍이 발터 벤야민은 자아의 감정에 주목한 바 있다. 벤야민은 애매한 모습으로 나타나는 감정이라 할지라도 운동성이 있는(motorisch) 반사적 태도로 구체적으로 구조된 세계에 대답하는 것[5]이라고 강조한다. 이러한 점

---

4 일본 규슈에서 고등학교를 졸업하고 귀국해 경성 이화여자전문학교를 다녔던 김남조는 당시를 살아간 여성 지식인을 대표한다고 볼 수 있다. 동시에 김남조는 한국전쟁으로 인해 가족을 비롯한 지인과의 이산을 겪을 수밖에 없었던 사회적 타자이기도 하다. "6·25사변의 가장 큰 특징은 이별과 죽임이 풍족한 배급처럼 골고루 나눠지는 일이었다. 내 주변의 많은 젊은이들이 이 일을 겪었고 내게 있어서도 하나뿐이던 동생이 죽고 그 천문학 교수는 납북되었다." 김남조, 「세 갈래로 쓰는 나의 자전 에세이」, 『시와시학』, 시와시학사, 1997 가을호, 47쪽.

5 발터 벤야민, 『독일 비애극의 원천』, 최성만 외 역, 한길사, 2018, 209~210쪽.

에서 감정에 관한 연구는 현실에 대한 주체의 실천적 반응을 분석하는 것과 다름없다. 더욱이 현대 담론에서 감정은 사회적 혼란을 극복하기 위한 하나의 기제가 될 수 있다는 점에서, 이에 대한 논의는 사회적 야만성에 의해 훼손된 타자로서 개인의 대응 방식을 이해하는 하나의 단서가 될 수 있다.

이와 같은 목적으로 필자는 김남조 초기시를 대상으로, 시 텍스트에 나타난 분노와 멜랑콜리를 분석하고자 한다. 논의 과정에서 마사 누스바움의 감정 이론[6]과, 발터 벤야민의 『독일 비애극의 원천』에 제시된 멜랑콜리 이론을 참조한다. 마사 누스바움의 감정 이론은 분노를 조절하고 절제하고자 하는 김남조의 특성을 인지감정적 차원에서 조명할 수 있다는 점, 그리고 감정에 대한 주체의 의지적 변화 가능성을 제기한다는 점에서 논의 과정에 유효한 참조가 된다. 또한 벤야민이 제시한 멜랑콜리 이론은 김남조 시의 천문학적 상상력과 결부될 수 있기에 시의 분석 과정에서 다루기로 한다. 본 연구를 통해 한국전쟁을 경험한 여성에게서 파생된 감정을 재발견하고, 초기시에 대한 논의의 폭을 확대하는 계기가 되기를 바란다.

---

6 마사 누스바움은 감정을 인지적인 가치판단을 담고 있는 것으로 간주한다. 누스바움의 감정 이론은 다음 네 가지 특성을 강조한다. 첫째, 감정은 '대상'을 가진다. 다시 말해 대상이 존재하지 않으면 감정도 약해진다. 둘째, 감정의 대상은 '지향적 대상(intentional object)'이다. 즉 주체가 대상을 바라보고 해석하는 방향대로 감정이 달라진다. 셋째, 감정은 믿음을 수반한다. 대상이 위협적이지 않다고 믿으면 두려움이 생기지 않을 수 있다. 습관을 통해 학습된 믿음은 쉽게 달라지지 않는다. 넷째, 감정에는 대상에 대한 가치판단을 담는다. 가령 내가 두려움을 느낄 때는, 나 자신이나 나에게 소중한 사람에 대한 위험이 감지될 때이다. 마사 누스바움, 『혐오와 수치심(Hiding from Humanity)』, 조계원 역, 민음사, 2015, 54~67쪽. 이와 같은 누스바움의 이론이 시사하는 것은 기존의 감정을 주체의 믿음으로 변화시킬 수 있는 가능성을 열어뒀기 때문이다. 그리고 본고에서도 이러한 시사점에 주목하여 김남조의 시를 조명해본다. 김은수, 「인지주의적 감정론의 도덕교육적 함의」, 『도덕윤리과교육』 제29호, 한국도덕윤리과교육학회, 2009, 228~236쪽.

2. 담대한 분노와 '감정노동'의 승화

분노란 공정하지 못함에서 분출되는 감정이다. 때로 공격적으로 표현될 수 있어 잘 대처할 것을 요구받아온[7] 감정인 분노는, 사람의 정서 경험 가운데 조절하기 어려운 감정[8]이라고 할 수 있다. 김남조 시에서 분노는 인고 (忍苦)와 함께 나타난다는 점에서 특별하다. 분노라는 감정이 본래 적절히 통제되지 못함에서 비롯하는 감정인 것에 반해, 김남조는 분노를 절제하려고 노력한다. 이러한 모습은 김남조 특유의 담담한 어조를 통해 오히려 더 담대하게 표출된다. 이는 단순히 현실 의식이 결여된 여성[9]의 정서적 차원이 아니라, 전쟁이라는 지배적 가치에 대응하는 여성[10]의 실천적 정동으로 발전할 수 있다는 점에서 의미가 있다.

> 운명이야 처음부터
> 믿지 않는다고 말했습니다만
> 어두운 길바닥
> 못생긴 질그릇처럼 퍼질고 앉아
> 눈도 귀도 없이 울어보았습니다
> 어찌 울적한 산불뿐이겠습니까

---

7 리처드 래저러스 · 버니스 래저러스, 『감정과 이성』, 정영목 역, 문예출판사, 1997, 37쪽.
8 강민준 · 송정애, 「대학생의 내, 외현적 자기애와 분노 간 우울의 매개효과」, 『교류분석상담연구』 제10권 제1호, 교류분석상담학회, 2020, 100쪽.
9 김현, 「感想과 克己－女流詩의 問題點」, 『한국여류문학전집』 제6권, 한국여류문학인회, 삼성출판사, 1967, 323~356쪽 참조.
10 전쟁이라는 지배적 가치에 대응했던 여성 시인으로는 모윤숙과 노천명을 거론할 수 있다. 두 시인은 전쟁의 참혹상을 묘사했다는 점에서는 공통적이나, 모윤숙은 남성 화자를 활용하여 남성적 정열로 조국애를 표출한 반면 노천명은 개인적 애상성에 좀 더 집중했다는 점에서 차별적이다. 구명숙, 「한국전쟁기 노천명과 모윤숙의 전쟁시 비교 연구」, 『한국사상과 문화』 제71집, 한국사상문화학회, 2014 참조.

인간도 이따금 하늘 골수까지

헤집고 물어뜯는

담대한 분노이어야 하는 것을

— 「어둠」 부분

　분노는 참을수록 더 강해진다. 위 시의 화자는 참고 또 참는다. "처음부터 믿지 않"았던 운명이지만 그 "운명"은 화자에게 너무도 가혹하다. 화자가 할 수 있는 것은 "어두운 길바닥"에 "질그릇"처럼 앉아 우는 것뿐이다. 청각과 시각을 모두 잃어버릴 정도의 처절한 슬픔("눈도 귀도 없이 울어보았습니다")은 결국 "하늘"의 "골수"까지 헤집는다. 시각을 잃으면 '어둠'이, 청각이 마비되면 오히려 '울음소리'가 시적 공간을 가득 채운다. 이것은 "담대한 분노"다. 주목되는 점은 경어체로 전달되는 화자의 담담한 어조가, 오히려 울분의 상승을 이끌어내 "담대한 분노"를 완성시킨다는 점이다. 전쟁을 체험한 하나의 개인, 즉 "인간"으로서 가지는 "담대한 분노"는 김남조 특유의 목소리로 형상화된다. 시화(詩化)되어 나오는 여성의 분노는 심리적 긴장과 갈등이 예술적으로 승화되는 모습을 보여주는 것이다.[11] 이러한 의미에서 분노의 표출은 긴장과 인고 속에 감추어진 정서적 에너지가 세상에 발현되는 것이라 할 수 있다.

　"별이 가져왔었지 별이 아니고서야/우람한 경이, 핏빛 통곡으로 솟구치는 이것/불타오름이라 어이하리"(「별이 가져온 것」) 이 시구에서 볼 수 있는 것처럼 초기시에서 분노는 청각적 이미지("핏빛 통곡으로 솟구치는 이것")로 형상화된다. 그리고 김남조는 이러한 강렬한 감정의 분출을 적절하게 조절함("불타오름이라 어이하리")으로써 분노를 최대한 절제하려 노력한다. 이러한

11　박주영, 「실비아 플라스와 최승자 시에 나타난 여성분노의 미학적 승화」, 『비교한국학』 제20호, 국제비교한국학회, 2012, 253쪽.

실천적인 감내의 행위는, 서정적 자아의 분노를 더 깊이 있고도 담대하게 만든다.

> 사람은 사람을 기다릴 일이 아니요 기다리게 할 일도 아니옵니다. 그늘
> 에 판 샘물의 파랗게 눈물처럼 고인 수심을 생각하고서라도 우리들 슬픈
> 연야(宴夜)의 마지막 이 약봉(約逢)을 허물지 말아주시옵소서
>
> 분별도 염치도 그 더욱 착한 견딤성을 나는 알고 싶지 아니합니다. 사람
> 이 사람으로 하여 애타는 그 가장 속 깊은 설움과 정성으로 고운 일몰의
> 말릴 길 없는 당신을 품어봐야 하겠습니다 찾아주옵소서
> 못다 감은 눈 이 밤에 마저 감고 죽어야 함에라도 정녕 오늘밤이사 어느
> 하느님께도 굽힐 수가 없사옵니다
> ─「기다리는 밤」 전문

위 시의 분노는 기다림에서 출발한다. "기다릴 일"도 아니고 "기다리게 할 일"도 아닌 기다림 속에서 화자는 "당신"과의 만남을 간절하게 기원한다. "우리들"의 "슬픈 연야의 마지막 이 약봉"은 화자가 애타게 간직하고 기다린 소중한 것. 화자는 이 순간을 위해 반복해서 기다리고, 또 인고하며 겸허하게 기도한다. 찾아달라고("찾아주옵소서"), 허물지 말아달라고("허물지 말아주시옵소서").

인고의 시간은 역설적으로 화자의 감정을 더 강하게 만든다. 기다림이 간절한 만큼 절제하며, 절제된 만큼 화자의 "수심"은 더 깊어진다. 그리고 그 결과 "착한 견딤성"조차 알고 싶어 하지 않을 정도로, 화자의 정서적 긴장감은 높아진다. 주목할 점은 화자가 자신의 분노를 직설적으로 표출하지 않는다는 점에 있다. 기다림으로 인한 불안에도 불구하고 화자는 경어체를 사용("아니합니다", "없사옵니다")하여 자신의 감정을 최대한 조절한다.

이처럼 김남조 시의 분노는 절제와 인고 속에 피어난다. 주체의 가슴속

에 차오른 감정을 절제한 후, "못다 감은 눈 이 밤에 마저 감고 죽어야" 하는 극한의 상황에서 "어느 하느님께도 굽힐 수가 없"는 굳은 기다림과 간절함을 통해 분노가 완성되는 것이다. 김남조의 분노가 일반적인 분노와 다른 점은, 이렇듯 주체의 감정과 표현이 어긋남에 있다. 이는 정서적 주체에 의해서 '관리되는 마음(the managed heart)', 일종의 '감정노동'[12]인 셈이다. 이 '감정 노동'을 김남조는 경어체로 담대하게 유지시킨다. 그래서 그의 분노는 더 무겁게 다가온다.

> 비껴가는 햇살의 귤빛 창변에서 눈 시리던 그날의 당신을 기억합니다
> 어느 세월 그 누구와도 화해치 않던 당신의 오만한 고독도 기억합니다
>
> 눈동자를 가르고 내솟는 뜨거운 눈물, 가장 은밀한 참회마저 두렵지
> 않던 다만 아이 같은 울음으로 우리들 구원받고팠음을 기억합니다
> 금방 돌이라도 부수고 싶던 주먹 곱게 펴고, 다시 어린 양처럼 유순해
> 지던 슬픈 기다림도 기억합니다
>
> ― 「낙엽」 부분

기억이라는 것은 본래 개인이 할 수 있는 적극적이며 실천적인 인식 행위다. 벤야민은 "기억은 깊은 억압과 망각을 뚫고 나타나는 각성의 순간"[13]이라고 언급하며 기억의 힘과 의미를 강조한 바 있다. 위 시는 이러한 기억 행위를 반복하여 자신의 감정을 다스린다. 과거의 주관적 경험을 현재에

---

12 앨리 러셀 혹실드, 『감정노동』, 이가람 역, 이매진, 2009, 121~122쪽. 혹실드는 '감정 노동'을 다른 말로 '감정 부조화(emotive dissonance)'라고 한다. 이 상태를 오래 유지하는 것은 어려울뿐더러, 이로 인한 긴장과 스트레스 때문에 정작 주체는 자신의 감정에서 소외될 수 있다.

13 김홍중, 「문화적 모더니티의 역사시학(歷史詩學)―니체와 벤야민을 중심으로」, 『경제와사회』 제70호, 한국산업사회학회, 2006, 95쪽.

끌어내어 전후를 살아가는 여성의 내면을 솔직하게 전달한다. "당신", "고독", "슬픈 기다림"으로 이어지는 잔존하는 기억의 이미지들은 '낙엽'이라는 수직적 이미지와 맞물려서 현실공간을 입체화한다.

화자의 분노는 관리된다. "금방 돌이라도 부수고 싶던 주먹"에서 환기되는 정서적 이미지는 분노의 흔적을 담고 있지만, 그 분노는 곧 "슬픈 기다림"을 통해 "유순해"진다. 절제의 미학이다. "뜨거운 눈물", "아이 같은 울음"으로 진정한 "구원"을 희망하던 행위들은, 적극적인 기억 행위와 "기다림"의 자세를 통해 화자의 분노를 철저하게 관리한다. 무엇보다 '관리되는 마음(the managed heart)'을 실천하는 것은 표현이다. 김남조 특유의 경어체는 위 시에서도 빛을 발한다. "기억합니다", "기억합니다", "기억합니다"의 반복된 존칭의 표현은 분노를 담대하고도 겸허하게 만든다.

"보노니아의 돌은 말없이 어둠 속에 돌아앉아 태양에서 흡수한 빛을 잠잠히 발산한다는 이야기"(「잔상」)처럼 김남조는 자아의 감정을 "잠잠히 발산"한다. "어둠" 같은 전후 시대를 살았지만, "태양에서 흡수한 빛"의 이미지를 통해 "말없이" 분노를 견뎌내는 것이다. 물론 "나는 왜 아직도 인내를 배우지 못해 광녀마냥/울부짖는 분노를 메고"(「사야」)라는 언급에서 볼 수 있듯이, 김남조는 마냥 분노를 인내하는 것만은 아니다. 가끔은 "꼭 눈을 뽑힌 것처럼 불쌍한"(「목숨」) 참을 수 없는 시련에 호소하기도 한다. 하지만 끝내 굴복하지 않는다. 김남조는 최대한 자신의 감정을 조절하고 관리하려 노력한다. 이러한 자아의 실천적 행위는 단순한 감정 표현이 아닌, 전후 시대에 아픔을 겪어야 했던 '여성 주체'[14]의 적극적인 의식의 표출이라 할 수

---

14 여기서 주체는 단순히 사회적 타자로서 여성을 지시하지 않는다. 이 주체는 이데올로기와 거리가 있지만 전쟁의 역사적 야만성을 직면한 비극적 피해 당사자로서 주체라 할 수 있다. 이러한 '여성 주체'는 경험의 구체적 양상을 사회적으로 환원시키기보다 개인적 진실을 그대로 진실로서 남기려는 감정적 노력의 주체다.

있다. 실제 한국전쟁 시기에 가슴 아픈 이별을 겪은 김남조의 일화[15]는 익히 알려진 사실. 하지만 이제는 단순한 감정 표출의 차원이 아니라, 시를 통해 감내해야 했던 여성의 실천적인 행위에 우리는 좀 더 주목해야 한다.

> 노래를 청하지 말아주십시오
> 이름을 부르지 말아주십시오
> 나의 검은 밤으로 돌아갈 시간입니다
> 뭇별 눈 감겨주십시오
> 작은 틈새도 실오리만 한 빛도 막아주십시오
> 구석진 내 골방에서 흥건히
> 피를 쏟아야 할 시간입니다
>
> 까닭을 묻지 마십시오
> 내 병을 따지려 들지 마십시오
> 그저 긴긴 밤이 있어야 한다고만 알아주십시오
> 돌기둥에 머리를 부딪고 죽고 싶던
> 납덩이 같은 슬픔도
> 이 밤 내 핏속에 잠겨
> 숨겨야 한다고만 알아주십시오
>
> ─「만가」 부분

화자는 위로를 거부한다. "노래"를 부르거나 "이름"을 부르는 조그마한 위로도 정중하게 거부한다. "까닭을 묻지 마십시오", "내 병을 따지려 들지

---

15 김남조는 한국전쟁으로 인해 동생과 사별하고, 사모하던 천문학 교수는 납북되어 생사를 알 수 없게 된다. 이와 관련해서 김남조는 "6 · 25사변의 가장 큰 특징은 이별과 죽음이 풍족한 배급처럼 골고루 나눠지는 일이었다. 내 주변의 많은 젊은이들이 이 일을 겪었고 내게 있어서도 하나뿐이던 동생이 죽고 그 천문학 교수는 납북되었다."라고 진술한 바 있다. 김남조, 앞의 책, 45~46쪽.

마십시오"와 같은 정중 화법은 이러한 화자의 태도를 강조하는 대목이다. 이렇게 화자는 자신의 감정을 남에게 의탁하여 해결하려 하지 않는다. "구석진 내 골방에서 흥건히/피를 쏟아야 하"는 비극적인 상황을, 화자는 그대로 스스로가 해결해야 할 문제로 남겨놓는다. 그리고 "돌기둥에 머리를 부딪고 죽고 싶던" 그 분노와 슬픔도 그저 "내 핏속에 잠겨 숨지"는 행위와 함께 침잠하게 만든다. 이는 "긴긴 밤이 있어야 하"는 과정이다. 감정을 다스리기 위한 시간을 앞두고 김남조의 자아는 오로지 자신에게 집중한다. 이러한 측면에서 "구석진 내 골방"은 집중의 공간이며, 감정을 정제하게 만드는 심리적 공간으로 격상된다.

김남조는 분노를 대타자에게 그대로 되돌려주거나, 특정 대상을 선정하여 그것에게 분노를 전이하지 않는다. 시간을 두고 감정이 전환되거나 또는 승화될 수 있도록 스스로에게 맡기는 방식을 택한다. 분노를 똑같은 분노로 상쇄하지 않고, 이를 대체할 수 있는 방법으로 '인내'를 선택하여, 오히려 미분화된 감정의 흐름과 같은 정동(affect)을 만들어낸다. 궁극적으로 이러한 김남조의 태도는 점차 마사 누스바움이 언급한 '이행분노(transition-anger)의 길'[16]을 향한다.

> 유리창과 사람과 검은 밤의
> 앞뒤 없는 통곡,

---

16 인지주의 감정 철학자 마사 누스바움은 분노를 크게 '되갚아주는 길(road of payback)', '지위 격하의 길(road of status)', 그리고 '이행분노(transition-anger)의 길'로 나눈다. '되갚아주는 길'은 감정에 대해 보복할 수 있지만 피해자의 복구는 불가능하다. '지위 격하의 길'은 '미투 운동'을 통해 정치인의 지위를 격하시키는 것을 예로 들 수 있다. 이것은 미래보다는 과거 지향적이라는 한계가 있다. '이행분노의 길'은 법에 호소하는 것, 용서와 같이 분노 행위를 대체할 수 있는 방법을 지향하는 것이 있다. 김용환, 「마사 누스바움―감정의 연금술사」, 『오늘의 문예비평』, 오늘의 문예비평, 2018, 184쪽.

태고적 메아리들 모두 죽고
전흔(戰痕)과 불신과 가난 앞에
오늘도 해 저물어
어둠 땅끝까지……

하지만 아니랍니다
결코 아니랍니다
속 패인 관목에도 꽃을 피우는
찬란한 햇빛을
다시 꿈꾸렵니다

— 「미명지대」 부분

「어둠」에서 볼 수 있었던 '담대한 분노'는, 위 시에서도 "땅끝"까지 뒤덮은 "어둠" 속에 내재되어 있다. "전흔과 불신과 가난"과 함께하는 "검은 밤의/앞뒤 없는 통곡"의 이미지는 화자의 이러한 감정을 짐작하게 하는 대목이다. 그러나 화자는 대타자의 '어둠'에 굴복하지 않고, "속 패인 관목에도 꽃을 피우"는 "찬란한 햇빛"을 바라보며 새로운 희망과 구원의 정신을 드러내기에 이른다. 분노를 분노 그대로 표현하지 않고 "일체의 감정이 눈 감는/이 시간"(「황혼」)에 집중하며, 용서와 희망의 이미지("다시 꿈꾸렵니다")로 전환한다.

마사 누스바움이 제시한 '이행분노의 길'이란 단순히 감정을 되갚아주거나 지위를 격하시키는 방법과는 다르다. 더욱이 누스바움은 법에 의지한 '이행분노'의 형식보다 용서나 구원과 같은 다른 차원의 감정으로 이행하는 것을 강조한다는 점에서 의미가 있다. 이러한 점에서 '어둠' 속에서 "찬란한 햇빛"을 다시 꿈꾸는 김남조의 반복된 실천은, 분노의 감정을 다른 차원의 것으로 이행하고자 하는 노력이나 마찬가지다. 대타자를 향한 김남조의 대응 방식은 인고와 절제의 정신과 경어적 표현과 어우러져 '감정노동'

을 겸허하게 승화시킨다.

3. 반복되는 슬픔과 천문학적 멜랑콜리

멜랑콜리는 정신적 증후로서 우울증으로 알려져왔지만, 현대사회에서 멜랑콜리는 그 범주가 더 넓다. 이제는 익히 알려져 있듯이, 발터 벤야민은 고대의 체액병리학을 통해 멜랑콜리의 속성을 재확인하였으며,[17] 그 증후의 문학적 기반에 대해서는 바로크 시대 비애극을 사례로 기표와 기의의 간극에서 유발되는 정서적 현상으로 풀이한 바 있다.[18] 다시 말해 멜랑콜리는 이상과 현실의 괴리, 그리고 의미와 현상과의 틈에서 촉발되는 감정적 현상이자 현대를 대변하는 대표적 증후라 할 수 있다.

멜랑콜리는 김남조 시에도 적용되는 문제다. 부재로 인한 상실의식, 애도의 실패, 이상과 현실과의 괴리감에서 파생될 수 있는 멜랑콜리는 한국전쟁으로 인해 상처를 입은 김남조의 내면의 총체를 대변하는 개념이 된다.

> 바람은 하얗은 피리의 소리, 나도 바람처럼 울던 날을 가졌더랍니다.
> 달밤에 벗은 맨몸처럼 염치없고 부끄러운 회상,
> 견뎌낸 슬픔도 못 견딘 슬픔도 모두 물처럼 흘러갔는데 잊어버리노라
> 죽을 뻔하고, 잊혀짐에서 다시 죽을 뻔하는 일이 왜 아직 남았답니까
>
> 아쉽고 보고 지운 마음들이 발효하여 술이 되는 이 시간, 쓰고 유익한 한약 같은 도무지 한약 같은 어둠만이 몰려듭니다 그려. 이 바람 속에……
> ──「이 바람 속에」 부분

---

17 발터 벤야민, 앞의 책, 218~219쪽.
18 위의 책, 271~292쪽.

위 시의 멜랑콜리는 잔혹하다. 슬픔을 잊으려는 행위가 "슬픔"을 또다시 유발하기 때문이다. 그래서 절망적이고 더 위태롭다. "물"처럼 흘러간 기억을 온전히 잊기 위해서, 기억은 또다시 존재에게 "죽을 뻔"한 슬픔을 가져다 준다. 그것이 끝이 아니다. "잊혀짐에서 다시 죽을 뻔하"는 일이 화자에게 남아 있기 때문이다. 화자는 슬픔이 반복될 것을 알고 있다. 하지만 그것을 인정할 수 없음("왜 아직 남았답니까")에서 위 시의 멜랑콜리는 드러난다.

상징과 이미지의 조합도 멜랑콜리를 구현하는 것에 기여한다. "슬픔"의 반복 구조는 "물"이 가지는 순환성과 "바람의 소리"의 청각 이미지와 조합되어, 절망적 시간이 지속됨을 더 효과적으로 드러낸다. 화자가 기억하는 "이 바람 속에" 잔존하는 기억의 시간은 "아쉽고 보고 지운 마음들이 발효" 되는 시간으로 연속된다. 그 결과 "술이 되는 이 시간"은 쓰디쓴 "한약" 같은 시간이 된다. 남겨진 자에게 남은 건 반복된, 그리고 앞으로 반복될 슬픔뿐이다.

멜랑콜리한 주체는 상실에 대한 기억에 사로잡힌다. 과거를 회상하고 지나간 슬픔을 현실로 다시 끌어들인다. 그래서 슬픔이 반복되는 것이다. 현실의 주체가 존재론적 무기력함과 공허한 내면을 드러내는 것도 이와 비슷한 이유에서 비롯된다. 그렇다고 해서 멜랑콜리를 단순히 정신적인 측면[19]으로만 간주하지는 말자. 시의 멜랑콜리는 서정적 주체의 증후와 함께, 시의 구조적인 부분이 어우러질 때 더 확연하게 드러나기 때문이다.

---

19 멜랑콜리와 관련한 정신분석학적 연구로는 프로이트의 논의를 들 수 있다. 프로이트는 상실한 대상을 다시 자신의 내면으로 가져와 자신의 일부로 만드는 것을 "대상과의 나르시시즘적 동일화"라고 한다. 대상을 동일화함으로써 상실된 대상을 자신과 함께할 수 있게 만드는 것이다. 하지만 이는 결국 자기 상실감으로 귀결된다. 프로이트, 『정신분석학의 근본 개념』, 윤희기 · 박찬부 역, 열린책들, 2003, 255~258쪽.

육십억 광년
잠잠히 엮어진 천문과 섭리
이 땅의 습한 수면을 벗고
멸하지 않는 하늘의 별을 바라면
회한과도 같은 나의 알몸에
피처럼 고여오는
피보다 진한 그 무엇

그쪽이 천갈, 견우성은 저것,
가리켜지는 별마다 알알이 영원을 지녔는데
너무나도 작디작은 나는 이 밤에
할 말이 많아라
차라리 나의 심장을 깨물어 뱉고 싶은 이 슬픔과 그리움……
태양을 도는 지구를 닮아
나도 임만을 뵈올 수 있었으면

토성의 원광, 샛별의 밝음,
아아 어느 윤리를 섬겨야 내 목숨 이 하나의 사모를
별처럼 성스러이 지닐 수 있으랴
(후략)

— 「성숙」 부분

　김남조의 멜랑콜리는 역설이나 모순어법과 같은 수사적 표현을 통해 드러나기보다, 화자와 이를 둘러싼 상황이 만들어내는 구조적 측면에서 유발된다. "육십억 광년"이라는 영겁의 시간과 "이 밤"이라는 짧은 순간의 대립, "하늘의 별"과 화자가 존재하는 습한 "이 땅"의 공간 대립이 멜랑콜리를 유발하는 것이다. 현실과 이상과의 괴리에서 오는 멜랑콜리는 한마디로 정의할 수 없는 "피보다 진한 무엇"이다.

위 시의 멜랑콜리는 여기서 끝나지 않는다. "피보다 진한 그 무엇"에 잔존하는 이미지가 괴리의 멜랑콜리를 더 강화한다. 멜랑콜리는 화자의 "알몸"을 감싼다. "피처럼 고여"와서 "피보다 진하"게 존재를 감싼다. "회한과도 같은 나의 알몸"을 진하게 둘러싸는 말하지 못할 그 감정에서, 우리는 벤야민이 체액병리학적 관점에서 재설명한 '검은 담즙(흑담즙)'[20]을 연상하지 않을 수 없다. 멜랑콜리의 흔적이다. "피보다 진한 그 무엇"의 이미지는 시공간적 괴리감과 결합되어 내면의 멜랑콜리를 극대화한다.

조금 더 주목해보자. 이번에는 천문학적 시각이다. "전갈", "견우성"과 같은 천체들은 "알알이 영원"을 지닌 존재인 것. 이들은 "육십억 광년"이라는 기나긴 시간을 버텨온 천문학적 흔적들이다. 이러한 천체들을 바라보는 '지구'("이 땅")의 화자는 "토성"적 정조에서 발현되는 '구체(球體)'의 의미 상징[21]에 힘입어 우울한 주체, 즉 멜랑콜리커[22]가 되어버린다. 결국 영원의 시간은 단 한 번도 소유해본 경험이 없기에, 사실은 상실한 적도 없는 실체를 비극적으로 소유하고자 하는[23] "작디작은 나"의 의지이자 유일한 멜랑콜리가 된다. 이처럼 화자가 느끼는 "슬픔과 그리움"은 시적 구조가 만들어내는 괴리와 시어들의 다양한 상징과 결합하여 멜랑콜리를 완성한다. 김남조의 멜랑콜리는 무겁다. 활용 가능한 모든 것들을 끌어들여서 여성 주체의 정서적 깊이를 심화한다. 그래서 무겁고, 그래서 더 슬프다.

> 먼 훗날 산과 골짜기 마멸되고
> 지구가 빛과 체온을 잃을 때

---

20 발터 벤야민, 앞의 책, 218쪽.
21 위의 책, 230쪽.
22 류신, 「멜랑콜리 시학」, 『한국문학과 예술』 제9집, 숭실대학교 한국문학과예술연구소, 2012, 93쪽.
23 김홍중, 「멜랑콜리와 모더니티」, 『마음의 사회학』, 문학동네, 2009, 236쪽.

빙화(氷花)만이 아름답게 피어나고
이윽고
그 처절한 개화마저 조락하면
이 땅 위의 생명들이 또 다시 살아갈
어떤 길이나마 있을 것인가

태고, 그것도
바닷가 모래알을 세기보다 아득한 옛날에
태양의 참극에서 빚어졌다는
아홉 개의 별
지구가 눈먼 비둘기처럼 슬퍼야 함도
쪼개진 살덩이의 아픔이어니
그래도 붉은 화륜(火輪)을 더듬어
무수한 새 날을 품어올 수 있었음은
지구를 위한 그 하나 착한 위성
달이 있음이리라

—「월백」 부분

김남조의 멜랑콜리는 천문학적 상상력에서 비롯된다. 한국전쟁으로 뼈저리게 느껴야 했던 현실과 이상과의 괴리 그리고 슬픔을 비롯한 내면의 감정들은, 하늘의 천체들을 바라보는 시적 자아의 상상력과 어우러져 멜랑콜리 시학을 만든다. "비극이 비극적인 것은 극중의 인물이 우는 때가 아니다. 차라리 그 속에서 나타나는 인생의 동떨어진 위치가 관객을 울리는 것이다"[24]라는 김기림의 언급처럼, 김남조의 멜랑콜리는 이상("별")과 "동떨어진 위치(지구)"가 만들어낸 구조적 차원에서 실현된다.

화자가 위치한 공간은 역시 "지구"다. 이곳은 "생명들이 또 다시 살아갈

---

24 김기림, 「감상에의 반역」, 『김기림 전집 2』, 심설당, 1988, 109쪽.

어떤 길이나마 있을 것인가"라고 되물을 수밖에 없는 절망적인 장소. "태고"부터 근원적인 아픔을 가지고 있던 "지구"에 있다는 존재만으로 화자는 '골몰하는 자'의 사유 상징으로 멜랑콜리를 만든다. 화자가 생각하는 것은 미래("먼 훗날")다. 하지만 미래도 화자를 위로해주지 않는다. "산과 골짜기"가 "마멸"되고, "빛과 체온을 잃"어버리는 절망적인 미래에 대한 이미지들이 화자의 머릿속을 맴돌며, 자신에 대한 애도는 실패로 돌아가기 때문이다. 화자에게 희망인 건 오직 하나 "착한 위성"인 "달"을 바라보는 것뿐이다.

그래도 고무적인 건 하늘을 바라보고, 또 바라보는 수직적 상상력에 있다. 이는 "마멸"되고 "체온을 잃"음으로써 오히려 "아름답게 피어나"고, "조락"함으로써 "이 땅 위의 생명들이 또 다시 살아"가는 가능성을 인지하게 한다. 그러므로 이 상상의 힘은 비극적 상황에 대한 퇴행적 반응이 아니라 상실을 역설적으로 바라보게 하는 주체의 실천적 의지나 다름없다. 그렇기 때문에 우리는 '분노'를 다룰 수 있었던 기반인 "찬란한 햇빛"(「미명지대」)과 같은 이미지를 다시 생각하지 않을 수 없다. 절망적인 현실로 인한 분노, 그리고 현실에 대한 애도의 실패에도 불구하고 시쓰기가 가능할 수 있었던 이유는 감정적 전환을 일으키게 하는 김남조의 수직적 상상력에서 비롯된다. 그렇게 김남조의 자아는 "달"을 바라본다. 그것은 오직 하나의 "착한 위성"이며 미래에 대한 단 하나의 희망이다. 그래서 "붉은 화륜(火輪)"을 더듬어서 "무수한 새 날을 품"기 위해 하늘을 바라본다. "달이 있음이리라".

        누구도 없는 곳에
        누군가 살고
        내가 모르는 길을
        간다 자꾸자꾸 간다
        내가 간다

하얀 꽃송이야
비둘기처럼 구구 울 줄도 모르누나
하얀 꽃잎이야
외로움이 휘발하는 모래밭에
외로움이 휘발하는 모래밭에
가시처럼 돋아난
너는 내 이름

가고 또 가리
별이 지나면 별이 또 오고
별이 오고서야 별은 또 가리
영원이 여기서 끝나고
영원이 여기서 시작되고
바람과 햇빛 없이도
송충은 나비가 되네
찬란한 날개짓 되네

—「영겁」 부분

    화자가 가는 길은 자신도 모르는 길("내가 모르는 길")이다. 자신도 모르는 곳이지만 자기도 모르게 가게 된다. "누구도 없는 곳"에 "누군가"는 살고 있지만, 그곳이 어딘지 어떠한 곳인지 잘 알 수도 없다. 단지 화자는 "간다 자꾸자꾸 간다" 화자의 근본적 정서는 외로움인데, 앞선 시들과 차별되는 것은 화자의 감정을 "하얀 꽃송이"에 의탁한다는 점에 있다. "외로움이 휘발하는 모래밭"의 고독한 생명은 "하얀 꽃"이자 "내 이름"이 된다. 그리고 이러한 외로움을 슬퍼할 줄도 모르는("비둘기처럼 구구 울 줄도 모르누나") 것, 다시 말해 화자의 '애도의 실패'가 결국 멜랑콜리를 촉발하게 한다. 하지만 화자는 다시 하늘을 바라본다. "별"을 바라본다.

    화자는 "별이 지나면 별이 또 오"게 될 것을 믿는다. "별"이 사라지는 것은 우울함을 불러오지만, "별"이 온다는 것을 믿고 희망한다. 그리고 "별이 오고" 나면 또다시 "별은 또 가"게 됨도 예상한다. 그러면서 화자는 "영원"이 끝나고 시작되는 것이 바로 "여기서" 시작됨을 깨닫는다. 이러한 맥락에서 "별"은 끝("여기서 끝나고")이자 시작("여기서 시작되고")이며, 시작이자 영원으로 갈 수 있는 심리적 시간의 매개물이 된다. 화자는 지금도 "찬란한 날개짓"을 하며 가고 또 앞으로 나아간다. 김남조의 멜랑콜리는 단순히 침잠하지만은 않는다. "그 슬픔 다시 오는"(「세월은 갔어도」) 상황에서도 "거침없이 어둠은 와야 한다"고 말한다.

이처럼 김남조는 부정적 현실에 단순히 도피하지 않는다. 시인은 하늘을 바라보며 자신의 감정을 전환하려 노력한다. 천문학적 상상력에서 비롯한 이 모습은 분노와 우울을 단순히 재현하는 차원에 그치지 않기에 의미가 있다. 김남조의 정동은 현실에 대한 도피가 아닌 폭력으로부터 영원과 희망을 쟁취하고자 하는 타자성의 형식을 대변한다. 시인의 분노와 멜랑콜리는 세계에 대한 여성 주체의 정동이자 적극적인 세계 인식이나 마찬가지다.

4. 결론

참을수록 강해지는 것, 그리고 부정적인 것을 소유함으로써 희망하고 생존하는 것. 이것이 김남조가 선택한 방식이다. 이는 주체의 실천적 전략이자 현재에도 유효하게 논의되는 타자성의 형식을 대변한다. 이러한 측면에서 김남조의 초기시는 단순히 한 여성의 감정적 토로가 아니라, 전쟁이라는 폭력적 질서를 대면한 '여성 주체'의 실천적인 행위의 흔적이라 할 수 있다.

김남조의 분노는 인고의 시간과 함께 표출되는 점이 특징이다. 감정 그대로를 분출하지 않고 최대한 정제된 표현으로 '담대한 분노'를 드러낸다. 이 과정에서 사용되는 김남조 특유의 경어체는 감정 조절을 위한 의도적이고도 실천적인 표현의 결과이다. 감정과 표현이 불일치되는 이러한 모순은 감정을 의도적으로 관리하려는 '감정 노동'의 주체로서 모습을 확인하게 한다. 하지만 분노는 단순히 관리되는 것에 그치지 않는다. 김남조는 '이행 분노의 길'을 선택하여 분노로 인한 '감정 노동'을 현명하게 승화시킨다. 김남조의 멜랑콜리는 우울한 내면과 반복되는 슬픔, 그리고 이상과 현실과의 괴리감이 복합적으로 작용해서 완성된다. 그래서 김남조의 멜랑콜리는 무겁다. 이러한 점에서 김남조는 멜랑콜리커라 할 수 있다. 무엇보다 주목되는 점은 멜랑콜리를 풀어내는 방법과 자세다. 김남조는 내면의 감정을 천문학적 상상력과 연결하여 자신만의 멜랑콜리 시학을 완성한다. 자신에게 다가왔던 반복되는 슬픔에도 불구하고, 김남조는 천체를 바라보며 미래의 희망을 향해 천천히 나아간다.

한국전쟁이 발생한 지 70년. 시련과 고통이었던 민족의 과거는 지우고 싶은 체험이자 동시에, 미래를 향해 나아가게 하는 뼈아픈 공부다. 한국전쟁이 남겨준 숙제 중 하나는, 잊지 않는 것이다. 똑같은 비극이 반복되지 않기 위해서라도 우리는 이때의 비극을 잊지 않아야 한다. 죽음과 이별로 인한 심리적 분열과 공포, 절망과 슬픔과 같은 감정의 파편들을 기억하는 것은, 어쩌면 이 숙제를 해결하기 위한 첫 단계가 될 수 있다. 김남조의 초기시가 의미 있는 것은 단지 오래되었기 때문이 아니다. 김남조는 역사 속 개인이자 시인 그리고 여성으로서 겪어야 했던 자신의 감정을 기억하고, 기록하는 것을 게을리하지 않았다. '감정노동'을 부단히 수행하고 이겨낸 실천적 주체로서의 시인의 모습이 혼란스러운 작금의 현실에도 유효하게 다가오는 까닭이다.

성찰적 주체와 비재현적 사유

1. 서론

성찰성이란 반성적 태도를 기반으로 하는 하나의 성향을 이르는 말이다. 성찰한다는 것은 일차적으로 자기 자신을 인식한다는 것이며 이는 반성적 태도를 넘어 스스로를 대상화하는 초월적 의식으로 발전한다는 점에서 중요하다. 성찰은 주체의 사유를 주관적인 관점으로 한정하려는 움직임과는 거리가 멀다. 이것은 주체가 자기중심적인 사고에서 벗어나는 원리이자, 자신을 타자화하여 바라볼 수 있는 시각을 가능케 하는 원동력이다. 이러한 점에서 성찰은 주체가 자신의 한계에서 벗어나기 위한 초월적 인식이나 마찬가지다. 다시 말해 성찰은 주체의 인식에 대한 또 하나의 인식을 일으키는 메타적 사유의 핵심이라고 할 수 있다.

김남조 초기시의 주된 정서가 중기시에서 변화하게 되는 첫 번째 이유도 바로 주체의 성찰성에 있다. 김남조 시에 나타난 주체의 성찰성은 초기시와 중기시, 나아가 중기시와 후기시를 구분하는 데 있어 중요한 역할을 한다. 특히 자기 인식을 기반으로 구현되는 주체의 성찰적 태도는, 초기시 자아의 내면을 지배했던 감정적 반응을 가라앉히고, 점차 세계를 긍정적으로 바라보는 자세로 변화하는 계기가 된다는 점에서 중요하다. 초기시를 지배했던 분노와 우울과 같은 감정적 고양 상태에서 벗어나, 점차 대상과 세계와 일정한 거리를 두고 내면을 유지하려는 서정적 자아의 인식적 태도가 드러나게 되는 것이다.

김남조의 성찰적 사유는 단순히 내재적 차원의 시선에 머물지 않고 자신을 지각 대상으로 분리하는 양상을 보인다는 점에서 차별적이다. 단지 자신의 과거를 되새기는 방식과는 다르게, 자신의 현재 상태를 객관화함으로써 주체는 자신과의 성찰적 거리를 유지한다. 이러한 특징은 주체가 폐쇄적 자기 인식에서 벗어나 대자적 주체로 성장하게 하는 일종의 각성적 차원으로 해석될 수 있기도 하다. 전쟁 이후 김남조의 시적 사유가 긍정적인 방향으로 흘러가고 있는 이유도, 바로 김남조의 자아가 성찰적 주체로 거듭나는 과정이 있었기 때문일 것이다. 이러한 성찰적 주체의 발견은, 향후 타자에 대한 주체의 새로운 인식을 가능케 한다는 점에서도 중요하다.

그렇다면 성찰성은 어떠한 상황에서 구현되는 것일까? 김남조 시에서 성찰성은 자아가 특정한 자연현상이나 사태를 직면하는 상황과 결부되어 나타난다. 단순히 폐쇄적 몰입 상태가 아닌, 주체를 둘러싼 비인간 자연물과 대면하는 과정에서 자아의 성찰적 태도가 드러나는 것이다. 이러한 특징은 세계와의 상호 연관에 의한 주체의 반응이라는 점에서 벤야민이 언급한 감정의 작동 원리[1]와 결부될 수 있다. 또한 김남조 시에 나타난 성찰성은 주체의 탐색 과정을 객관화하는 메타적 사유 양상을 보인다. 이는 일반적인 반성적 글쓰기와 차별되는 특징으로, 주체의 인식적 변화를 일으켜 이전

---

[1] 벤야민은 애매한 감정이라고 하더라도 이것은 운동성이 있는(motorisch) 반사적 태도이며, 이것은 구체적으로 구조된 세계에 대한 대답과 같다고 강조한 바 있다. 발터 벤야민, 『독일 비애극의 원천』, 최성만 외 역, 한길사, 2018, 209~210쪽.

보다 성숙한 자아로 거듭나게 하기에 중요하다. 이러한 점을 종합해 볼 때, 김남조의 성찰성은 세계와 주체 사이에 감응하고, 감응되는 일종의 정동(affect)적 성격을 지닌다고 말할 수 있다.

들뢰즈는 사유를 마주침(encounter)에 의해 촉발되는 것으로 설명하고, 사유를 일으키는 과정에서 감성이 중요한 역할을 한다고 강조한다.[2] "감성에서 상상력으로, 상상력에서 기억으로, 기억에서 다시 사유로"[3] 이어지는 이행은 들뢰즈가 역설하는 사유 이미지의 핵심이며, 단순한 감정 표현이 아닌 정동이 일으킬 수 있는 차이이자 역동적 과정인 셈이다. 필자가 감정에 주목하는 것도 바로 이러한 이유 때문이다. 감정은 상상력에서 파상적 사유로 이어지는 변용의 가능성을 내포하고 있다. 그리고 정동은 현재에 대한 포착에 머물지 않고, 가려진 미래를 해석할 수 있는 틀을 제공하기에 더 의미가 있다.

중기시에 관한 연구는 아직 크게 주목받지 못한 실정이다. 이는 중기시에 나타난 핵심 주제가 절대자에 대한 기도, 그리고 존재에 대한 사랑과 같은 보편적 가치가 주를 이루기 때문으로 분석된다. 이에 따라 그의 시는 자연스럽게 연구 소재보다는 단평의 대상이 되어 논의 과정에서 배제된 것으로 보인다. 그러나 김남조 시에 나타나는 사랑과 같은 주제 의식은 분명 다른 시인의 텍스트와 차별되는 부분이 존재한다. 특히 중기시에 드러난 주체의 성찰성, 그리고 비재현적 사유는 작금의 포스트휴머니즘이 추구하는 '탈–주체'적 가치관과 유관하게 풀이될 수 있다는 점에서 중요하다. 김남조 시에 관한 연구는 보편적 가치에 대한 똑같은 되풀이가 아니라, 이분법적 세계관을 탈피하고 공존의 장을 열고 있는 작금의 시대에 유의미한 작

---

2 질 들뢰즈, 『차이와 반복』, 김상환 역, 민음사, 2004, 312~324쪽.
3 위의 책, 325쪽.

업이 될 수 있다.

소영현[4]은 감정 연구의 현재와 미래가치에 대해 논한 바 있다. 소영현은 정동에 관한 관심이 결과적으로 인간과 사회의 재구와 무관하지 않으며, 이러한 정서적 운동성을 논하는 일이 결국 '탈-주체'적 가능성을 높이는 '사이'의 철학이라고 강조한다. 즉 그는 감정 연구가 중요한 점은 주체의 성찰성과 함께 '유사-사유'로서 미래를 현실화할 수 있는 역량을 지녔기 때문이라고 설명한다. 그의 의견처럼 정동을 논하는 일은 주체와 타자 '사이'를 논하는 일이며, 그곳에서 유동하는 '탈-주체'적 힘의 흐름을 확인하는 작업이 된다. 여기서 필자의 의견을 덧붙이자면 이러한 작업은 미래를 재구하는 일이기도 하지만, 과거에 있었던 미래의 가능성을 재확인하는 일이기도 할 것이다. 문학 연구는 단지 지나간 일을 지나간 것으로 타기하지 않고, 그 속에 잠재해 있던 미래의 이미지를 조명하는 작업이기도 하기 때문이다.

이와 같은 맥락에서 본 논의는 김남조 중기시에 나타난 성찰성에 주목하고, 서정적 자아에 내재한 정서적 반응을 조명하고자 한다. 이는 그동안 간과되었던 김남조 중기시의 시기적 가치를 재확인하는 일이며, 김남조가 추구했던 사랑의 작동 방식을 구체적으로 분석하는 과정이 될 것이다. 논의 과정에서 마수미의 정동 이론을 비롯한 들뢰즈의 '비재현적 사유' 개념을 참조한다. 이는 김남조 시에 나타난 사랑을 결과론적으로 바라보기 위함이 아니라, 사랑이 드러나는 '과정'[5]을 해석함으로써 중기시와 후기시의 정동

---

4 소영현, 「감정연구의 도전」, 『한국근대문학연구』 제34호, 한국근대문학회, 2016, 381~410쪽.

5 들뢰즈가 비재현적 사유를 강조하는 것도 바로 과정을 중시하는 그의 입장 때문이다. 정동은 결과가 아닌 과정이며 그 과정에서 내재적 변화와 주고-받음의 역사가 일어난다. 최성희, 「정동(affect), 스케치」, 『오늘의 문예비평』 제128호, 오늘의문예비평, 2023, 231쪽.

적 차원의 연관성을 밝히고[6] 김남조가 추구했던 사랑의 가치를 차별화하려는 목적 때문이다.

2. 주체의 성찰성과 메타적 사유

중기시의 특징은 시적 자아가 특정한 공간에서 비인간 자연물과 직면하는 상황이 많이 제시된다는 점이다. 초기시에서 전쟁이라는 특수한 상황을 직면하는 주체의 감정적 분출 양상이 나타난다면, 중기시는 자연물이나 절대적 존재와의 만남을 통해 주체의 특정한 사유가 드러난다는 점에서 다르다. 중기시에서 화자가 마주하는 자연물 중 가장 빈번하게 제시되는 것은 '바다'와 '나무'라 할 수 있다.[7] 이와 같은 '비인간'[8] 자연물은 단순한 감정이입의 대상이 아니라, 주체가 성찰적 자아로 발전하는 계기로 작용한다.

---

6 이를 위해 제6시집 『겨울 바다』(1967), 제7시집 『설일』(1971), 제8시집 『사랑 초서』(1974), 제9시집 『동행』(1976), 제10시집 『빛과 고요』(1982) 이상 중기시, 그리고 제12시집 『바람세례』(1988)에 수록된 텍스트를 주된 분석 대상으로 삼는다.

7 중기시에 해당하는 작품 중 '바다', '나무'를 중심 소재로 하는 시는 다음과 같다. 「겨울 바다」, 「낙조」, 「바다」, 「설동백」, 「연초록 나무 아래」, 「설일」, 「나무들 1」, 「나무들 2」, 「나무들 3」, 「나무들 4」, 「나무들 5」, 「겨울나무」, 「나무들 6」, 「여름 나무」, 「산에게 나무에게」.

8 여기서 제시하는 '비인간'이라는 명칭은 인간 주체에 의해 구속되어 있었던 비주체적 물질들을 통칭한다. 이에 대해 제인 베넷은 "인간중심적 형식으로 수행되어 온 정치이론의 향연에서 버려진 재료들"이라는 표현을 제시한 바 있다. 라투르는 이러한 비인간(non-human) 개념을 언급하며 인간과 비인간의 포개짐에 관해 이야기하기 위해서 기존의 이분법을 지양해야 한다고 강조한다. 제인 베넷, 『생동하는 물질』, 문성재 역, 현실문화, 2020, 11쪽 ; 브뤼노 라투르, 『판도라의 희망 : 과학기술학의 참모습에 관한 에세이』, 장하원 · 홍성욱 역, 휴머니스트, 2018, 48쪽, 307쪽.

겨울 바다에 가보았지
미지(未知)의 새
보고 싶던 새들은 죽고 없었네

그대 생각을 했건만도
매운 해풍에
그 진실마저 눈물져 얼어버리고
허무의 불 물이랑 위에
불붙어 있었네

나를 가르치는 건
언제나 시간
끄덕이며 끄덕이며 겨울 바다에 섰었네

남은 날은 적지만
기도를 끝낸 다음 더욱 뜨거운
기도의 문이 열리는
그런 영혼을 갖게 하소서

겨울 바다에 가보았지
인고(忍苦)의 물이
수심 속에 기둥을 이루고 있었네

　　　　　　　　　　　　　　　　— 「겨울 바다」 전문[9]

바다는 1연에서 죽음("보고 싶은 새들은 죽고 없었네")의 공간을 상징하지만,

9　인용시는 국학자료원에 실린 텍스트를 인용한 것이다. 이는 제6시집에 출간된 기존
　　형식과 상이하다. 이에 관한 논의는 제3장 리듬과 앙장브망에서 다루도록 한다.

마지막 연에서는 수직적 상승 이미지를 통해 회복의 공간으로 변주된다. 죽음과 회복, 부정과 긍정이라는 이분법적 해석은 '물'의 원형적 상징으로도 설명이 가능한 부분이다. 그런데 중요한 것은 바다의 의미가 부정에서 긍정으로 변주되는 시공간 사이에 성찰적 주체가 존재한다는 점에 있다. 그리고 이 성찰적 주체는 대상과 일정한 거리를 두는 화법으로 자신의 삶에 대해 성찰하고 기도하고 있다는 점에서도 주목된다. 화자는 동일성의 원리로 '겨울 바다'에 자신의 감정을 투영하거나, 객체에만 몰두하여 자신을 후경으로 물러나게 하지 않고, 거리 두기를 통해 자신을 객관화하는 데에 치중하고 있는 것이다.

"끄덕이며 끄덕이며 겨울 바다에 섰었네"라는 발언은 이러한 화자의 태도가 잘 드러나는 부분이다. 우선 해당 장면을 단지 화자가 겨울 바다를 보고 있는 상황으로 간주해서는 안 된다. 이것을 정확하게 설명한다면, '화자는 겨울 바다에 서 있던 자신을 객관화하여 진술하고 있는 것'이라고 말할 수 있다. 주체는 겨울 바다를 바라보며 삶의 의미를 깨닫는("끄덕이는") 자신의 모습에 대해 성찰하고 있는 셈이다. 이러한 방식은 메타적 사유 방식으로 만들어지는 '근대적 성찰성'[10]의 의미 구조를 가진다. 즉 화자는 바다를 직면하고 있는 자연적 자아를 인식론적으로 포괄함으로써 성찰적 주체로 거듭나게 되는 것이다.

위 시에서 화자의 성찰적 태도는 절대적 존재에 대한 기구의 자세로 발전한다. 그런데 화자의 기도는 슬픔을 치유하는 것도, 행복을 기원하는 내

---

10 김홍중은 근대적 성찰성의 의미 구조가 자연적 시선과는 다른 성찰적 시선과 관련되어 있음을 강조한다. 성찰적 자아는 자연적 자아를 인식론적으로 포괄하며 존재론적으로 초월한다. 성찰적 행위는 메타적 관계를 창출하여 '시선에 대한 시선', '재현에 대한 재현', '판단에 대한 판단'과 같은 반복적이고 재귀적 구조를 갖는다. 김홍중, 「근대적 성찰성의 풍경과 성찰적 주체의 알레고리」, 『한국사회학』 제41집 3호, 한국사회학회, 2007, 190~191쪽.

용도 아니다. 오히려 화자는 "기도를 끝낸 다음 더욱 뜨거운/기도의 문이
열리는/그런 영혼을 갖"고자 하는 초월적 자세를 드러낸다. 즉 화자는 자
신의 정념과의 거리두기를 통해 스스로를 객관화하고자 하는 부동심을 취
하는 셈이다. 자신의 정념에서 마음을 거두고 자신을 다시 바라보는 주체
가 되는 이러한 과정은, 초기시와는 다르게 중기시에서 나타나는 인식론적
요소이면서 동시에 서정적 자아가 대자적 주체로 나아가는 계기가 된다는
점에서 중요하다.

그러므로 위 시의 '바다'를 단순히 긍정과 부정의 이중성을 지니는 공간
으로 한정하는 것은 다소 상투적인 해석이 될 수 있다. 바다라는 공간은 화
자가 즉자적 차원에서 대자적 태도로 각성하게 되는 초월적 공간으로 작용
한다. 즉 인간으로서 지닌 시간적, 공간적 한계를 인식하는 장소이면서 동
시에, 그 한계를 메타적 사유로 넘어서는 이중적 공간인 셈이다. 그렇다면
주체에게 일어난 변화는 무엇인가? 그것은 통상의 시각으로 인지할 수 없
었던 것을 새롭게 감각할 수 있는 내면을 가졌다는 것이다. "인고(忍苦)의
물이/수심 속에 기둥을 이루고 있었"음을 인식하는 힘을, 주체는 지니게
된 것이다. 그러므로 이곳은 단순한 자기 인식의 공간이 아닌, 내면의 변화
를 통해 존재의 이행을 일으키는 성장의 공간으로서 그 의미를 지닌다.

겨울나무와 바람
머리채 긴 바람들은 투명한 빨래처럼
진종일 가지 끝에 걸려
나무도 바람도
혼자가 아닌 게 된다

혼자는 아니다
누구도 혼자는 아니다

나도 아니다
하늘 아래 외톨이로 서보는 날도
하늘만은 함께 있어주지 않던가

삶은 언제나
은총의 돌충계의 어디쯤이다
사랑도 매양
섭리의 자갈밭의 어디쯤이다

—「설일(雪日)」 부분

　서정적 자아가 존재에 대해 성찰하고 인간의 삶에 관하여 정의하고자 하는 경향은 중기시에서 나타나는 특징 중 하나다. 위 시의 화자 역시 인간의 삶에 대해 존재론적 판단을 내리는데, 그 내용은 "누구도 혼자는 아니다"라는 사실 명제로 조직된다. 이러한 명제는 주체가 비인간 자연물을 인식하고 이를 적용하는 과정에서 형성된다. '겨울나무'와 '바람'이 상호작용하며 영향을 주고받는 모습("머리채 긴 바람들은 투명한 빨래처럼/진종일 가지 끝에 걸려")을 바라보고, 이와 비슷한 상황을 2연에서 자신에게 적용하는 방법으로 말이다. 이렇게 비인간 자연물이 타자들과 연결되는 방식을 인식하며 화자는 삶에 대한 성찰적 태도를 지니게 된다.
　주목되는 것은 이렇게 이뤄지는 성찰성이 메타적 사유의 모습으로 나타난다는 점이다. 시인은 맹목적으로 윤리적 이상을 열망하려 하지 않고 본인의 경험과 인식을 성찰 대상으로 재인식하는 방법을 사용한다. 이러한 모습은 "하늘 아래 외톨이로 서보는 날도/하늘만은 함께 있어주지 않던가"라는 부분에서 단적으로 드러난다. 여기서 화자는 자신이 고독하게 있었던 지나간 시간을 회상하여, 절대적 존재만은 자신과 함께 있었던 경험을 다시 인식의 대상으로 삼는다. 그 결과 위 시의 성찰성은 '[나 → (고독했던

나-하늘)'과 같은 메타적 사유의 관계를 형성하게 된다. 이는 앞서 언급했던 「겨울 바다」에서 제시된 사유 구조와 유사하다고 할 수 있다.

여기서 짚고 넘어갈 부분은 이러한 성찰성이 '바다', '나무'와 같은 비인간 자연물을 인식하는 과정을 거쳐 형성된다는 점일 것이다. 김남조 시에서 비인간 자연물은 인식의 대상이지만 주체의 반성적 태도를 일으키기에 수동적 객체에만 머물지 않는다. '바다'와 '나무' 모두 주체에게 영향을 주는 '행위소(Actant)'[11]로 작용하며 자아의 정서적 상태 변화를 일으키고 있기 때문이다. 이는 자연물을 객체로 한정하지 않고, 주체의 내적 변화에 계기가 되는 존재로 인정하려는 시인의 시각이 나타난 대목이라 할 수 있다. 이러한 성찰성은 이별에 따른 '허무'나 '고독'과 같은 존재론적 허기 상태에서 출발하지만, 주체의 메타적 사유를 통해 정서적 이행을 일으키며 긍정적 가치에 다가선다.

밤중에도 잠들지 않는
바람 때문에
겨우내 나는 지쳐 있었다
찬 시냇물 눈을 맞던 겨울
그 인고의 눈시울에서
태어난 첫봄이여

멀리 그리운 이 있으면
절이라도 하라 여인이여
고단한 지아비

---

11 여기서 '행위소'란 행위의 원천을 지시하는 브뤼노 라투르의 용어이다. 라투르는 비인간 물질의 역량에 주목하고, 모든 대상이 행위 능력을 지니는 실체로서 존립한다고 강조한다. 제인 베넷, 앞의 책, 51쪽 ; 브뤼노 라투르, 앞의 책, 285~288쪽.

글 읽는 아들에게도
보름달만한 사랑을 주어라
새봄 맨 먼저
움돋는 연초록이
여인의 지혜에 불을 혀는 말씀,
…… 들려 온다

—「새봄 맨 먼저」 전문

김남조 시에 나타난 성찰성은 주체의 자기 인식적 태도에 머물지 않고, 지속적으로 주체에게 내재적 변화를 일으킨다는 점에서 유의미하다. 그 변화는 잠재적 고독과 슬픔의 정념을 지닌 즉자적 주체에서 인식과 성찰을 통한 대자적 주체로 성장하는 양상으로 나타난다. 이는 점차 타자와 세계에 대한 주체의 포용과 사랑의 정신으로 발전하기도 한다. 김남조의 성찰성은 비인간 타자에 의해 주체가 감응되고 또 주체에 의한 변화가 이어진다는 점에서 이분법적 인식 틀에서 벗어난다. 세계와 환경, 자연과 그 속의 존재가 분리되지 않고, 서로 영향을 주고받는 정서적 이행이 일어나기 때문이다.

위 시의 화자는 "바람", "눈", "시냇물"과 같은 비인간 타자에게 영향을 받는다. 특히 "밤중에도 잠들지 않는/바람"이라는 대상은 시적 화자에게 정서적 피로감을 더해주었던 존재이며, "눈"과 "찬 시냇물"은 화자에게 '인고'의 시간을 부여하는 존재이다. 주목되는 점은 화자가 자신이 "지쳐있었"던 그 순간을 망각하지 않고 다시 되새기고 있다는 점이다. 이러한 주체의 태도는 자신의 지난날을 회상하는 것으로 이해할 수 있지만, "바람"이라는 구체적 대상을 인식한 주체의 심리상태를 다시 회억한다는 점에서 메타적이다. 이러한 성찰성은 "인고"의 시간 뒤에 피어나는 "첫봄"을 포착하고, 잠재된 슬픔에서 벗어나 점차 희망의 이미지로 이어지고 있다.

성찰성은 은폐되어 있던 것을 주체가 새롭게 인식하게 한다. 늘 존재하고 있었으나 미처 인식하지 못했던 타자의 흔적을 표면으로 드러나게 하는 것이 성찰이 지닌 힘이다. 마치 겨울을 딛고 봄이 오는 과정을 화자가 감각하게 되는 것처럼 말이다. "연초록이/여인의 지혜에 불을 혀는 말씀"을 들을 수 있는 것은 바로 이러한 까닭 때문일 것이다. 주목되는 부분은 봄이 오는 소리가 화자의 내면에 "……들려 온다"라고 표현한 점에 있다. 이는 봄이 오는 소리가 바깥에서 파동하는 물리적 소리가 아닌, 성찰적 자아의 내면에 공명하는 목소리에 더 가까운 것임을 알게 한다. 이러한 점에서 "여인의 지혜에 불을 혀는 말씀"은 새롭게 들려오는 소리이기보다, 늘 존재해 왔지만 미처 감지하지 못했던 내면의 목소리라 할 수 있다.

이렇듯 주체는 성찰을 통해 그동안 인식하지 못했던 차원을 감각할 수 있게 된다. 이러한 점에서 성찰성은 시적 자아의 내부에 존재했으나 그동안 포착되지 못한 은폐된 차원인 '외부(dehors)'[12]를 새롭게 인지하는 역량이라 할 수 있다. 이는 「겨울 바다」에서 '기둥'을 이루거나 「새봄 맨 먼저」에서 '봄'이 오는 현상으로 제시되며, 후에 정화와 사랑과 같은 긍정적 사유로 발전하는 것이 특징이다.

> 그대만큼 사랑스러운 사람을 본 일이 없다
> 그대만큼 나를 외롭게 한 이도 없었다
> 이 생각을 하면 내가 꼭 울게 된다
>
> 그대만큼 나를 정직하게 해준 이가 없었다
> 내 안을 비추는 그대는 제일로 영롱한 거울

---

12 '외부'는 내부에 존재하지만 경험되지 않은 은폐된 차원을 가리킨다. 들뢰즈는 이러한 푸코의 생각을 논하면서 '외부'는 '내부'에 비해 존재론적으로 선행한다고 강조한다. 질 들뢰즈, 『푸코』, 권영숙 외 역, 새길아카데미, 1995, 134쪽.

그대의 깊이를 다 지나가면
글썽이는 눈매의 내가 있다
나의 시작이다

그대에게 매일 편지를 쓴다
한 구절 쓰면 한 구절을 와서 읽는 그대
그래서 이 편지는
한 번도 부치지 않는다

— 「편지」 전문

꼭 자연물이 제시되지 않더라도 성찰성은 특정한 존재를 회억하고 재인
식하는 과정에서 나타나기도 한다. 이때 상정하는 대상인 '그대', '당신'과
같은 명칭은 단지 사랑하는 사람만을 지시하지 않으며, 주체와 타자를 초
월한 절대적 존재를 표상하기도 한다. 일반적인 시각에서는 지각하기 힘든
비가시적 영역을 김남조의 자아는 성찰성의 인식 구조를 기반으로 언어화
한다. 그런데 성찰성이 지향하는 사유의 역학은 경계를 허물고 새로운 공
간을 향해 나아가는 팽창적인 움직임과는 다르다. 이것은 자신의 내부를
비추는 하나의 거울로서, 그동안 포착하지 못한 은폐된 '외부(dehors)'를 밝
히는 잠재적 움직임과 더 밀접하다.

위 시에서 "그대"는 화자의 사유 대상이자, 성찰성을 일으키는 존재로 제
시된다. "그대"는 화자에게 사랑스러운 존재이지만 외로움을 선사하기도
하고, 이로 인해 화자는 슬픔을 느끼기도 한다. 그런데 무엇보다 중요한 것
은 '그대'라는 존재로 인해 화자가 정서적으로 "정직"하게 된다는 점에 있
을 것이다. "그대"라는 존재는 서정적 자아의 내부를 비추어 스스로를 인식
하게 만드는 "거울"과 같은 역할을 하기 때문이다. 그러므로 "그대의 깊이
를 다 지나가면/글썽이는 눈매의 내가 있다"라는 화자의 언급은, "그대"의

존재로 인해 자신을 재인식할 수 있다는 성찰성을 드러내는 부분이라 할 수 있다.

위 시의 성찰성은 자신의 존재("내가 있다")를 다시 인식하는 메타적 사유의 과정으로 드러난다. 이는 은폐된 자아의 내면을 비추는 동시에, 내면으로부터 시작되는 새로운 사유의 가능성("나의 시작이다")을 일으킨다는 점에서 유의미하다. 이는 "그대"라는 존재를 찾아 새로운 공간으로 나아가는 것보다 자신의 내재적 차원을 들여다보는 사유 과정과 더 가깝다. 그러므로 화자가 매일 쓰는 '편지'는 내면에 대한 메타적 사유의 글쓰기로서 이해될 수 있다. 이러한 까닭으로 "한 구절 쓰면 한 구절을 와서 읽는 그대"가 있으며, 이 편지는 "한 번도 부치지 않는" 편지가 될 수 있는 것이다.

이렇듯 성찰성은 주체에게 잠재해 있는 변화 가능성을 재인식하고, 내면에 은폐된 역량을 포착하는 힘이 된다. 이는 대자적 자아로의 전환을 일으키며 주체를 삶에 대한 긍정적 인식을 지닌 성숙한 존재로 성장시킨다. 김남조 중기시에서 사랑과 행복과 같은 감정을 느낄 수 있는 이유도 바로 이러한 성찰의 과정이 전제하기 때문일 것이다. 성찰성은 초기시와 다르게 중기시에서 나타나는 시적 자아의 핵심 역량으로서 향후 성숙한 주체의 긍정적 정동으로 이어지는 인식적 전략으로 작용한다.

3. 비재현적 사유와 '탈-주체'의 가능성

성찰성이 중기시를 지배하는 화자의 인식론적 측면이라고 한다면, 이러한 성찰성으로 인해 펼쳐지는 사랑과 포용은 이 시기를 대표하는 정서적 특징이라고 할 수 있다. 김남조의 사랑은 단순히 타자에 대한 사랑으로 비춰질 수 있으나, 그 이면에는 인간과 비인간 자연물을 대치하지 않고 서로 감응하고 공명하려는 주체의 의도가 담겨 있다. 이는 데카르트의 이분법을 해체하는 것이며, 주체와 타자가 서로 평등하게 공존하고 사랑을 주고받는 비재현적 사유와도 맞닿는다. 다시 말해 김남조 시에 드러나는 사랑은 일차적인 정서적 반응이 아니라, 서로의 신체에 긍정적인 영향을 부여하는 하나의 정동으로 작용하는 것이다.

특히 김남조는 사랑의 중요성을 강조한다.[13] 그 이유는 인간의 사랑을 통해 근원적 고독을 이겨낼 수 있다는 이유 때문이기도 하지만, 한편으로는 사랑이 미처 발견하지 못한 숨겨진 삶의 가치를 인식하게 하기 때문이기도 할 것이다. 이와 관련하여 김남조는 「사랑 초서 20」에서 "저무는 날 해어스름/박명의 아름다움을 안다/안개 너머 벙그는/별들을 안다/사랑하기 전엔 몰랐던 빛들"이라고 언급한 바 있다. 여기서 알 수 있는 것은 김남조의 자아가 인식하는 사랑은 은폐되어 있던 것을 포착하게 하는 정동과 다름없다는 사실일 것이다. 사랑은 "안개" 너머에 감춰져 있던 "별"의 이미지를 발견하게 하는 것, 다시 말해 이성적 능력이 아닌 비재현적 사유 방식으로서 작동하는 것이 사랑이라는 정동인 셈이다.

어린 푸성귀들을 키우려
모성의 봄 오는구나
자연만은 낮은 목소리로 말해도

---

13 "사랑이나 그리움의 대상은 없으면 만들어서라도 지녀야 할 필요가 있습니다. 작은 불씨조차 없다면 광막한 사막에 혼자 있는 것과 같습니다. 그러나 여기서 중요한 것은 한 사람에의 사랑이 다수에의 사랑 내지는 전부에 대한 사랑으로 그 불길이 번져 나가게 되도록 사랑의 덕성과 더 좋은 성숙을 시인들은 시종 의도하고 노력해야 하겠지요. 저의 이른바 사랑시나 사랑의 대상들도 이러한 통례 안에서 쉽게 풀 수 있을 것입니다. 어느 시대고 인간의 본질은 같다는 믿음을 가지고 있습니다. 그 인간의 본질 속에는 그치지 않는 사랑의 갈구가 있습니다." 박호영, 「대담-김남조 시인편」, 『시와시학』, 시와시학사, 2006 봄호, 28쪽.

모두 참말일 테지
조용하게 언 땅에서 채우고 일어서는
나무, 나무들
내면의 부신 만개(滿開)여

—「해동」부분

성찰성에서 기인하는 비재현적 사유는 주체의 인식 수준을 변화시킨다는 점에서 중요하다. 앞서 언급했듯이, 이는 은폐된 차원을 언어로 가시화하는 작업이면서 동시에 주체와 대상 사이에서 움직이는 정동의 범주를 일컫는 일이기도 하다. 마치 '빛'에 숨겨진 '어둠'을 찾는 일처럼, 자신에게 잠재해 있던 비재현적인 이미지들을 추출하는 것과 다름없다. 이러한 과정에서 주체는 기존에 보이지 않았던 것과 감각하지 못했던 것들을 새롭게 조망하는 힘을 가지게 된다. 이것이 바로 들뢰즈가 말한 비재현적 사유의 힘이며, 역량의 증대와 감소를 일으킬 수 있는 정동의 개념[14]과 맞닿는 부분이다.

위 시에 포착되는 사랑을 단지 모성적 성향을 지닌 것으로 정의한다면 이는 감정에 대한 정의에 그치게 된다. 그런데 이러한 모성애가 "어린 푸성귀"로 제시되는 자연과 발화 주체 사이에서 발현된다는 점에 주목한다면, 이에 대한 개념은 정서를 넘어 정동의 의미로 재해석할 수 있다. 위 시의 사랑은 타인에게 일방적으로 향하는 정념이 아니라, 화자와 자연 '사이'에서 놓인 것이면서 동시에 "조용하게 언 땅에서 채우고 일어서는" 움직임을 만들어내는 힘과 연관된다는 점에서 차별적이다. 이러한 양상은 '푸성귀'에서 '나무'로, '나무'에서 '나무들'로 점차 변화해 나가는 면모를 보인다.

---

14 질 들뢰즈, 「정동이란 무엇인가?」, 질 들뢰즈 외, 『비물질노동과 다중』, 서창현 외 역, 갈무리, 2005, 34쪽.

그러므로 김남조 시에 나타나는 사랑은 주체의 내부에서 이뤄지는 일차적인 정서에 머물지 않는다. 사랑은 주체와 타자 '사이'에서 움직임을 일으키며 "내면의 부신 만개"로 공명해 나간다. 정동이 건조한 사유의 정착지가 아닌, 은폐된 미래의 가능성을 향한 새로운 방법론이 될 수 있는 것도 이러한 이유 때문이다. 김남조 시에 제시되는 사랑은 화자와 '나무' '사이'에서 피어나는 것이기도 하며, '나무'에서 '나무들'로 공명하는 '사이'의 가능성이기도 하다. 이것은 언어적 주체만이 아니라 "조용하게 언 땅에서 채우고 일어서는" 자연물 타자를 비추는 '만개'의 이미지로 확장되며 은폐된 타자를 주목하는 '탈-주체'적 가치로 발전해간다.

> 새와 나
> 겨울 나무와 나
> 저문 날의 만설(滿雪)과 나
> 내가 새를 사랑하면
> 새는 행복할까
> 나무를 사랑하면
> 나무는 행복할까
> 눈은 행복할까
>
> 새는 새와 사랑하고
> 나무는 나무와 사랑하며
> 눈송이의 오누이도
> 서로 사랑한다면
> 정녕 행복하리라
>
> ──「행복」 부분

들뢰즈는 관념(idea)과 정동(affect)을 사유 양태(mode of thought)로 설명하면서도 이 둘의 성격은 다르다고 언급한다. 관념이 어떠한 것을 재현하는 사유의 표본이라면, 정동은 특정한 실재가 없는 비재현적 사유 방식이라고 간주하는 것이다.[15] 즉 관념은 '대상적 실재'(objective reality)에 대해 사유하는 것이고, 정동은 대응하는 대상이 없는 '희망', '사랑', '슬픔', '행복'과 같은 것에 대한 사유라는 점에서 차별적이다. 그런데 비재현적 사유는 실재하는 대상은 없을지라도 존재 역량에 변화를 일으키는 연속적 변이를 담는다는 점에서 유의미하다. 정동은 인식의 차원을 넘어서 마주침 속에 촉발되는 변화적 역량이다.

위 시에서 나타나는 비재현적 사유는 존재와의 마주침을 통해 발현된다. "새와 나", "겨울나무와 나", "저문날의 만설과 나"가 서로 마주치고 나란하게 공존함으로써 촉발되는 것이 "행복"이라는 정동일 것이라고 화자는 말한다. 그런데 이러한 정동은 주체와 타자를 구분하지 않고, 발화 주체("나")의 자리에 동등한 존재를 다시 세움으로써 실현되고 있다. 얼핏 생각하면 인간과 비인간을 구분하려는 논리로 이해할 수 있으나, 반대로 생각하면 '사랑', '행복'과 같은 본질적 가치는 인간이 아닌 비인간 자연물들이 주체가 되어서도 충분히 향유될 수 있음을 역설하는 부분이기도 하다. 그러므로 김남조가 말하는 사랑은, 주체와 타자를 구분하지 않고 모두가 같은 주체의 자리에 공존할 때 성립되는 가치이다. 비인격적인 존재의 관계 맺음, 그 '사이'를 가로지르는 어떠한 잠재력의 발산으로 표출되는 것이 진정한 "사랑"이며 "행복"이라고 시인은 강조하는 셈이다.

김남조 시의 비재현적 사유는 개별적이고도 미시적 차원의 것으로 느껴질 수 있다. 그러나 사유의 중심은 인간 주체에 고정되어 있지 않다. 오히려 김남조 시는 비인간 자연물 간의 끊임없는 '소통과 관계 맺음이 축적'되

---

15 위의 책, 23~24쪽.

며[16] 시적 본질에 다가선다. 이러한 특징은 주체를 주체의 자리에 고정하지 않고 대상을 대상으로 고정하지 않는 '탈-주체'적 가치, 그리고 비인간 자연물을 어떠한 사태와 마주침을 일으키는 정서적 주체의 자리에 놓는 '포스트-휴먼'적 사유와 부합한다. 이렇듯 김남조 시에 나타나는 비재현적 사유는 단편적으로 한정된 정서의 표현이기보다, 연결과 떨림의 이미지와 맞물리며 감정에서 정동으로 나아가는 과정에 더 가깝다. 이는 제12시집 『바람세례』부터 타자 간 연결을 통한 희망의 정동으로 발전하며, 후기시의 핵심 주제인 세계에 대한 사랑과 대긍정의 가치에 다가선다.

작은 만남이여
골짜기의 물꼬를 문득
이리로 돌렸네

한 다발 열쇠꾸러미
자물쇠마다 열어 놓으니
은밀한 내 마음 옷 벗은 채
반짝반짝 드러나고
바닥에 잠겼던 말들
생금가루 털며 솟아오르고

이를 어쩌나 어쩌나
작은 만남이여
저는 이름도 하나 없이
그나마 돌담 저켠을 서성이면서
내 눈 밝혀

---

16 그레고리 J. 시그워스 · 멜리사 그레그, 「미명의 목록[창안]」, 멜리사 그레그 · 그레고리 시그워스 편저, 『정동 이론』, 최성희 · 김지영 · 박혜정 역, 갈무리, 2015, 15~16쪽.

내 마음 밝혀
실핏줄 하나까지 알게 하느니

작은 만남이여
놀랍고 가슴 아파라
작은 사랑이여

—「작은 만남」 전문

　김남조는 사랑을 인습적으로 축적된 정서로 간주하지 않는다. 그는 사랑이 '몸체(the body)'[17]에 변화를 일으킬 수 있는 역량에 주목한다. 이러한 역량은 미시적인 변화에서 시작되어 점차 차이를 일으키고, 시 텍스트 속 존재는 타자를 비롯한 다양한 상황들과 연결되어 나가는 이행을 보인다. 김남조 시에 제시되는 사랑이란 이런 것이다. 작은 마주침으로 시작되지만, 타자들과 연결을 통해 상징계의 질서에서 벗어나 문턱의 이행을 일으키는 정동이 김남조가 말하는 사랑일 터이다. 주체보다는 타자가 지닌 잠재된 능력을 새로운 층위로 끌어올리는 것, 이것이 바로 그의 시에 나타나는 사랑의 작동 방식이다.

　위 시가 말하는 사랑은 "작은 만남"과 같은 것이다. 그리고 "작은 만남"은 "골짜기의 물꼬"에 변화를 일으키는 일이다. 주목되는 점은 만남이 "골짜기의 물꼬"를 바꾸는 것뿐만 아니라 화자의 은밀한 마음을 열게 한다는 점에 있다. 이는 2연에서 잠긴 화자의 마음이 "자물쇠마다 열어 놓"게 한다는 비유로 제시되고 있으며, 이러한 열림은 또다시 화자의 내면에 은폐되

17　마수미는 정동을 설명하는 부분에서 스피노자의 '몸체(혹은 신체, the body)' 개념을 강조한다. 스피노자가 말하는 몸체란 무엇인가를 할 수 있는 역량을 의미하며, 이는 다분히 '실행주의적(pragmatic)'이라고 마수미는 말한다. 브라이언 마수미, 『정동정치』, 조성훈 역, 갈무리, 2018, 25쪽.

었던 언어들을 포착하게 하는 이행으로 이어진다. "바닥에 잠겼던 말들/생금가루 털며 솟아오"른다는 표현은 이를 드러내는 시구라 할 수 있다. 이렇듯 김남조의 자아가 인식하는 사랑은 주체의 내면에 은폐된 언어를 다시 발견하게 하는 역량을 가리킨다고 해도 과언이 아니다.

그런데 한 번 더 생각해보아야 할 점은, 이러한 주체의 변화를 일으키는 것이 근본적으로 '작은 만남'이라는 사태에 있다는 사실이다. 이 작은 만남은 "이름도 하나 없"어도 "돌담 저켠을 서성이"는 존재처럼 형상화된다. 이름이 없다는 것은 이것이 언어로 이를 수 없는, 그렇게 상징계의 질서에서 벗어난 타자성을 간직하고 있음을 드러낸다. 그러나 이러한 타자성은 단지 은폐된 차원에 머물지 않고, 화자의 "눈"과 "마음"을 밝히게 하는 변화를 일으킨다는 점에서 중요하다. 이는 이 만남이 단순한 대면에 그치지 않고, 주체와 타자의 연결을 통해 정서를 역동적 차원으로 격상시키기 때문이다.

그러므로 주체와의 마주침을 일으키는 이 "작은 만남"은 타자성을 지니고 있지만, 화자에게 영향을 주는 하나의 사태로서 의미화된다. 이것은 잠재된 것을 인식하게 하는 힘이기도 하지만, 보이지 않는 흐름을 감지하며 '탈-주체'적 상상력으로 변용될 수 있는 역량이기도 하다. 그렇다고 해서 이러한 정동이 끊임없는 협력과 연대를 일으켜 정치적인 방향으로 나아가는 것은 아니더라도, '주체-타자'의 이분법을 흔들고 상징계의 질서에 균열을 내는 방향으로 '문턱의 이행'을 거듭한다는 점에서 의미가 있다. 김남조는 정동을 활용하여 정치적이고 사회적인 방향으로 규정하는 배타성을 역으로 배제하고, 그것이 지닌 무한한 가능성을 생태적 상상력으로 재해석하는 것에 더 주력하는 것이다.

하얀 도화지에
노란 새장 그려져 있다

새장 문 열려 있어
푸른 하늘 긴 허리띠가
안팎으로 너울대고
그 안에 부리 고운
두 마리 새

(중략)

노래하는지 아닌지
서로 속삭이는지 아닌지
그건 몰라

날아오를까 아닐까
새장에 머무를까 아닐까
그건 몰라
소리 없는 세상
그림 속의 두 마리 새

자유로운 선택
자유로운 사랑

하늘 아무리 고향인들
세월 아무리 유수인들
새장 안의 두 마리 새
날아가지 않고
서로 마주 보기만
마주 보기만

— 「어떤 그림」 부분

김남조의 사랑은 주체의 시각으로 타자의 마음을 헤아리는 마음을 의미하지 않는다. 그가 제시하는 사랑은 인간의 질서로 자연물 타자의 정서를 규정하려는 것과 거리가 멀다. 오히려 김남조 시가 보여주는 비재현적 사유는 인간의 보편적 인식으로 포섭할 수 없는 지점을 가리키고 있다. 그의 정동은 주체보다는 타자를 향해 있으며, 타자만을 위한 것이 아닌 타자들을 위한 움직임으로 언어화되어 나타난다. "서로서로 나누어 먹이는/가지와 잎새, 뿌리들의 신실한 사랑"(「여름 나무」)이라는 시구에서 드러나듯이, 그의 사랑은 주체의 자리를 공동의 자리로 마련하는 움직임과 타자들을 위한 열림의 사유를 통해 구현되는 희망의 정동인 것이다.

위 시에서 제시된 비재현적 사유도 이와 비슷하다. 화자가 제시하는 '그림'은 노란 새장에 새장 문이 열려 있는 그림이다. 거기에는 두 마리 새가 있는데, 이 두 마리 새를 통해 시인은 자신이 말하고자 하는 사랑의 모습을 전달한다. 그것은 두 마리 새가 새장에서 벗어나 자유를 얻는 것도, 두 마리 새가 새장에서 서로 사랑을 속삭이는 것도 아니다. 시인은 두 마리 새의 사랑을 함부로 규정하지 않는다. 주체의 시작으로 타자의 움직임을 정의하지 않으려는 것이다. 그러므로 "그건 몰라"라는 화자의 말은 질문에 대한 회피의 답변이 될 수 없다. 이것은 타자와 타자 사이에서 움트는 정동을 인간의 시각으로 포획하지 않으려는 시인의 시각이 담긴 응답에 더 가깝다.

김남조가 형상화하는 사랑은 인간중심적 시각에서 확인하기 힘든 움직임을 포착하는 정동이라 할 수 있다. 이것은 주체에서 타자로, 타자에서 다시 주체로 이어질 수 있는 동적이고 쌍방향적인 움직임을 보인다. 그러므로 이 정동은 배타적으로 규정되기 힘든, 그렇게 질서를 넘어 "자유로운" 움직임을 추구할 수 있는 힘이다. 이러한 특징은 당연하게도 김남조 시에서 비인간 자연물과 마주침에 의해 촉발되는 모습을 보인다. 이 마주침은 "새"에게 진정한 열림을 일으키게 하고, "자유로운 선택"으로 미래를 상상할 수 있게 만든다. 그러므로 주체가 해야 하는 일은 자신의 언어로 "새"의 미래를 규정하는 일이 아니다. 사랑은 우리가 "그림 속의 두 마리 새"를 바라보고, 새장의 그 "두 마리 새"가 서로를 바라보는 일로 피어나는 것이기 때문이다. 자연을 생략하면 그 발생을 놓칠 수 있다는 마수미의 언급처럼[18], 김남조는 인간의 언어로 자연의 것을 훼손하지 않기 위한 마음으로 시를 쓴다. 그리고 이것이 '사이'에서 피어나는 공명이면서 동시에, 김남조 시인이 말하려는 미래에 대한 희망과 사랑의 본질이다.

4. 결론

김남조가 실천하는 사랑은 타자와 자신의 감정을 동일시하는 감정과는 다르다. 타자를 위해 주체의 헌신과 희생을 강요하지도 않는다. 김남조가 보여주는 사랑은 주체의 언어로 타자를 규정하는 습관에서 벗어나기 위한 노력이다. 그는 자신의 시각으로 타자를 정의하지 않고, 타자가 또 다른 타자와 만나 공존할 수 있는 시적 공간을 형상화하는 것에 집중한다. 이러한 모습은 주체와 타자, 타자와 타자의 만남으로 비롯되는 '사이'의 공명이자, '주체-타자'의 이분법을 타파하고 질서에 균열을 내는 '문턱의 이행'을 일으킨다는 점에서 중요하다.

김남조의 성찰성은 자기 인식을 통해 내적 변화를 일으키기 위한 주체의 능동적 사유다. 김남조의 자아는 자신의 지난 경험을 재인식의 대상으로 삼는다. 이러한 태도는 주체에게 잠재해 있던 기억을 다시 인식하게 하여 자신을 객관화하게 한다는 점에서 주목된다. 메타적 사유로 나타나는 성찰

---

18 브라이언 마수미, 『가상계』, 조성훈 역, 갈무리, 2011, 29쪽.

성은 주체의 바깥을 향한 것이 아닌, 자신의 내부에 은폐된 타자를 인식하는 과정과 더 가깝다. 이는 즉자적인 것에서 대자적 차원으로 성숙하는 계기가 되며, 내면의 이행을 통해 존재의 고독과 슬픔을 넘어 사랑과 정화의 정동으로 발전한다.

이렇게 형성된 김남조의 사랑은 어떠한가. 그의 사랑은 주체의 시각으로 타자의 정서를 정의하려는 일방적인 사랑과 다른 면모를 보인다. 무조건적인 사랑으로 타자를 포용하려는 태도와도 거리가 있다. 김남조가 구현하는 사랑은 주체와 타자, 그리고 타자와 타자 '사이'에서 피어나는 비재현적 사유이며, 서로가 감응하고, 감응되는 존재로서 영향력을 주고받게 하는 정동으로 형상화된다. 이것은 성찰성과 마찬가지로 은폐된 가능성을 인식하게 하는 힘이면서, 다양한 존재와의 마주침과 관계 맺음을 통해 '탈-주체'적 사유로 나아갈 수 있기에 더 유의미하다.

김남조의 비재현적 사유는 강력한 협력과 연대를 도구로 하는 정치성을 지니지는 않지만, '주체-타자'의 이분법을 해체하고 질서를 흔드는 방향으로 이행을 반복한다는 점에서 향후 진정성의 담론과 연결될 수 있다. 김남조의 시가 가치 있는 이유는 마주침의 대상을 인간이라는 이름으로 규정하지 않으려는 시인의 사랑이 내재하기 때문일 것이다. 그의 시 속 공간은 주체만을 위한 곳이 아닌 모든 존재를 위한 공동의 자리이며, 지금도 그곳에서 시인의 사랑은 피어나고 있다.

타자에 대한 축복과 희망

— 후기시의 몇 가지 주제들

1. 평안, 사랑, 축복

김남조가 내면에 집중했던 시각은 점차 비인간 자연물을 비롯한 타자와 세계를 향한다. 이는 한 세계에 대응하는 시적 주체로서 자아의 고독과 사랑과 같은 내면 감정에 집착한 것과는 다른 움직임이다. 김남조가 한 수필집에서 자신의 노년에 대해 긍정적으로 언급한 내용은[1] 세계에 대한 긍정적 인식과 세계로 확장된 시인의 문학적 시야를 짐작하게 한다. 이렇듯 성찰적 주체에게 축적된 긍정과 사랑의 정동은 김남조의 후기시를 지배하는 주제 의식이 된다. 이 시기 김남조는 주체와 타자를 구분하지 않고 모든 존

---

1 김남조는 자신의 수필집에서 노년기에 대해 다음과 같이 약술한다. "노년기는 나쁘지 않았다. 날이 선 감수성의 촉수들이 둔화 쪽으로 바뀌지면서 온화한 날씨가 되어갔다. 못 견딜 그리움이나 다급한 위기감도 없어 좋고 한밤에 수십 번을 돌아눕는 불면증에도 시달리지 않게 되었다. 그러면서 세상의 아름다움들은 더 한층 청명하고 보배롭게 보이고 사람들도 더욱 사랑스럽게 여겨졌다." 이와 같은 김남조의 생각은 노년기의 시간을 보다 긍정적으로 변화시켜 화해와 평화의 세계를 지향하는 언어로 나타나게 된다.

재가 동등하게 살아가는 세계를 지향한다. 이를 위해 현재를 살아가는 모든 존재에게 평화와 축복을 기원하는 태도를 보인다.

> 바라느니 모든 이에게 평안을, 시국과 역사에게도 부디 휴식과 안정을, 자연에게 또한 치유와 평강함을, 과거와 미래의 사람들, 아울러 모든 동식물에게도 아무쪼록 평안 있기를 비는 심정이다. 너무 큰 소망을 고백하는 듯 싶으나 오늘을 사는 모든 이의, 특히는 시인들 누구나의 절박한 열망이 여기에 일치한다는 확신을 갖는 터이다.[2]

인용문은 제13시집『평안을 위하여』서문에 실린 김남조의 언급을 발췌한 것이다. 내용을 살펴보면 시인의 인식이 세계로 확장되고 있음을 알 수 있다. 그동안 자아의 내면에 주목했던 주체의 시각은 인간뿐만 아니라 이 세상에 존재하는 자연과 동식물 그리고 세계의 역사에 이르기까지 넓어진다. 이러한 면모는 인간중심적인 세계관에서 벗어나 비인간 자연물을 함께 포용하려는 시인의 사유를 엿볼 수 있는 부분이다.

전쟁을 경험한 여성 주체의 고독과 분노가 초기시의 정동이었다면, 신앙과 사랑으로 성숙한 자아의 세계에 대한 축복과 기원의 태도는 후기시를 대표하는 핵심 사유라 할 수 있다. 이처럼 김남조의 문학적 사유는 시기를 거듭할수록 세계 인식을 확장하며 상상의 틀을 점차 넓혀 나간다. 세계를 인간만이 향유 가능한 공간으로 간주하지 않는 시각은 이분법적 질서를 흔드는 사유 방식이다. 이러한 사랑의 역량은 타자와 주체가 함께하는 공생적 가치를 시 속에 펼쳐놓는다.

> 신을 위하여
> 아름다운 세상을.

---

2 김남조, 『김남조시전집』, 국학자료원, 2005, 1153쪽.

보이지 않는 깊고 높은 것
그 확신을 위하여
아름다운 세상을.

사람을 위하여
사람들의 마음을 위하여
고독한 의지와 사랑
준령의 등반을 위하여
아름다운 세상을.

생명 있는 모든 것을
먹이고 기르는 자연을 위하여
죽은 후에도 영원히 안아 주는
대지를 위하여
땅의 남편인 하늘을 위하여
아름다운 세상을.

태어날 아기들과
미래의 동식물을 위하여
이름 없는 거
잊혀진 거
미지의 것을 위하여
가급적 다수를 위하여
그러고 보니 모든 걸 위하여
아름다운 세상을.

— 「아름다운 세상」 전문

각 연 1행을 주목해보자. 연의 첫머리에 시인이 전달하고자 하는 축복의
대상을 직접적으로 언급하고 있는데, 그 대상이 절대자인 신에서 출발하여

지상에 살아 숨 쉬는 모든 동식물로 확장되고 있음을 알 수 있다. 구체적으로 화자가 축복하는 대상은 '신 → 사람 → 생명 있는 존재 → 미래의 존재들'로 이어진다. 특히 2연에 "사람들의 마음"이나 4연의 "이름 없는 거", "잊혀진 거"와 같이 눈에 보이지 않는 대상까지도 포용하려는 화자의 태도가 돋보인다. 화자의 시각은 주체의 시각으로 쉽게 인식할 수 없는 은폐된 존재까지 포착하고 있다.

절대자에 대한 사랑에서 출발한 화자의 인식은 타자를 비롯하여 세계에 대한 축복으로 이어진다. 그 과정에서 "생명 있는 모든 것"과 앞으로 "태어날 아기들"까지 평안의 대상으로 언급한다. 즉 시인은 선험적인 것부터 앞으로 이어질 미래의 시간까지 기원의 대상으로 인식한다. 미지의 것조차도 자신의 사랑의 영토 안에 두려는 시인의 마음은 단순한 미학적인 차원에서 접근할 수 없는[3] 절대적 사랑과 포용의 태도를 지향한다.

> 평안 있으라
> 평안 있으라
> 포레의 레퀴엠을 들으면
> 햇빛에도 눈물난다
> 있는 자식 다 데리고
> 얼음벌판에 앉아 있는
> 겨울 햇빛
> 오오 연민하올 어머니여
>
> 평안 있으라
> 그 더욱 평안 있으라

---

3 이재복, 「목숨, 사랑 그리고 구원의 형식」, 『시와시학』, 시와시학사, 2017, 여름호, 66~67쪽.

죽은 이를 위한 진혼 미사곡에
산 이의 추위도 불쬐어 뎁히노니
진실로 진실로
살고 있는 이와
살다간 이
앞으로 살게 될 이들까지
영혼의 자매이러라

평안 있으라

— 「평안을 위하여」 전문

"평안 있으라"라는 구절은 이 시기 김남조가 지녔던 세계에 대한 인식을 가장 잘 보여주는 부분이다. 표면적으로는 "겨울 햇빛"을 축복의 대상으로 지시하고 있지만 이는 "연민하올 어머니"인 성모 마리아를 지칭하게 된다. 더 주목되는 부분은 바로 2연이다. 앞서 살펴보았던 시와 같이 축복의 대상이 성모 마리아에서 세계의 모든 존재로 확장되고 있기 때문이다. 화자는 "죽은 이"와 "산 이"까지 축복하며 평안의 대상을 넓혀간다. 이는 삶을 살고 있는 주체뿐 아니라 지금 존재하지 않는 타자까지 모두 포용하려는 시인의 사유가 드러나는 부분이다.

화자의 축복은 여기서 멈추지 않는다. 화자가 축복하는 대상은 "앞으로 살게 될 이들"까지 확대된다. 정리하면 화자가 축복하는 대상은 '죽은 존재→살아 있는 존재→앞으로 살게 될 존재'로 확장된다. 이러한 방법으로 시인은 자신의 사랑을 주체의 시각으로 규정하지 않고 "햇빛"과 같은 자연의 속성을 활용하여 영속과 순환의 이미지를 부여한다. 그렇기에 시인의 축복과 사랑은 주어진 질서에 의해 한정되지 않고 시간의 틈을 열고 무한으로 지속되는 양상을 보인다.

가난한 이와 병든 이
감옥에 갇힌 이를 위해 기도하라고
성교회의 높은 강단에서도
거룩하게 깨우쳐 온 수십 년이니
넉넉히 동서남북에 퍼지고
하늘에도 상달되었겠지요

그러하니 오늘은
그 밖의 사람들을 위해 기도합니다
굶주리거나 병들지 않았으며
감옥에 갇히지도 않은
특징 없는 보통사람들

           ― 「그 밖의 사람들」 부분

겨울나무 옆에
나도 나무로 있다
겨울나무 추위 옆에
나도 추위로 서 있다
추운 이들 함께 있구나 여길 때
추위의 위안
물결 인다 하리라

(중략)

안식의 정령이여
산 이와 죽은 이를
한 품에 안아주십사 비노니
겨울 바람의 풍금 느릿느릿
울려 주십사고도 비노니
큰 촛불 작은 촛불처럼

겨울 나무와 내가
나란히 기도한다 하리라

— 「안식을 위하여」 부분

두 시는 모두 화자가 다른 존재들을 위해 기도한다는 점에서 공통적이다. 화자가 축복하고 기원하고자 하는 존재를 포괄하는 그 범주는 시상이 전개될수록 점점 넓어진다. 우선 「그 밖의 사람들」에서 주목하는 대상은 제목에서 제시된 바와 같이 "그 밖의 사람들"이다. 여기서 "그 밖의 사람들"은 "굶주리거나 병들지 않았으며 감옥에 갇히지도 않은" 속성을 가진 사람들로서 주변에서 흔히 볼 수 있는 "보통사람들"을 지칭한다. 즉 화자는 "가난한 이와 병든 이"뿐만 아니라 세상에 사는 다수의 "보통사람들"에게도 관심을 가지며 그 기도와 축복의 대상을 확장한다. 타자에 대한 관심은 또 다른 보편적 타자들을 양산할 수 있는 법, 시인은 이러한 타자성의 역설을 축복이란 이름으로 모두 포용하고자 한다. 「안식을 위하여」는 "겨울나무"와 시적 화자인 "나"가 동일한 환경에서 다른 이들을 위해 기도한다는 점에서 주목된다. 이들은 3연의 "안식의 정령"에게 "산 이와 죽은 이를 한 품에 안아주십사"라고 말하며 기도한다. 사실 기도의 주체인 "겨울나무"와 화자도 추위로 인한 시련과 고통을 감내하고 있는 존재인데, 이들은 이러한 상황에서도 타인을 위해 축복하는 절대적 사랑의 정신을 실천하고 있다는 점이 특징이다.

타자와 세계에 대한 축복의 정신이 김남조의 후기시를 가득 채운 이유를 정확하게 한마디로 정리할 수는 없으나, 자아의 내면을 비추던 그의 시각이 밖으로 확산하게 된 어떤 계기가 있었음은 분명하다. 이와 관련하여 시인은 이렇게 밝힌 바 있다.

삶의 세계만을 보던 눈으로 삶과 죽음을 함께, 산 이의 구원을 더듬던 미숙한 신앙 성향의 중심을 산 이와 죽은 이들을 합친 모두의 안식과 평화에로 탄원이 바뀌기를 감히 바라면서 이 시집 첫 권을 봄볕 속 고인의 쉼터에 갖다 놓으렵니다.[4]

위 진술에서 알 수 있듯이 김남조는 이 시기 "삶의 세계"에 집중했던 과거 인식에서 벗어나, "삶과 죽음을 함께" 바라보는 차원으로 자신의 시야를 확장한다. 특히 시인은 신앙적인 면에서도 "산 이"와 "죽은 이"를 모두 기원하고 축복하며 사랑의 스펙트럼을 더욱 넓혀 나간다. 주목할 만한 것은 마지막 부분의 "고인의 쉼터에 갖다 놓으렵니다"라는 언급이다. 사실 이 시기 김남조의 삶에 또 다른 중요한 사건이 있었으니, 바로 그의 남편 김세중이 세상을 떠난 일이다. 한평생 함께해온 인생의 동반자를 잃는다는 것은 김남조 시인에게 큰 슬픔으로 다가올 터, 이와 같은 커다란 슬픔은 그동안 '살아 있는 존재'에게만 주목했던 그의 시선을 '죽은 존재'까지 확장하게 만든 계기가 된 것으로 보인다.

> 너의 집을 지어 주마
> 사랑하는 사람아
> 은밀하여 누구도 못 찾을 곳에
> 이승의 쉼집을 마련해 주마
> 동서남북 문을 내고
> 문들 사철 열어두는 집
>
> 살다가 살다가
> 세상이 손을 놓아 너 혼자인 날엔

---

4 김남조, 앞의 책, 1153쪽.

문설주에 손자국 없이도
와 있곤 하겠느냐
한밤의 목마름과
못 고칠 미운 짓거리까지도
아아 너의 모든 것
예 와서 담겨 주겠느냐

아무도 안 산다 싶은 곳에
바람은 능히 살고
아무도 안 온다 여길 때에
그리움 물밀 듯이
너의 집에 너 머물면
내 하늘 절로 달밤이리

너의 집을 지어 주마
사랑하는 사람아
옷고름을 풀 듯이
세상살이 골병들을 풀어 버리고
엊그제 몸살도 지워 버리고
쉬어라 쉬어라
설핏 보기만 해도 눈물나는 나는
그 집 울타리 둘러 주마

— 「너의 집」 전문

시상의 시작부터 마지막까지 화자가 주목하고 있는 대상은 바로 "너"이다. 그리고 화자는 "사랑하는 사람"으로 명명되는 "너"를 위해 "이승의 쉼집"을 지어주겠다고 말한다. 이 "쉼집"은 청자인 "너"가 쉴 수 있는 안식처로 작용하는데, 이곳은 단지 이승의 공간이 아니라 청자가 "세상이 손을 놓아 너 혼자인 날"에도 찾아와 쉴 수 있는 공간을 상징한다. 즉 화자는 살아 있는 존재뿐만 아니라 '죽은 존재' 혹은 '죽게 될 존재'를 위해 자신의 사랑을 의미하는 영원한 안식처를 제공하고자 하는 것이다. 결론적으로 화자가 주목하고 있는 대상은 이승의 존재에서 죽음 이후의 존재까지 그 범주가 확대된다. 4연에서 화자에게 "설핏 보기만 해도 눈물나"게 만드는 처절한 그리움의 대상은 마치 시인의 곁을 떠난 남편 김세중을 염두에 둔 듯하다.

남편 김세중이 세상을 떠난 뒤 펴낸 시집 『바람세례』(1988)를 기점으로 시인의 세계 인식은 더욱 발전된 모습을 보인다. 시인은 현재를 살아가는 존재는 물론, 삶의 영역에서 벗어난 존재에게도 평안과 회복을 기원한다. 통상의 시각에서는 인지하기 힘든 영역의 존재에게 시인은 자신의 메시지를 전달하는 셈이다. 이러한 점에서 남편과의 이별은 시인에게 막다른 길이 아닌 새로운 시적 인식으로의 출발과 다름없다. 상징계에서 잊힌 존재에 대한 정화와 축복의 자세는 시인의 사유가 기존보다 더 깊어졌음을 드러내는 증거다.

2. 노년의 자각과 수용

노년의 문제는 김남조 후기시를 지배하는 주요 테마 중 하나다. 이에 관한 논의는 선행 연구[5]에 의해 어느 정도 다뤄져왔다. 노년이란 단순히 '나이가 듦'의 의미를 지시하는 것이 아니다. 나이가 들어가는 것은 어린아이나 중년 그리고 노년의 모든 사람에게 해당하는 개념이기 때문이다. 노년

---

5 김남조의 '노년'에 대한 주제 연구로는 정영애, 『김남조 시의 변모 양상 연구』, 숙명여자대학교 박사학위 논문, 2009 ; 정동매, 『김남조 시 연구』, 경원대학교 박사학위 논문, 2010 ; 채영희, 『김남조 시 연구 : 죽음의식과 생명의지를 중심으로』, 중앙대학교 석사학위 논문, 2013 ; 구명숙, 「김남조 후기시에 나타난 노년 의식」, 『여성문학연구』, 한국여성문학학회, 2015. 등의 연구가 있다.

이란 정확하게 '나이가 들어 늙은 때'를 의미한다. 그러므로 노년에 대한 논의는 이와 같은 정의에 벗어나지 않는 범위 내에서 진행되어야 한다.[6] 김남조 후기시에서 노년 의식은 주로 시적 화자가 노년을 자각하고 이를 수용하는 태도로 나타난다. 노년을 자각하는 과정에서는 삶과 죽음에 대한 성찰의 모습을 보여주기도 한다. 이러한 성찰의 태도는 시적 화자의 담담한 어조를 통해 경건한 분위기를 자아내는 점[7]이 특징이다.

> 이승을 영 떠나는 날
> 내 민감한 손은
> 불을 쬐는 시늉이나 할는지 몰라
> 홀로 먼 길을 떠나는 추위를
> 측은하게도 알아차릴지 몰라
> 비몽사몽 간에 십자성호를 긋거나
> 누군가의 살결에 닿으려
> 허공을 휘저을지도 몰라
> 이르노니
> 마지막 날 나의 손은
> 붓을 잊기 바란다
> 돈과 애장품도 잊기 바란다
> 태어나던 그대로의 빈손으로
> 휘이휘이 떠나기 바란다

—「손」 전문

---

6 여기서 논의할 노년 의식은 후기시 중에서도 김남조가 나이 일흔을 넘어서며 발표한 시집들을 대상으로 한다. 제14시집 『희망 학습』(1998), 제15시집 『영혼과 가슴』(2004), 제16시집 『귀중한 오늘』(2007), 제17시집 『심장이 아프다』(2013), 제18시집 『충만한 사랑』(2017)이 그 대상이다.

7 구명숙, 「김남조 후기시에 나타난 노년 의식」, 『여성문학연구』 제35호, 한국여성문학학회, 2015, 395쪽.

노년이란 삶의 시작보다는 끝과 가까워진 시기를 말한다. 노년을 지내는 사람들은 그동안 많은 경험을 하였겠으나 그들도 아직 직면하지 못한 것이 있으니 그것이 바로 죽음이다. 이러한 까닭으로 노년에 대한 자각은 대개 죽음에 대한 자아의 관심으로 이어지게 된다. 위 시에서 주목하고 있는 것도 바로 "이승을 영 떠나는 날"로 표현되는 죽음의 때이다. 주목되는 것은 화자가 생의 마지막 순간에 자신이 소유했던 모든 것을 잊고 떠나기를 바란다는 점이다. 화자는 "마지막 날" 자신의 "손"이 이승의 욕망에서 벗어나 "태어나던 그대로의 빈손"이 되기를 바란다. 이러한 모습은 "돈"이나 "애장품"과 같은 현실의 것에 사로잡히지 않고 모든 것을 내려놓고자 하는 시인의 경건한 자세를 느끼게 한다. 이러한 태도는 "바란다"라는 담담한 어조로 독자에게 전달된다.

내가 지쳤다는 사실을
자책한다
나태와 안일 그 피부병을
자책한다
이다지 감미로운
시간 죽이기를
자책한다

미지근한 온도
희석된 긴장
절망보다도 무개성한 허탈을
자책한다

달력엔
자책의 날짜들만 잇달아

숙달 외길을 달리는
자책 취미를
자책한다

많지 않은 세월에
자책과 노느라
나의 밤낮이 바쁘다
하여 바쁘게
자책한다

—「자책과 놀며」 전문

시인은 나이가 들어감을 권력으로 삼지 않는다. 오히려 시인은 나이가 들수록 더 겸손해지기 위해 노력한다. 김남조가 보여주는 노년의 미학은 바로 이러한 모습에서 차별적이다. 시인은 세월의 흐름을 탓하지 않고 늘 자신을 반성하는 성찰적 태도를 보이며 노년을 자각하는 대자적 자아의 면모를 드러낸다.

화자는 "내가 지쳤다는 사실"에 대해 인지하고 이를 "자책"하며 스스로의 삶을 성찰한다. "자책"하기 위해서는 우선 자신에 대한 올바른 자각이 있어야 하는 법인데, 화자는 본인의 삶을 1연의 "나태"와 "안일" 그리고 2연의 "희석된 긴장"과 "절망보다도 무개성한 허탈"이라고 표현한다. 세월의 흐름에서 느끼게 되는 "자책"의 태도는 한편으로는 3연의 "외길을 달리는"이라는 표현을 통해 쓸쓸함을 느끼게 하기도 한다. 화자는 무려 아홉 번이나 '자책'이라는 단어를 반복한다. 이는 내면에 웅크리고 있는 회한이 다시 생의 욕망으로 분출[8]되는 것으로 해석된다. 자기 자신에 대한 끊임없는 "자책"은 오히려 화자의 생에 대한 의지를 느끼게 하는 셈이다.

---

8 위의 글, 399쪽.

① 용서 있어야 한다면
　기꺼이 용서하리라

　처음은
　민망한 배고픔과 착오를
　스스로 용서하고
　아슬아슬 허깨비놀음을
　맛있게 받아먹던
　눈먼 세월을
　다음으로 용서하고

　　　　　　　　　　　　　　　—「용서」 부분

② 졸음 와 눈시울 감기니
　목마른 사랑 따위, 또는 돈타령이거나
　연민할 인간사의 시름을 잊고
　잠시 눈감아 쉬리라

　갓 염색한 옥빛 순한 하늘을
　다시 볼 즈음엔
　세월의 산마루 그 하나를
　어느새 또 넘었으리

　　　　　　　　　　　　　　　—「세월」 부분

　김남조는 자신의 노년에서 느끼는 삶의 복잡한 감정들을 원숙한 태도로 감내하고 수용하고자 한다. 기나긴 삶의 여정의 끝에 다가오는 노년에 대해 시인은 긍정적으로 수용하려는 모습을 보인다. ①은 "용서"를 통해 화자가 자신의 삶을 치유한다. "민망한 배고픔"과 "착오"로 채워진 화자의 과거는 첫 번째 용서의 대상으로 작용한다. "허깨비 놀음"으로 채워진 화자의

"눈먼 세월"도 철저한 "용서"의 대상이다. 즉 자신의 지난 삶을 채워왔던 복잡한 여정 속 모든 일들을 화자는 치열하게 용서하고자 한다. 자신의 노년을 자각하고 수용하는 과정에서 안식의 태도를 보인다는 점이 주목된다. 위 시의 화자는 "사랑"이나 "돈타령", "연민할 인간사"와 같은 세상의 것을 잊기 위해 이러한 것들과 잠시 거리를 두는 모습을 보인다. 4연의 "눈감아 쉬리라"는 이와 같은 특징을 보여주는 부분이다. 이외에도 후기시에는 노년을 소재로 한 작품들이 더러 있다.

> 나는 노병입니다
> 태어나면서 입대하여
> 최고령 병사 되었습니다
> 이젠 허리 굽어지고
> 머릿결 하얗게 세었으나
> 퇴역명단에 이름 나붙지 않았으니
> 여전히 현역 병사입니다
>
> 나의 병무는 삶입니다
>
> ─「노병」 전문

앞선 시들이 노년을 자각하는 과정에서 지난 삶을 성찰했다면 위 시는 오히려 미래를 향한 의지를 표출하고 있다는 점에서 차이가 있다. 위 시에서 화자는 자신을 "노병(老兵)"으로 명명하며 소개한다. 화자는 "최고령 병사"이지만 "퇴역"하지 않은 "현역 병사"로 자신을 시인한다. 이를 통해 늙음을 자각하고 수용하면서도 여전히 "병사"처럼 치열한 삶을 살아갈 수 있다는 강한 의지를 드러낸다. 이러한 면모는 단순히 생에 대한 의지가 아닌, 시인으로서 문학을 대하는 사람의 의지를 동시에 보여준다.

김남조는 자신의 노년에 대해 "나쁘진 않았다. 그 손님은 세월에 실려 저절로 왔을 뿐 아무런 고의도 없는 무죄한 방문객이었다"[9]라고 술회한다. 이렇듯 김남조는 노년의 모습을 부정하기보다, 이를 담담하게 수용하고 인정하는 태도를 보인다. 시인에게 노년은 고의 없이 찾아온 "무죄한 방문객"과 같다. 시인은 노년을 겸허하게 수용하며 자신에게 남은 시간을 타자와 세계를 위한 시쓰기에 전념하고자 한다.

3. 희망의 화두 : 희망을 희망하기

앞 절에서 언급하였듯이 김남조는 자신의 노년을 거스르려 하지 않는다. 오히려 시인은 노년을 성찰과 회고의 시간으로 삼으며 세상에 대한 긍정적 시야를 확보하기에 이른다. 이러한 확장된 세계 인식과 긍정적 가치관에서 표출되는 또 다른 정동은 바로 미래에 대한 희망이다. 희망은 김남조에게 시인으로서 그리고 대한민국의 한 사람으로서 지녀야 하는 중요한 가치로 작용하는 듯하다.

> 시인은 노래 부르기보다 어느 동안 다른 이의 노래를 들으며 그 공감되고 일깨우는 바를 축적해야 할 것 같다. 아니다. 새로이 자각하는 바의 시인의 책무를 더 근면하게 감당해야 하겠으며 그건 다름 아닌 희망의 수사학을 확산시키는 일이라고 여겨진다. 시인이 침묵하는 동안엔 누구도 희망을 노래하지 않는다. 절망의 처방으로서의 희망이 처음엔 아주 작은 종자 속의 그것이더라도 지열로 데워 싹 틔운다면 마침내 강건한 줄기들이 자라 오르리라.[10]

---

9 김남조, 「절망적 연애의 그 대상을 바라보듯이」, 『귀중한 오늘』, 시학, 2007, 160~161쪽.
10 김남조, 『김남조시전집』, 1154쪽.

김남조는 시인의 책무로서 '희망의 수사학'을 확산하는 것을 강조한다. "시인이 침묵하는 동안엔 누구도 희망을 노래하지 않는다"라는 김남조의 언급은 자신이 침묵하지 않고 희망에 대한 노래를 창작하겠다는 의지의 표현이며, 시를 쓰는 목적과 시인으로서의 사명감을 드러내는 대목이다.

> 총탄이 몸에 명중했다
> 살을 꿰뚫는 얼음번개의 얼얼한 상처
> 한데 죽지 않았다
> 머리에 총 맞지 않았으니
> 아직 살아 있고
> 생각하는 일 가능하다
> 가슴에도 총 맞지 않았으니
> 아직 살아 있고
> 사랑하는 일 가능하다
>
> 이런 까닭으로
> 한국인들
> 다시금 희망의 학습을 시작한다
>
> ─「희망학습」전문

희망은 절망적인 상황에서 그 가치를 더하는 법이다. 위 시는 희망의 가치를 극대화하기 위해 오히려 절망의 상황을 극대화하여 표현한다. 주목되는 점은 희망의 대상이 바로 "한국인들"이라는 점이다. "살을 꿰뚫는 얼음번개의 얼얼한 상처"를 가지고 있는 "한국인들"에게 화자는 하나의 가능성을 제시하는데, 그것은 바로 1연에서 언급된 "살아 있"는 "머리"와 "가슴"이다. "머리"가 있기에 생각할 수 있고 "가슴"이 있기에 사랑할 수 있다고 화자는 말한다.

김남조는 "희망"의 가능성을 절망적 상황에 놓인 "한국인들"에게 강조한다. 주지하다시피 이 시가 쓰인 시기는 외환 위기로 인해 한국인의 경제적 고충이 심했던 시기다. 김남조는 이러한 국가적 위기 극복을 위해 희망을 외치며, "아직 살아 있고/사랑하는 일 가능하다"라고 말한다. 김남조의 희망 정신은 비단 우리나라 사람들에만 적용되는 것이 아니다. 시인이 말하는 희망은 한국을 넘어 범세계적 차원으로 확대된다.

> 그간 적지 않은 작품이 세상으로 실려 나갔습니다. 이제 나에겐 새로이 쓰게 될 약간 편의 미래의 시만 남았습니다. 시를 쓰려면 시가 먹을 양분을 영혼과 가슴 안에 비축해야 함도 잘 알기에 더딘 걸음으로나마 나는 다시금 정진할 것입니다. 우리는 함께 있으며 힘과 사랑과 희망을 나눕니다. 다름 아닌, 우리 각자는 연약한 개체이나 우리 전부로선 인류, 그 이름이기 때문입니다.[11]

위 언급은 희망을 나누고자 하는 김남조의 각별한 열정을 느끼게 한다. 김남조가 설정한 '희망 나눔'의 대상은 연약한 개체를 넘어선 전 인류이다. 시인은 자신에게 주어진 시간이 많지 않음을 언급하면서도 앞으로 시에 더 정진할 것을 다짐한다. 여기서 시인의 다짐은 자신만을 위한 의지의 표현이 아니다. 김남조는 시를 통해 개체와 개체가 만나는 공동의 공간을 창출하고자 한다. 시인이 사랑과 희망을 나누는 공동체로 국가를 넘어 전 세계에 존재하는 인류를 호명하는 것도 이러한 이유 때문이다. 김남조의 사랑은 국가와 국가 간 경계를 허물고 세계적 차원의 희망으로 발전한다.

① 피 같은 세월

---

11 위의 책, 1155쪽.

물처럼 퍼 담아 쏟아버리고
그 언제 허깨비처럼 나타난다면
차마 아니 믿기어도
반갑고 말고 반갑고 말고

그도 저도 아니고
생의 끝날에야 찾아온다면
내 이르되 너무 늦은 건 아니라 하리
또 이르되
어서 다른 데 가보라 하리

—「희망에게」 부분

② 어른은 없고
아이들만 사는 나라
그렇지 않아
어른 되려고
아이들 바삐바삐 자라는 나라
그래 맞아
그 희망있어
햇빛 비추는 거야

—「어떤 나라」 전문

「희망에게」는 희망을 마주하는 화자의 반가움과 함께, 희망을 타자에게
나누고자 하는 화자의 태도가 드러난다. 기다림이 깊을수록 만남의 행복이
큰 것처럼 화자는 희망을 기다리고 기다린다. 4연의 "생의 끝날에야 찾아
온다면"이라는 언급은 이러한 기다림의 깊이를 보여주는 대목이다. 주목되
는 점은 화자가 희망을 자신의 것으로만 간주하지 않는다는 점에 있다. 화
자는 희망의 반가움을 타자와 나누려는 공생적 가치관을 드러낸다. 4연에

서 "어서 다른 데 가보라 하리"라는 화자의 언급은, 타자와 희망을 함께 나누며 그 가치를 증대하려는 시인의 의도가 드러난 부분이다.

「어떤 나라」는 화자가 생각하는 희망의 나라를 구체적으로 설명한다는 점에서 눈길을 끈다. 화자는 "아이들만 사는 나라"가 아니라 "아이들이 바삐바삐 자라는 나라"가 진정한 희망을 가진 나라라고 정의한다. 아이들이 자라나서 어른이 되는 것은 세상에 모든 나라에 공통된 원리이기에 결론적으로 모든 인류에게 희망을 전파하게 되는 셈이다. 이러한 희망의 정신은 최근 작품에서도 확인된다.

> "희망 때문에 힘들어. 희망이 없었으면 좋겠어."
> "그래도 남은 건 희망뿐이야."
> 두 남자의 대화가 TV 화면에 자막으로 비춰졌다
> 향나무 연필을 깎고 깎아
> 연필심만 가늘가늘 남은 그런 느낌이다
>
> 그런데 희망 때문에 고통스럽다는 말이
> 이상하게 예뻐서 가슴 아려온다
> 사랑 때문에 고통스럽다는 말과 닮았고
> 누군가 그 사람 때문에 죽을 듯하다는 말처럼 절실하다
> 희망이 없었으면 좋겠다는 말도
> 희망이야말로 희망의 희망이라는
> 기도말로 들려왔다
>
> —「희망의 화두」 전문

인간은 태어날 때부터 희망을 가지고 살아간다고 한다. 또한 희망은 어두운 시기 속에서 강렬하게 바라는 바가 달성될 것이라는 믿음이라고 정의하기도 한다. 위 시는 이러한 희망의 정의와 중요성을 다시금 설파하는 작

품이다. 시인은 TV 속 두 남자의 대화를 인용하여 시작 부분부터 이목을 집중시키는데, 그 두 남자는 일상을 살아가는 모든 존재들을 대변하는 대상으로 작용한다. 희망 때문에 힘들지만 결국에 의지할 것은 희망밖에 없는 역설적인 고통의 상황은 세상을 살아가는 사람들의 삶의 알레고리다. 화자는 이러한 상황을 다시 역설적으로 받아친다. "희망 때문에 고통스럽다는 말이 이상하게 예뻐서 가슴 아려온다"라는 부분이 바로 그 대목이다. 그만큼 '희망'이 절실하기에 마지막 '희망'이라고는 정말 '희망'밖에 없는 인생의 진리가 아름다운 것이라고 위 시는 말하고 있다. 이러한 방법으로 김남조는 현대를 살아가는 사람들에게 희망만이 할 수 있는 '희망의 화두'를 증언한다.

4. 경계 너머, 시간에게

사랑과 정화의 시학은 희망의 화두를 품고 점차 세상과 인생에 대한 대긍정의 가치에 다가선다. 근작에서는 시간의 질서를 넘어 영원을 응시하는 주체의 사유가 나타난다는 점에서 주목된다. 김남조는 영원성의 원리를 시 안에 통합하고 그 안에 담긴 시간 형식을 통해 인간 존재를 근원적으로 사유[12]하고자 한다. 이러한 특징은 『심장이 아프다』(2013), 『충만한 사랑』(2017)에서 그 면모가 깊이 있게 드러난다.

> 1
> 꽃샘눈과 벙그는 홍매화는

---

12 유성호, 「사람과 사랑을 마음 깊이 희원하는 시간들」, 『충만한 사랑』, 열화당, 2017, 155쪽.

청결한 새봄의 한 쌍 내외인데
하나는 오고
하나는 간다
서로 뒤돌아본다

2
사랑하며 둘이 살다가
한 사람 세상 떠나고
남은 이의 세월 천년이란다
천년 세월 그간에도
하늘 항상 푸르리

　　　　　　　　　　　　　　　　　　—「첫봄」전문

　위 시는 자연의 존재를 의인화하여 생명의 영원성을 형상화한다. "꽃샘눈"과 "홍매화"로 대표되는 시적 대상은 자연이자 생명을 가진 모든 존재들을 대변하는 역할을 한다. "꽃샘눈"이 가면 "홍매화"가 피는 자연의 순환 구조는 사랑하는 연인에게 발생하는 인간사에도 적용되는 원리다. 새로운 만남에는 '언제나 이미(always already)' 슬픔의 싹이 움트고 있다는 데리다의 언급처럼, 위 시는 만남이라는 사태에 잠재한 이별의 역설을 형상화한다.

　그런데 시인이 말하는 것은 헤어짐의 슬픔보다는 다시 이어질 사랑의 지속에 더 가깝다. 시인은 사랑하는 사람이 떠나도 사랑은 영원하듯이 "남은 이의 세월 천년이란다/천년 세월 그간에도/하늘 항상 푸르리"라고 말한다. 즉, "천년 세월"로 대응되는 영원의 시간을 화자는 "항상 푸르리"라는 자연물의 영속성을 통해 형상화하는 것이다. 김남조는 인간의 사유 방식을 인간의 속성으로 그리지 않고, 이를 비인간 자연물의 속성으로 재구성한다. 만남과 이별, 사랑과 슬픔의 역설을 자연의 섭리를 활용하여 인간의 시각으로 포착할 수 없는 삶의 진리를 드러낸다.

나무와 나무그림자
나무는 그림자를 굽어보고
그림자는 나무를 올려다본다
밤이 되어도
비가 와도
그림자 거기 있다
나무는 안다

— 「나무와 그림자」 전문

  위 시도 자연물을 통해 존재의 영원성을 드러낸다는 점에서 앞서 인용된 「첫봄」과 공통적이다. 시에서 제시된 "나무"와 "그림자"는 서로 응시하고 있으며 서로를 의지하는 존재로 의인화된다. "나무"가 없으면 "그림자"도 없듯이 이 둘은 서로 분리될 수 없는 존재들인 것이다. 주목되는 점은 햇빛이 없는 "밤"이나 "비"가 오는 날에도 "나무"는 "그림자"의 존재를 믿는다는 것이다. 빛이 없으면 존재할 수 없는 "그림자"의 존재를 믿음으로 인해 이 자연물은 영속성을 가지게 되고, "나무"와 "그림자"의 믿음과 사랑 또한 '영원성'을 지향하게 되는 것이다. 서로 바라보는 상호 의존과 길항의 존재 방식을 단아하게 노래하는 것이 위 시의 묘미다. 자연물을 활용하지 않고 시적 화자가 직접 주체가 되어 '영원성'을 지향하는 작품들도 더러 있다.

그대 함께 가고 싶어
등짐 무겁고 신발 해져도
포승으로 두 팔이 묶인다 해도
그대 있어 그대 있어
안도하고 싶어
다음 세상의 끝날까지
끝날 그다음에도

그대 함께 있고 싶어

—「동행」 부분

오랜 후일
당신이 다시 어른이 되는 날엔
뒤뜰 대숲의
안 보이는 바람으로
나는 살으리
오래 살으리

—「후일」 부분

　두 시는 화자가 특정한 대상과의 지속됨을 희구한다는 점에서 공통적이다. 「동행」은 화자가 "그대"를 절실히 사랑하고 원하는 감정에서 출발한다. 화자는 자신이 어떠한 상황에 놓이더라도 "그대"와 함께 하고자 한다. "등짐 무겁고 신발 해져도/포승으로 두 팔이 묶인다 해도"라는 언급은 이러한 화자의 절실함이 드러나는 부분이다. 절실함은 존재의 유한성, 즉 시간을 초월하여 영원으로 확대되는데, "다음 세상의 끝날"에 이어 "끝날 그다음"까지 함께하고자 하는 초월적 사유로 형상화되어 나타난다. 「후일」도 역시 존재의 유한성을 초월하려는 태도를 보이는 점이 특징이다. 화자는 "당신"이라는 존재와 함께하기 위해 "뒤뜰 대숲의 안 보이는 바람"이 되어서 영원히 공생하고자 한다. 자아가 "바람"이 되고자 함은 끊임없이 흐르면서 늘 동일한 상태를 유지하고 이를 통해 동일성과 연속성을 보장하는 태도[13]로 비춰진다.

　물론 김남조의 후기시가 모두 '영원'을 지향하는 것은 아니다. 특히 「시계」(2017)의 경우 인간의 유한성을 인지하고 긍정함으로써 자아의 한계를

13　O. Paz, 『흙의 자식들』, 김은중 역, 솔, 1999, 25~27쪽.

인식한다. "그대는 속물 중의 속물이니"라는 시 속 '시계'의 언급은 아직까지 유한한 삶의 욕심에 사로잡힌 존재를 직설적으로 고발하는 부분이다. 하지만 이러한 존재에 대한 사유와 지속적인 성찰도 궁극적으로는 김남조 시가 지향하는 영원성에 근접하게 된다.

> 시간에게 겸손하기
> 시간의 식물원에 물 주기
> 시간 안에서 용서받기
> 시간의 탓으로 돌리지 말기
> 시간에게 편지 쓰기
> 시간에게 치유받기
> 시간 속의 꽃을 찾기
> 시간의 말씀 듣기
> 시간에게 고백하기
> 시간에게 참회하기
> 시간 안에서 잠자기
> 시간 안에서 오래오래 잠자기
> 훗날에 그리하기
>
> ─「시간에게」 전문

위 시는 마치 시계에 표시된 12시간을 보여주듯 화자는 시간에게 자신의 12가지 다짐을 전달한다. 화자의 총 12가지 다짐을 대표하는 것은 바로 시간 앞에서 겸손하는 것이다. 이러한 이유로 화자는 "시간에게 겸손하기"라는 가장 중요한 일생의 목표를 시의 가장 첫 행에 앞세운다. 이렇듯 "시간"은 화자를 겸손하게 만드는 절대자로서 존립한다. 특히 "시간의 말씀 듣기"와 "시간에게 참회하기"라는 화자의 다짐은 마치 절대자를 바라고 기도하는 구원의 형식으로 비춰진다. 그렇다면 화자가 절대자인 "시간"에게 바라는 것은 무엇인가? 그것은 바로 "시간 안에서 오래오래 잠자"는 것이다. 화자는 궁극적으로 절대자의 곁에서 "오래오래" 숨 쉬고자 한다. 화자는 물리적 시간을 넘어서 절대적 사유의 시간으로서 영원성을 획득하고자 하는 것이다. "훗날에 그리하기"라는 마지막 행의 김남조의 이러한 의지를 더 분명하게 하는 대목이다. 즉, 표면적으로 보기에 위 시는 단순히 삶의 시간 안에서 한정된 다짐을 적은 것으로 보이지만, 시 속 시간은 삶과 죽음을 모두 관장하는 절대자 존재로 작용하게 된다.

멕시코의 시인이자 비평가 옥타비오 파스(Octavio Paz)는 "시는 항상 드러나는 동시에 숨는 현실의 두 부분이 화해하는 순간에 포착되는 총체적 현존의 비전"이며, "현재는 현존에 나타나며 현존은 과거, 현재, 미래의 화해"[14]라고 언급한다. 김남조가 시간에게 전달한 현존의 다짐은 과거, 현재의 만남뿐만 아니라 앞으로 지속되고 또 달성해야 할 미래의 몫이 된다. 그렇기에 시간을 향한 화자의 다짐은 현실의 질서에 벗어나기 위한 주체의 노력이며 상징계의 틈을 열고 시적 언어의 새로운 층위를 향하려는 시인의 열정이나 다름없다.

---

14 위의 책, 262~263쪽.

제2부

수평적 상상력과 진정성

수평적 상상력과 신유물론적 사유

1. 서론

코로나19가 열어젖힌 지금 시대에 주체의 자리에 서 있을 수 있는 존재는 인간만은 아니다. 팬데믹의 대혼란은 인간이라는 존재를 다시 생각하게 하였고, 유일하고 절대적인 존재를 자처했던 인간은 생태계의 중심에서 그 자리를 이동했다. 인간이 고수해왔던 주체의 자리는 어느덧 비워진 공간으로 남아 있게 된 것이다. 인간이 발전시킨 기술력은 현시점에서는 그렇게 유효하지 않다. 어쩌면 지금 가장 유효한 것은 "가장 거대한 것들이 항상, 언제라도 바뀔 수 있다는 사실"[1]이며, 인간 역시 생태계 진화의 거대한 영향 안에 있는 참여자일 뿐이라는 사실일지도 모른다.

포스트휴머니즘의 확장과 더불어 제기되고 있는 '신유물론'[2]은 이러한 문

---

[1] 피터 베이커, 「"우리는 정상으로 돌아갈 수 없다" : 코로나바이러스가 세상을 어떻게 바꿀 것인가?」, 이종임 역, 『창작과비평』 제48권 제2호, 398쪽.

[2] '새로운 유물론'이라고 불리는 신유물론은 언어와 담론이 아닌 자연, 사물 등 비인간 물질을 사회 핵심 요소로 파악하는 '물질적 전회(material turn)'에 기초한다. 이는 구

제의식을 공유하는 하나의 담론이다. '물질의 존재론'이라 칭할 수 있는 신유물론은 인간 중심적인 시각에서 탈피하여 소외된 물질의 실재성을 강조한다. 이는 인간이 아닌 물질이 어떠한 사태를 촉발할 수 있다는 점에 주목하여, 그동안 관심 밖에 있었던 물질 자체와 그것이 지닌 활력에 대한 근본적인 물음을 던진다. 그럼으로써 늘 대상이나 객체에 머물러 있던 물질들을 주체의 자리에 옮겨보고자 하는 것이다. 이렇듯 인간과 사물 사이의 존재론적 평등을 열어가는 새로운 유물론은, 인간중심의 이분법적 사고에서 벗어나 새로운 연결을 도모한다는 점에서 탈인간적 세계관과 궤를 같이한다. 일찍이 빌 브라운이 언급한 바 있는 '사물이론'[3], 최근 생태철학자 제인 베넷이 제기한 '생기적 유물론'[4] 모두 이와 비슷한 맥락에서 새로운 유물론을 뒷받침하는 이론들이라 할 수 있다.

무엇보다 신유물론이 의미 있는 이유는 물질의 활력을 인정한다는 점에 있다. 신유물론은 사물을 고정된 입자이자 변화 불가능한 실체로 바라보는 기존의 유물론과는 달리, '비인간' 물질의 영향력에 주목하고, 이들에게서

성주의 바깥에 있는 물질의 '실재성'에 주목함으로써 기존의 유물론을 새로운 시각에서 되살리려는 시도라 할 수 있다. 대표적인 선집으로는 Daniel Coole and Samantha Frost, *New Materialisms: Ontology, Agency, and Politics*, eds, Duke UP, 2010.

3 빌 브라운은 문학에서 사물은 객체나 대상, 배경과 같은 범주로 여겨졌음을 지적하고, 그동안 인간들은 그들이 살아가는 현상계의 대상을 이해하는 데에 상대적으로 소홀했음을 역설한다. 그는 문학 연구의 기존 체계를 비판하고 비인간 세계와 인간의 상호작용과 관계 양상에 대해 주목한 바 있다. Bill Brown, *A Sense of Things: The Object Matter of American Literature,* U of Chicago P, 2002.

4 제인 베넷은 인간의 행복과 안정을 증진시키는 방법으로 물질성의 지위를 격상시키는 것을 강조한다. 그는 주체와 객체 사이의 차이를 줄이기 위해, 물질의 활력에 주목해야 한다고 말한다. 이러한 베넷의 견해는 사물의 능동성에 주목한 것으로, 그는 사물의 능동성을 '사물-권력(Thing-power)'으로 정의하고 이를 아도르노의 비동일성 (non-identity) 개념과 연관 지어 설명한 바 있다. 제인 베넷, 『생동하는 물질』, 문성재 역, 현실문화, 2020, 57~72쪽.

비롯되는 활력을 하나의 '행위소'로 간주한다.[5] 따라서 신유물론 시각에서는 인간만이 세계에 영향을 주는 행위 주체가 아니라, '비인간' 물질 역시 주체적인 행위자로 존립할 수 있다. "물질이 그 자체로 활력을 지닌다면, 주체와 객체 사이의 차이가 최소화될 뿐 아니라 모든 사물들이 공유하는 물질성의 지위가 격상될 것"[6]이라는 베넷의 언급처럼, 신유물론은 그간의 사고방식에서 벗어나 인간이 아닌 비인간 물질에 대한 새로운 사유를 촉진하게 한다.

필자는 이러한 신유물론적 시각으로 김남조 시인의 시를 재해석하고자 한다. 그의 시에는 비인간 물질이 활력을 지닌 주체로 나타나는 경우가 발견되는데, 이러한 특징은 인간과 비인간을 구분 짓지 않고 동등한 존재로 인식하는 시인의 사유를 짐작하게 하는 부분이다. 특히 김남조는 『심장이 아프다』(문학수첩, 2013) 서문에서 "모든 사람, 모든 동식물까지가 심장으로 숨 쉬며 살고 있는 이 범연한 현실이 새삼 장하고 아름다워 기이한 전율로 치받으니 나의 외경과 감동을 아니 고할 수 없다"라고 말하며, 인간과 비인간을 나란히 두고 동일하게 활력을 지닌 존재로서 인정하려는 태도를 보인 바 있다. 즉 김남조 시에서 자연물은 어떠한 개념으로 한정되는 수동적인 객체이기보다, 인간과 함께 숨 쉬고 감각하는 비인간 물질이다. 이처럼 인간과 비인간을 종적으로 구분하지 않고 "심장으로 숨 쉬"는 활력 있는 존재로 보는 김남조의 시각은 신유물론이 가진 문제의식과 공명하고 있다.

---

5 이 문장에서 사용되는 '행위소'라는 개념은 행위의 원천을 가리키는 브뤼노 라투르의 용어다. 주지하다시피 라투르는 행위자 네트워크 이론(Actor-Network Theory: ANT)을 제시하고 물질성이라는 개념어를 '비인간'이라는 용어로 대체할 것을 언급한다. 이는 그동안 수용되었던 데카르트적 이분법에서 벗어나 인간과 비인간 사이의 대칭적 관계를 제시한다. 제인 베넷, 위의 책, 51쪽 ; 브뤼노 라투르, 『판도라의 희망 : 과학기술학의 참모습에 관한 에세이』, 장하원·홍성욱 역, 휴머니스트, 2018, 306쪽.

6 제인 베넷, 앞의 책, 58쪽.

김남조 시는 주체의 긍정적 가치관과 존재의 상처를 정화하는 서정적 자아의 사랑 의식을 기반으로 한다. 그런데 이러한 특징이 드러나는 이유는 단지 사랑과 종교적 차원의 힘으로 현실을 극복해내는 메시아적 사유가 그의 시에 존재하기 때문만은 아니다. 오히려 이러한 특징은 절대자를 향한 기원의 형식으로 나타나는 수직적 상상력이 아닌, 모든 사물과 생명체를 동일한 존재로 보려는 수평적 사고에서 기인하고 있다. 인간과 비인간이 수평적으로 관계하고, 비인간 물질의 능동성이 발휘되는 물질적 상상력은 그의 시가 현재에도 여전히 유효한 텍스트가 될 수 있음을 드러내는 증거이다. 이렇듯 김남조 시는 기존의 종 차별적인 시각에서 벗어나, 인간중심적 인식 바깥의 사유를 지향한다는 점에서 유의미하다.

이에 필자는 김남조 시에 나타난 비인간 물질에 주목하고, 이를 대하는 시인의 사유에 대해 분석하고자 한다. 김남조 시에 제시된 물질들의 양상을 신유물론적 관점에서 재해석함으로써, 사랑과 종교성과 같은 거시적 테마로 귀결시켰던 기존의 통념에서 벗어나 그의 시를 새롭게 조명한다. 다시 말해, 인간과 비인간에 대한 이분법적인 구분을 내려놓고, 물질을 능동적 참여자로서 바라보는 독특한 생태학적 사유를 그의 시에서 도출하는 것이 논의의 목적이다. 이상의 과정은 김남조 시가 지향하는 새로운 테제를 찾는 작업이며, 인간이 아닌 여러 존재들의 생명과 활력에 주목했던 시인의 시적 사유를 밝혀내는 과정이 될 것이다.

2. 수평적 상상력과 물질적 전회의 가능성

김남조 시 중에는 자연을 중심 소재로 한 텍스트가 많다.[7] 그러나 우리가 김남조 시를 주목해야 하는 이유는 그의 시가 생태적인 것을 소재로 한다는 사실 때문만은 아니다. 그의 시는 자연물이 단지 사색과 관조의 대상이 아니라 적극적인 사유 주체로 형상화된다는 점에서 차별된다. 여기서 자연물은 화자의 언술에 의해 형상화되는 수동적 존재를 지시하지 않고, 오히려 화자에게 영향력을 행사할 수 있는 존재로 인식된다. 이는 주체('인간')와 대상('자연')이라는 기존의 이분법적 사고방식을 깨트리는 시인의 사유를 알 수 있는 특징이다. 김남조는 특정 세계에 영향을 주는 존재를 인간으로 한정하지 않고, '나무', '꽃'과 같은 비인간 물질에 주목하여 그들의 행위성을 시적 언어로 형상화한다.

> 백설로 목욕, 얼음 옷 익숙해지기,
> 추운 교실에서 철학책 읽기,
> 모든 사람과 모든 동식물의 추위를 묵념하며
> 삼동내내 광야의 기도사로 곧게 서 있기
>
> 겨울나무들아
> 새 봄 되어 초록 잎새 환생하는

---

7 이러한 특징은 김남조 중기시를 비롯하여 근작들에서 많이 산견되는데, 2000년 이후에 발간된 근작 중에 이에 해당하는 텍스트를 일별하면 다음과 같다. 제16시집 : 「원경(遠景)」, 「즐거운 고래」, 「거울 속의 거울」, 「노을 2」, 「바다 카나리아」, 「나비의 노래」, 제17시집 : 「나무와 그림자」, 「가멸한 인사법」, 「나무들 8」, 「바람에게 말한다」, 「새와 나무」, 「첫봄」, 「겨울 어느 날」, 「먹이사슬」, 「어둠의 잠」, 「나무들 7」, 「해달」, 「눈 오는 날」, 제18시집 : 「개미마을」, 「석류」, 「그들의 봄」, 「낙엽」, 「대륙의 산」, 「누에 이야기」, 제19시집 : 「바위와 모래」, 「나무들 9」, 「햇빛」, 「태양에게」, 「매화 사랑」

어질어질 환한 그 잔칫상 아니어도
그대 펴은
잘생긴 사람만 같다

— 「나무들 8」 부분

「나무들 8」에는 '나무'를 바라보는 시인의 독특한 시선이 드러난다. 화자
는 겨울나무의 모습을 수동적인 존재가 아닌, 능동성을 지닌 존재로 형상
화한다. 이는 인간만이 할 수 있는 구체적인 행동으로 제시되는데, "얼음
옷 익숙해지기", "추운 교실에서 철학책 읽기" 등과 표현에서 이를 확인할
수 있다. 주목되는 것은 시적 대상을 둘러싸고 있는 자연 전체를 "추운 교
실"이라는 물리적 공간으로 비유하고 있다는 점이다. 그런데 이 표현은 자
연을 인간 문명의 것으로 치환하려는 의도와는 다르게 느껴진다. 화자는
오히려 그 공간을 모든 존재가 차별 없이 '공부'하고 사유하는 공간으로 빗
대어 표현하고 있기 때문이다. 그러므로 시적 화자의 위 언술에 대해, 자연
을 인간 영역 안으로 포획하려는 의도로 해석해서는 안 된다. 오히려 위 시
는 자연을 인간과 비인간이 공존 가능한 공간으로 확장함으로써, 인간과
자연 모두가 행위 주체로 존립할 수 있는 가능성을 확보한다.

　위 시에서 나무는 "모든 사람과 모든 동식물의 추위를 묵념하"는 적극적
인 주체로서 존립한다. 나무는 "광야의 기도사"로 비유되는 능동적 움직임
의 주체이자, 세상을 위해 늘 기도하는 하나의 사유 주체로서 비유되고 있
는 것이다. 이러한 까닭으로 "겨울나무들아"라고 호명하고 "그대 펴은 잘
생긴 사람만 같다"라고 말하는 부분은 오로지 화자의 목소리로 읽히지만은
않는다. 이는 나무가 또 다른 나무에게 전하는 말, 다시 말해 '겨울나무들'
이 서로에게 말하는 목소리처럼 느껴지기도 하기 때문이다. 이렇듯 위 시
는 발화 주체 자리를 공동의 공간으로 열어두는 방법으로, 인간과 비인간

이 함께 사유 가능한 수평적 세계를 시적 공간에 형상화한다.

　제인 베넷은 "인간과 다른 물질들 사이의 관계를 보다 수평적으로 경험하는 것은, 보다 생태학적인 감수성을 향해 나아가는 것"이라고 말한다.[8] 이러한 베넷의 언급은 비인간 물질에서 기인하는 활력을 인정하는 것을 전제한다. 김남조의 생태시에서 발견되는 시적 사유도 이와 무관하지 않다. 김남조는 인간과 자연물의 관계를 이질적인 것으로 인식하지 않고, 이 관계를 두 주체가 상호작용하는 수평적인 차원의 것으로 바라본다. 그리고 이러한 시인의 인식은 시 텍스트 속 발화 주체를 확정할 수 없는 말하기 방식으로 반복되어 나타난다.

> 나무는 공부를 좋아한다/뿌리에 물 내리는 공부/하늘과 구름 그 아득함에서/들꽃, 풀벌레, 모든 종의 형제들에게/하나하나 인사하는 공부/땡볕엔 햇볕가리개로/나그네 쉼터 되는 공부
>
> —「나무들 7」 부분

> 나무들아/출석을 부를 테니 대답해 주렴//비 맞는 나무/물그림자 나무/바람막이 나무/안개 덮인 나무/벼랑 위의 나무/다섯 나무 불렀더니/다섯 시인 대답한다
>
> —「나무들 9」 부분

　인용된 두 시는 김남조의 생태학적 상상력을 잘 드러낸다. 먼저 「나무들 7」에서 '나무'는 "들꽃, 풀벌레, 모든 종의 형제들에게/하나하나 인사하"거나 누군가를 위해 "쉼터"가 되어, 자연과 인간을 막론하고 세계의 모든 물질에 긍정적인 영향을 주는, 이른바 '사물-권력'[9]을 지닌 존재로 제시된다.

8　제인 베넷, 앞의 책, 53쪽.
9　베넷은 '사물 권력'이라는 개념을 스피노자의 '코나투스'(능동적인 충동 혹은 지속에

주목되는 것은 '나무'가 영향을 행사하는 주체가 아니라, 이러한 존재가 되기 위해 스스로 "공부"하는 존재로 형상화되고 있다는 점이다. 이와 같은 특징은 단지 나무의 생명력을 드러내는 것에 그치지 않고, 나무라는 존재 스스로가 변화를 위해 노력하는 능동적 주체로 구현된다는 점에서 차별된다. 이러한 시인의 상상력은 인간과 자연을 구분하는 이분법적 경계를 흔들고, 자연물의 성격을 수동적인 것에서 능동적인 것으로 바꿔놓는 역할을 한다.

그렇다면 '공부'한다는 행위는 구체적으로 무엇을 의미할까? 이에 대한 답은 「나무들 7」 3연에서 그 근거를 찾을 수 있다. 김남조는 여기서 "나무는 밤에도 공부한다/해 저물고 밤 깊어도/세상은 아름답다는 공부"라고 말하며, '공부'를 세상에 대한 긍정적 인식을 지니게 하는 행위로 정의한다. 이어 "어느 날 어느 밤 그 누구도/혼자는 아니라고/편지 보내는 공부"라고 첨언하며 '공부'의 의미를 더 구체화한다. 여기서 우리는 '공부'의 의미가 세상에 대한 긍정적 인식을 바탕으로 형성되는 수평적 상상력에 기반함을 알 수 있다. 시인의 목소리에 따르면 이것은 세상에 존재하는 것이 혼자만이 아니며, 매 순간이 인간과 비인간이 함께 존재하고 있음을 일깨우는 의미 있는 행위나 마찬가지다.

「나무들 9」에서 화자는 '나무'를 거듭 호명함으로써 비인간 자연물로서 나무의 다양성을 각인시킨다. 이러한 호명을 통한 나열 형식은 '나무'의 존재를 하나의 사전적 개념으로 통합하지 않는다는 점에서 유의미하다. 개념으로 사물을 고정시키는 것이 아니라 다양한 양태들의 나무들을 시각화하며, 자연물로서 '나무'가 가지는 존재론적 가능성을 드러내고 있는 셈이다.

대한 지향)와 유사한 것으로 언급하고, 이는 소외된 자들에게 깃들어 있는 것과 닮았다고 설명한다. 즉 '사물 권력'이란 행위소로서 비인간이 지닌 가능성에 주목하는 것을 의미한다. 위의 책, 37~40쪽.

개념이 사물을 살해한다라는 코제브의 지적처럼 사물을 개념화된 대상으로 간주하는 것은, 비인간 물질이 지닌 다양한 역능을 차단하는 결과를 양산할 수 있다. 그러나 김남조는 개념으로 자연물을 한정하는 기존의 질서와는 다른 시각을 견지한다. 그는 비인간 자연물의 여러 가지 양태들을 형상화하여 그들에게 잠재되어 있던 것들을 감각의 층위로 끌어올린다. 이러한 점은 화자가 "출석"을 부르고 나무가 "다섯 시인"이 되어 "대답"하는 문답의 형식을 통해 더욱 부각되어 나타난다. 이렇듯 나무가 지니는 다양한 모습을 인식하고 이들과 적극적으로 소통하는 화자의 태도는, 사물을 객체로 간주하는 인간중심적인 시각과는 차별되는 모습이라 할 수 있다.

> 진홍 장미
> 일만 송이의 즙이
> 석류 살비듬에 고여
> 진홍의 단맛으로 영글었다
>
> 나는 붉은 사랑이야
> 붉은 유혹이야
> 붉은 가책이야
> 나는 붉은 노을이야
> 붉은 불면이야
> 나는 붉디붉은
> 심장이야
>
> ─「석류」 전문

　김남조 시에서 꽃과 열매는 주로 생명력을 상징하는 은유적 존재로 제시된다. 이러한 양상은 비인간 자연물의 생명력을 환기함과 동시에 치유와 정화의 이미지와 맞물리며 시세계의 지배적 모티프를 형성하는 것이 특징이다. 그러나 이보다 주목되는 것은 이러한 자연물의 양상에서 '물질적 전회(material turn)'[10]의 가능성을 발견할 수 있다는 것에 있다. 특정 대상의 위치에서 벗어나 발화자의 자리를 차지하여 그들의 물질성을 부각하는 시적 양상은 '전회'를 드러내는 중요한 요소가 된다. 주지하다시피, 전회란 새로운 인식의 탄생을 의미하는 것이 아니다. 전회의 개념은 '언제나 이미' 존재해왔지만, 그 중요성을 인지하지 못한 존재에 대한 재평가를 전제한다. 중요했던 것이지만 인식의 바깥에 머물렀던 존재에게 잠재된 역량을 새롭게 발견할 때, 우리의 인식은 새로운 방향으로 변화된다. 김남조 시에서 손쉽게 발화자의 자리를 차지하는 비인간의 특성, 그리고 발화 주체를 모호하게 하는 언술 양식 등은 이러한 전회를 가능케 하는 차별화된 특징이라 할 수 있다.

「석류」에서도 이러한 특징이 두드러진다. 여기서 '석류'라는 자연물은 단순히 대상의 자리에 묶여 있지 않고, 시적 주체의 위치에서 직접 발화자로 참여한다. 특히 인식의 대상이었던 1연의 '석류'는 2연으로 넘어오며 화자와 위치를 바꿔 자신이 직접 화자가 된다. 이러한 방법으로 위 시는 화자와 대상, 주체와 객체의 관계로 고정되었던 기존의 도식에서 탈피한다. 이것이 의미 있는 이유는 해당 화법이 반복되면 될수록, 발화 주체는 점점 더 모호해진다는 데에 있다. 2연에서 "나는 붉은 사랑이야", "나는 붉은 노을이야"라고 말하는 주체를 쉽게 단정할 수 없는 것도 바로 이러한 이유 때문이다. 위 시는 비인간 자연물을 단순한 배경이나 소재로 고정하지 않는다.

---

10 김환석은 인간과 비인간(자연적 실체를 포함한 다양한 물질들)의 '함께 있음'을 이해하기 위해 기존의 시각에서 변화해야 함을 강조한다. '함께 있음'이란 단순히 인간과 사물의 연결뿐만 아니라 이를 실현시키기 위한 구체적인 행위들을 가리키며, 이를 통해 드러나는 물질성을 배경에 두지 않고 전면으로 부각시키고자 하는 것이 사회과학적 '물질적 전환(material turn)'이라고 역설한다. 김환석, 「사회과학의 '물질적 전환(material turn)'을 위하여」, 『경제와사회』 제112호, 비판사회학회, 2016, 226~228쪽.

오히려 이를 전면에 내세우는 방식으로 시적 공간 속 주체와 객체, 인간과 비인간의 위계적 질서와 경계를 허물고 있다.

한 가지 더 눈여겨볼 점은 '석류'가 발화자이면서 동시에 사유의 존재로도 형상화된다는 것이다. 2연에서 '석류'는 자신에 대해 반복적으로 정의를 내리며 스스로에 대한 인식론적 태도를 드러낸다. 특히 "사랑", "유혹", "가책" 등 인간의 정서적 개념을 활용하여 자신을 인식함으로써 일반적인 식물과는 차별되는 모습을 나타낸다. 이러한 특징은 단지 자연물의 생명력을 강조하는 것에 그치지 않고, 자연을 하나의 인식 주체로 인정하려는 시인의 사유를 알게 하는 부분이다. 이렇듯 김남조 시는 인간과 자연물을 구분하지 않고 서로 주체의 자리를 공유하며 존재하는 공생적 사유를 드러낸다. "이곳 사람들은/서로 머리를 끄덕이며//더러는 포옹하면서/이제 봄입니다/이제 봄입니다라고/인사를 나눈다"(「그들의 봄」)라는 시구에서 단적으로 나타나듯이, 그의 시에 제시된 존재는 인간과 자연물을 막론하고 서로 공생 가능한 존재로 표현된다.

김남조 시는 자연물을 행위의 주체이자 사유의 주체로 형상화하며 기존의 생태 텍스트와는 차별된 모습을 보인다. 이러한 양상은 데카르트 이분법에서 벗어나 자연이 지니는 담론의 틀을 확장하고 있다는 점에서 유의미하다. 단지 자연의 물질성을 인정하는 것에 머무르지 않고, 자연을 사유 주체의 자리에 놓음으로써 인간과 자연의 공생 가능한 문화를 시 속에 펼쳐놓고 있기 때문이다. 비인간 물질의 생기론적 가치를 인정하고 인간과 자연을 구별하지 않으려는 시인의 사유는, 시 텍스트에 반복적으로 제시되며 하나의 지배적 모티프를 형성하고 있다고 해도 과언이 아니다.

> 살아남은 개미들이 만나
> 네가 살아 있어 고맙다

너도 살아 있어 고맙다고
서로 인사한다
개미들의 눈에
눈물이 가득하다

　　　　　　　　　　　　　　　— 「개미 마을」 부분

인사하고 가야지
「산 중의 산이시여
한국에서 온 개미 하나
다녀갑니다 내내 평강하십시오」
산이 대답한다
「낯선 사람아 잘 가거라
그리고 내 옷깃의 한 자락을
추억으로 지니거라」

　　　　　　　　　　　　　　　— 「대륙의 산」 부분

　김남조의 생태학적 사유는 동식물을 막론하고 다양한 양상으로 나타난
다. 이는 '개미'(「개미 마을」), '낙엽'(「낙엽」), '산'(「대륙의 산」)처럼 주변에서 살
펴볼 수 있는 대상들을 소재로 하지만, 각 자연물을 다루는 방식은 대상의
생명력을 강조하는 일반적인 텍스트와는 조금 다른 면모를 보인다. 특히
김남조는 자연물에 생명력을 부여하는 것에 그치지 않고, 감정이나 사고의
존재로 형상화함으로써 인간과 비인간의 경계를 뛰어넘는 사태를 시 속에
펼쳐놓는다. 인용된 두 시가 주목되는 이유도 바로 이와 같은 이유에서다.
「개미 마을」과 「대륙의 산」에는 단순히 활유적 대상으로서 자연물이 아닌,
사유하는 존재로서 자연물이 시적 공간에 제시되고 있다.
　「개미 마을」에서 '개미'는 서로에게 "네가 살아 있어 고맙다"라고 인사한
다. 이러한 양상이 주목되는 이유는 단지 개미가 말을 건네는 주체이기 때

문만은 아니다. 여기서 '개미'는 서로 살아남아 함께 존재함에 고마워하는 연대 의식의 주체로 형상화된다. 서로를 적대시하거나 경쟁 상대로 간주하려는 현대인들의 방식과는 대조적으로, 상대방이 존재한다는 자체로 "고맙다"라고 말하며 공동체적 삶의 가치를 드러내는 것이다. 인간이라는 존재에 대해 "자기 앞에 있는 대상에 응답해야" 하는 열정적 존재로 간주한 막스 피카르트의 언급[11]을 떠올려볼 때, 이와 같은 개미의 행동에는, 비인간과 차별되는 인간의 가장 본질적인 속성이 담겨 있다고 볼 수 있다. 이처럼 김남조 시는 비인간 자연물에 인간의 속성을 부여하는 방식으로 양자 간의 절대적 차이를 하나씩 좁혀 나가고 있다. 이러한 양상은 "개미들의 눈에 눈물이 가득하다"라는 언급에서 나타나듯이 '개미'를 정서적 주체로 형상화하는 방식으로 나타난다.

인간과 자연물의 경계를 넘나드는 말하기는 「대륙의 산」에서 '사람'과 '산'의 대화 형식을 통해 더 직설적으로 표출된다. 「대륙의 산」에 제시된 대화는 인간을 자연의 일부이자, 세계를 구성하는 상대적 존재로 바라보는 시인의 시각을 드러낸다. '산'이라는 의인화된 자연물이 '사람'에게 낮춤의 표현을 사용함으로써 인간과 비인간에 대한 종차적 구분 방식을 손쉽게 허물고 있기 때문이다. 더 주목되는 것은 자신을 '개미'로 비유하는 화자의 태도에 있다. 화자는 이분법적 경계를 허물기 위해 일방적으로 자연물에게 특권적 지위를 부여하지 않는다. 오히려 인간이 지니고 있던 절대적 지위를 내려놓음으로써 기존의 인간중심적인 사고방식에서 벗어나려는 태도를 보인다. 이러한 모습은 타자로서의 자연물의 위치를 이동시키는 것이 아니라, 자신을 먼저 타자화한다는 점에서 유의미하다.

---

11 인간은 "사물들과 관계를 가지지 않으면 안 되고 그 대상들에 대해서 응답할 수 있으려면 그 모든 대상들에 대해서 어떤 사랑과 열정을 가지고 있어야 하기 때문이다." 막스 피카르트, 『침묵의 세계』, 최승자 역, 까치, 2010, 78쪽.

이처럼 김남조 시에서 시적 주체는 인간이라는 특정한 존재로 고정되어 있지 않다. 다시 말해, 그의 시에서 주체의 자리는 절대적 존재로서 인간만의 것이 아니다. 주체의 자리는 누구의 것으로 확정되지 않고 인간과 자연이 동등하게 공존할 수 있는 자리로 유보된다. 그 결과 그의 시에는 때로 비인간 자연물이 주체로 존립하거나, 서로가 주체의 자리에서 상호 대화하는 양상이 빈번하게 나타나게 되는 것이다. 이것이 인간과 비인간을 수직적 관계가 아닌 수평적이고 공생적 관계로 인식하는 시인의 상상력이다. 인간의 의도적인 행위로 자연물의 위치를 이동하는 것이 아니라, 스스로를 먼저 타자화함으로써 자연물의 위치를 전복하는 시인의 언어. 이것이 김남조 시가 지닌 차별점이다.

3. '사막'의 '비동일성'과 역사성

연작시 「사막」은 네바다 사막을 다녀온 시인의 경험을 바탕으로 창작된 텍스트다.[12] 김남조는 필자와의 대면 인터뷰에서 "연작시 사막은 가장 기억에 남는 대표적인 시 중 하나"라고 말하며 사막에서의 경험이 커다란 충격을 가져다주었음을 밝히기도 하였다. 이렇듯 「사막」은 시인의 기억 속에 각인된 체험의 정서적 기록이라는 점에서, 김남조의 사유를 분석할 수 있는 유의미한 텍스트라 할 수 있다. 일찍이 김남조는 연작시 「사막」 창작 후

---

12 연작시 사막이 수록된 시집은 다음과 같다. 제15시집 『영혼과 가슴』(2004) ; 「사막」 수록, 제16시집 『귀중한 오늘』(2007) ; 「사막 3」, 「사막 4」, 「사막 5」, 「사막 6」, 「사막 7」, 「사막 8」, 「사막 9」, 「사막 10」 수록, 제17시집 『심장이 아프다』(2013) ; 「사막 12」 수록, 제19시집 『사람아, 사람아』(2020) ; 「사막 13」, 「사막 14」, 「사막 15」, 「사막 16」, 「사막 17」 수록.

기을 통해 "사막이 일으켜주는 공포를 사랑하게 되었고 그의 냉혹함을 견
뎌보고도 싶었다"라고 약술한 바 있는데, 이러한 언급은 사막과 같은 자연
을 단순히 생태적 환경으로 간주하지 않고, 사람과 정서적으로 영향을 주
고받으며 조응하는 존재로 인정하려는 시인의 태도를 드러낸다. 이렇듯 인
간이 아닌 존재를 하나의 행위소로 바라보는 시각에서 우리는 김남조의 생
태학적 사유와 신유물론이 접목되는 지점을 찾을 수 있다.

김남조 시에서 사막은 "거대한 허파 되어 숨쉬"(「사막 5」)는 생명력을 상징
하거나, "귀중한 탐사자료와 숭고한 열정"(「사막 3」)과 "신의 충만"(「사막 4」)
을 드러내는 숭고하고 절대적인 자연물을 의미한다. 그런데 무엇보다 연
작시 「사막」이 주목되는 것은 사막이 종종 인간에게 어떠한 영향력을 주는
존재로 형상화된다는 데에 있다. 가령 「사막 7」과 「사막 9」에서 '사막'은 화
자에게 두려움을 안겨주는 대상으로 제시되고 있으며, 「사막 6」에서는 화
자에게 "억만톤의 고독"을 안겨주는 존재로 나타난다. 이러한 특징은 자연
물을 고정적이고 수동적인 존재가 아닌, 인간에게 어떠한 영향을 발휘할
수 있는 물질로 바라보는 시인의 시각을 증명한다.

사막엔 지도가 없다구요
바람의 날갯짓이 사막의 지도입니다

사막엔 물이 없다구요
사막의 몸을 뚫어
지구 저편까지 이른다면
아무 곳이든 사막의 혈관이며
사막은 오장육부 모두가
수로랍니다

— 「사막 16」 전문

위 시에 제시된 '사막'은 인간의 개념으로 종속시킬 수 없는 성격을 지닌다는 점에서 주목된다. 여기서 '사막'은 인간의 개념("지도")으로 정의할 수 없는 존재로 형상화된다. 그런데 "바람의 날갯짓"으로 비유되는 비인간 자연물의 속성만이, '사막'의 본질을 포착할 수 있다고 화자는 말하고 있다. 이는 사막에 잠재된 비인간 자연물로서 역능을 인간 질서로 포획할 수 없는 것으로 인식하는 시인의 시각을 드러낸다. 위 시에서 "없다구요"라는 화자의 반복된 언술 행위는 특정한 개념이나 속성으로 온전히 규정하기 힘든 사막의 물질성을 강조하는 것이다.

그런데 어떠한 개념으로 한정하기 어렵다는 말은, 그 존재가 지니는 본질과 속성이 일정한 틀에 얽매여 있지 않다는 설명이 되기도 한다. 위 시에 제시된 '사막'의 물질성처럼 말이다. 여기서 '사막'은 "아무 곳이든"지 이를 수 있는, 어디에서든 연결된 존재로서 속성을 지니는데, 이는 단지 하나의 방향에서 어느 특정한 방향으로 이어짐을 뜻하는 것이 아니라, 상호 연결과 의존에 의한 일원론적 세계관을 나타낸다는 점에서 유의미하다. 이러한 점은 '사막'을 하나의 신체("몸")로 비유하고, 이것이 서로 얽혀 있음을 "오장육부"라고 표현한 부분에서 두드러지게 나타난다. 이와 같은 표현에는 '사막'의 물질성을 일시적인 것이 아닌, 지속적이면서 상호 연관된 성격으로 바라보는 시인의 사유가 내재해 있다. 이렇듯 김남조 시는 자연물의 생명력을 비유하거나 이미지화하는 일반적인 생태 텍스트와는 변별된다. 그는 김남조는 인간뿐만 아니라 모든 비인간 물질들이 연결된 모든 환경이 공생의 관계를 지니고 있음을 전제함으로써 펼칠 수 있는 수평적 사유를 시 텍스트 속에 나타낸다.

사막은 무서워
휘파람 불면서 조약돌 나를

멀리 던질지 몰라
그렇긴 해도
슬며시 옆자리에
다시 와 넘쳐주리란 믿음이
나를 황홀하게 해

—「사막 7」 부분

땅 속엔
무슨 이름인가의 지층들이
책갈피처럼 차례로 접혀 있고
첩첩 그 끝은
지구 저편일 테지
금 없인 살아도 소금 없이는 못 사는
보물밭 저만치가
저절로 결결히 빛부시구나

—「사막 10」 부분

「사막 7」에서 사막은 화자에게 두려움의 대상이다. 그러면서 동시에 "휘파람을 불" 수 있는 의인화된 존재이기도 하다. 주목되는 것은 "휘파람"을 부는 행위가 서정적 주체인 '나'를 움직이게 할 수 있다는 점에 있다. "나를 멀리 던질지 몰라"라는 시구에서 나타나듯이, 사막이 지닌 역량으로 인해 화자는 어디론가 던져질지 모르는 수동적 존재가 되고 있기 때문이다. 위 시에서는 사막은 단지 두려움의 대상으로 머물러 있지 않다. 사막은 인간이라는 존재에게 미지의 힘을 발휘하며 영향력을 행사하지만, 결코 인간에 의해 종속될 수 없는 어떤 것이라는 점에서, 아도르노의 '비동일성'[13]의 개

---

13 Theodor Adorno, *Negative Dialectics*, Trans., E.B. Ashton, New York: Continuum, 1973, p.189. 제인 베넷은 모든 대상들이 그에 대한 개념에 동화되지 않는다는 아도르

념과 맞닿아 있기도 하다.

「사막 7」에서 한 가지 더 주목되는 점은, 사막이 일시적인 존재가 아니라 멈추지 않고 화자의 곁에 출현하는 존재로 나타난다는 점이다. 특히 사막은 능동성을 발휘하면서도 "슬며시 옆자리에/다시 와 넘쳐" 흐르는 듯한 이미지로 물리적 공간을 초월한 존재의 연속성을 드러낸다. 위 시에서 사막은 화자에게 무서움이라는 감정적 영향을 주지만, 이러한 사막은 정작 인간에 의해 종속될 수 없는 고유성을 동시에 지니고 있는 존재이기도 하다. 이와 관련하여 브뤼노 라투르는 비인간의 역사성을 고찰하며 이것의 전제 조건으로 언제 어디에서나 존재함을 강조한다.[14] 비인간 물질에서 기인하는 잠재력은 단지 누군가에게 영향을 줌으로써 발휘되는 것이 아니라, 어떠한 환경에서도 존재한다는 항상성에 의해서도 유발될 수 있다는 설명이다.

「사막 10」에도 이러한 신유물론적 사유를 확인할 수 있다. "땅 속엔/무슨 이름인가의 지층들이/책갈피처럼 차례로 접혀 있고"(「사막 10」)라는 시구에서 알 수 있듯이, 화자는 땅이라는 비인간 물질에 축적된 시간을 "책갈피"로 형상화하며 이것이 지닌 역사성을 형상화하고 있는 것이다. 이는 이미 이전부터 존재했던 '지층'의 역사적 상상력을 토대로, 그 영향의 끝이 지구를 아우르고 있다고 생각하는 시인의 신유물론적 사유를 알 수 있는 부분이다. "비인간은 자유롭게 탄생하며, 어디에서나 연쇄 속에 있다"[15]라는 라투르의 언급처럼, 「사막 10」에서 제시되는 비인간 물질은 늘 화자의 곁에 함께하고 있거나, 인간보다 이전부터 축적된 역사성을 지닌 존재로 드러나

노의 설명을 인용하며 이러한 지적인 운동을 물질적인 차원에서도 접목하여 이해하는 것이 필요함을 역설한다. 제인 베넷, 앞의 책, 60~62쪽.

14 라투르, 앞의 책, 235~275쪽.

15 위의 책, 273쪽.

며 서정적 주체에게 정서적 영향력을 행사하고 있다.

> 하늘과 땅이 아니고
> 하늘땅의 영혼이 사시는 큰 집이어라
> 삼라만상 영혼들의
> 유구한 서식지요
> 동서고금에서
> 제일로 유명한 고독도
> 이곳이 유서 깊은 본가여라
> 아아 너무나도 가득 차 있어
> 실바늘 하나 찔러 넣어도
> 영혼의 골수가 흘러나올
> … 이 사막

— 「사막 8」 전문

김남조 시에서 드러나는 공간적 체계는 이분법적 사고방식에서 벗어난 형식을 따른다. 이것은 위 시에서 "하늘"과 "땅"을 구분하지 않고, "하늘땅"으로 합성하여 나타내는 시인의 언어적 체계에서 단적으로 드러난다. "하늘과 땅"을 "하늘땅"으로 연결하는 시인의 발언은 '사막'을 비롯한 세계의 모든 체계, 다시 말해 인간과 비인간 물질이 공존하는 시공간이 상호연결된 것으로 간주하는 시인의 사유를 알 수 있는 단서이다. 이러한 언어 형식에 의해 이분법적 질서에 균열이 생기고, 그곳에 공생적 사유가 움트기 시작한다. 이와 같은 공생의 자리는 위 텍스트에서 "삼라만상 영혼들의 유구한 서식지"와 같은 곳으로 제시되며, 이곳은 하나의 개념으로 종속할 수 없는 비인간 물질의 역능이 내재한 공간으로 그 의미가 확장된다.

김남조의 자아가 추구하는 존재에 대한 사랑과 생태적 상상력은, 인간의 언어로 비인간 물질의 잠재력을 정의할 수 없다는 '비동일성'과, 모든 것이 연결되어 있다는 상호 네트워크적 사유를 전제한다. 이것은 나아가 공간적 측면만이 아니라 시간 차원에서의 영속성을 확보하며, 존재론적 항상성을 드러낸다. 위 시에서 '사막'이 "동서고금"을 막론하고 "유서 깊은 본가"와 같은 곳으로 비유되는 것도 바로 이러한 맥락에서 이해될 수 있다. 이러한 까닭으로 위 시의 '사막'에서 "흘러나오"게 되는 "영혼의 골수"를 단지 종교적 차원의 개념으로 한정해서는 안 된다. 이는 비인간 자연물에 이미 존재해 있었던 행위성을 형상화한 표현이며, '사막'이 항상적으로 포괄하고 있는 물질적 가능성이 표출된 부분이라 할 수 있다.

「사막 6」에서 화자는 "바람이 쓰는 글씨/다음 바람이 지우고 다시 쓰는/한밤의 모래바다/그 후벼 파이는 가슴을 보며/함께 울고 싶어"라고 고백한다. 여기서 나타나는 현상은 일시적 작용에 그치지 않고 "지우고 다시 쓰는" 사태가 반복되는 것으로 제시된다. 이러한 모습은 어떠한 현상을 발생하게 하는 '사막'의 능력뿐만 아니라, 이와 같은 작용을 반복적으로 일으킬 수 있는 영속적인 역량을 함께 드러내고 있다. 중요한 점은 해당 작용이 화자에게 정서적 움직임을 일으키며 영향("함께 울고 싶어")을 주고 있다는 것이며, 이러한 특징들이 김남조 시에 내재하고 있는 신유물론적 사유와 연관된다는 점일 것이다. 수동적인 객체나 고정된 실체가 아닌 생동하는 물질로서의 '사막'을 바라보는 김남조의 시적 사유는 그의 마지막 시집에 수록된 「사막 17」에서도 그 맥을 유지하고 있다.

> 사막은 거대한 책입니다
> 억만 줄 억만 글씨를 담아
> 이 책을 엮었습니다
>
> 이 책을 읽은
> 사막의 은수자들은

사막 큰 어망에 낚아져
단순한 몰아(沒我)로
복자(福者)의 생을 누렸습니다

사막은 무량한 글씨의
보물 창고입니다
하여 누구도 이 책을
다 읽진 못합니다

—「사막 17」 전문

　연작시 「사막」에 나타나는 비인간 물질의 행위성은 외부로부터 깃드는 생명력과는 결을 달리한다. 이것은 이미 '사막' 안에 존재하고 있었던 내재적 차원의 성격을 지니며, 언제 어디서든 존재해왔던 항상성을 드러내는 것이 특징이다. 그리고 이러한 내재적 속성은 단지 고정된 성질을 뜻하는 것이 아니라, 끊임없이 영향을 주는 현상을 가리킨다는 점에서 유의미하다. 이러한 특징은 인간과 비인간에 대한 위계적 구분법을 거스르는 인식의 전환으로서, 세계를 다른 시각에서 접근하게 하는 새로운 가능성을 시 속에 펼쳐놓는다. 마지막 연작시 「사막 17」에서 확인할 수 있는 특징도 이러한 맥락과 닿아 있다. 시인은 '사막'에 존재했던 역사적 시간을 인식하고, 그것이 가지고 있는 영향력을 "거대한 책"이라는 시어로 형상화한다.

　위 시에서 "거대한 책"은 "억만 줄 억만 글씨"를 담고 있는 것으로, 거기에 무한한 시간과 사유가 축적되어 있음을 짐작하게 한다. 이러한 "책"에 담긴 가치들은 "사막의 은수자들"이 "복자(福者)의 생"을 누리게 하는 긍정적인 영향을 준다. 이는 이미 '사막'에 축적된 항상적 속성으로, 인간의 부유물이 아닌 영원한 실재로서 비인간 물질의 가능성을 내재한 것이라 할 수 있다. 주목되는 점은 이러한 '사막'의 속성이 "무량한 글씨의 보물 창고"

이자, "누구도 이 책을 다 읽진 못하"는 것으로 비유되고 있다는 점이다. 즉, 사막을 단지 역사가 축적된 시간의 창고만이 아니라, 이를 누구도 완전하게 포획하거나 정의할 수 없는 것으로 김남조는 바라본다. 이처럼 김남조는 비인간 자연물을 지속적으로 상호 영향을 줄 수 있는 물질로 이해하고 이를 시적 언어로 형상화함으로써, 세계를 지배하는 이분법적 경계를 해체하고 새로운 인식으로 전환을 도모하게 한다.

4. 결론

김남조 시는 인간과 비인간을 구별하지 않는 수평적 상상력을 기반으로 하고 있다. 그의 시는 생태학적 상상력을 바탕으로 물질의 활력과 행위성을 인정한다는 점에서 제인 베넷의 생기적 유물론을 비롯한 '신유물론'적 사유와 맞닿아 있다. 또한 자연을 인간의 언어와 개념으로 포획 가능한 것이 아닌 능동성을 지닌 하나의 주체로 인정한다는 점에서 기존의 생태 텍스트와 차별된다. 그러므로 그의 시를 인간과 절대자의 수직적 이분법으로 일반화하는 해석은, 그의 시에 내재해 있는 다양한 해석의 가능성을 제한하는 방법론이 될 수 있다.

인간이 아닌 자연을 주체로 내세우는 것. 이를 위해 김남조는 인간과 자연의 공간을 차별하지 않고 공동의 공간으로 확장한다. 그리고 발화 주체를 모호하게 하는 말하기 방식을 활용하여 주체의 자리를 자연물과 인간이 모두 설 수 있는 공간으로 남겨둔다. 이 시적 공간에서 '나무'는 스스로가 변화를 위해 노력하는 능동적 주체로 형상화된다는 점에서 주목된다. 그런데 이러한 시인의 상상력이 유의미한 이유는, 단지 자연물의 활력을 강조하여 인간과 자연을 구분하는 이분법적 경계를 흔들고 있다는 까닭 때문만은 아니다. 김남조 시는 단지 타자로서의 자연물의 위치를 인위적으로 이동시키는 것이 아니라, 자신을 먼저 타자화하는 방법으로 신유물론적 차원의 본질적 가치를 실현하고 있다는 점에서 더 특별하다.

물론, 문학 텍스트란 인간의 언어로 표현되는 것인 바, 김남조의 시 텍스트 역시 온전하게 인간 중심적인 사고에서 탈피하기는 어려운 것이 사실이다. 비인간을 포착하려는 시도와 이를 새롭게 해석하려는 시도 역시 인간에 의한 것이기 때문이다. 이러한 까닭으로 인간과 비인간, 주체와 객체 사이 경계는 영원히 지워지지 않을 수도 있다. 그러나 이러한 시도가 의미 있는 것은, 바로 이러한 불가능성이 역설적으로 끊임없이 문학을 생산하게 하기 때문일 것이다. 이러한 점에서 지금까지 천 편 넘게 시를 써온 김남조 시인의 시력(詩歷)은 인간 언어의 한계를 극복하기 위한 시적 열정의 결과물이라 할 수 있다.

바이러스와 공존하는 시대를 살아가는 우리에게 김남조의 시가 여전히 가치 있게 다가오는 이유는 바로 이러한 이유 때문 아닐까. 언어적 주체로서 자만하지 않고 자신의 자리를 공생의 자리로 비워두는 것. 이것은 언어로 어떠한 존재를 포획할 수 있다는 자기 역능에 얽매이고는 불가능한 일일 것이다. 그렇다고 해서 늘 누군가의 영향에 의존하는 평범한 관계 속에 있겠다는 선언도 그리 효과적이지는 않아 보인다. 오히려 지금 필요한 것은 하나의 존재로서 자신을 인정하고, 탈존과 공생의 역학 속에서 끊임없이 연대를 실천해 나가는 노력 아닐까. 이러한 상상의 힘, 그 희망의 메시지를 김남조는 이미 우리에게 던지고 있었을지도 모른다.

김남조의 시쓰기와 진정성
— '외부'의 가능성과 메시아주의를 중심으로

1. 서론

김남조 시가 의미 있는 까닭은 전후 시대를 살아간 여성 시인이 남긴 역사적 사료로서 가치 때문이기도 하지만, 무엇보다 한 인간이 느끼고 사유하는 감각적 소여들을 꾸준하게 재현하려 했다는 점에 있다. 주지하다시피 문학의 가능성은 역설적으로 온전한 실재를 구현할 수 없다는 재현 불가능성의 논리에서 기인하는 바,[1] 70여 년의 세월을 시에 몰두하며 개아의 가장 내밀한 차원을 형상화한 김남조의 시세계는, 문학의 재현 불가능성을 극복하고자 하는 열정의 형식의 형식을 대변한다는 점에서 여전히 유효한 가치를 지닌다.

---

[1] "실재는 재현될 수 없습니다. 그러나 인간은 끊임없이 실재를 말로 재현하려 하며, 그래서 문학사가 존재하는 것입니다. (중략) 그런데 문학은 바로 이런 지형학적인 불가능성에 결코 굴복하기를 원치 않습니다. (중략) 바로 이 거부가, 어쩌면 언어만큼이나 오래된 이 거부가 그 끊임없는 분망함 속에서 문학을 생산해 내는지도 모릅니다." 롤랑 바르트, 「강의」, 『텍스트의 즐거움』, 김희영 역, 동문선, 1997, 126~127쪽.

이처럼 누구보다 성실하고 꾸준하게 시쓰기에 몰입한 김남조 시인이지만, 사실 그는 유난히 시쓰기에 대해 어려움을 표출하고는 한다. "나는 시인 아니다/시를 구걸하는 사람이다/백기 들고 항복 항복이라며 굴복한 일/여러번이다"(「나의 시에게 4」)라는 시구나 "시작은 어려운 작업이었습니다. (중략) 시는 철문을 닫고 오랫동안 열어 주지 않았으며 이럴 때 시인은 닫힌 문 앞에 힘겹게 서 있곤 합니다"[2]라는 언급에서 볼 수 있듯이 말이다. 특히 시에게 "항복 항복이라며 굴복하"였다는 표현이나, "닫힌 문 앞에서 힘겹게 서 있"었다는 언급은 시의 창작 과정이 본인에게 힘겨움을 동반한 기다림과 감내의 과정이었음을 짐작하게 한다. 하지만 다르게 바라보면, 이러한 김남조의 토로는 단순히 시작(詩作)의 고됨을 말하는 것이 아니라, 오히려 70년의 시쓰기를 버티게 한 뚜렷한 신념이 존재함을 방증한다고 볼 수 있다.

필자의 문제의식은 바로 여기에서 출발한다. 그렇다면 김남조의 시쓰기를 버티게 한 것은 과연 무엇이었는가? 이에 답을 찾기 위해서는 시에 대한 시인의 사유, 다시 말해 '시론(詩論)'에 관한 분석이 필요해지기 마련이다. 하지만 지금까지 김남조가 본인의 시론에 대해 뚜렷하게 제시하거나, 이에 관한 내용을 학술적 산문을 통해 언급한 바가 없다. 공교롭게도 이를 다룬 선행 연구 역시 아직 이뤄지지 않은 실정이다. 그럼에도 불구하고 고무적인 한 가지 이유는, 그의 시 텍스트 내부에 '시(詩)'에 대한 시인의 깊은 자의식이 투영되어 있다는 점이다. 특히 김남조의 시에는 자신의 시에 대한 메타적 성찰의 모습이 드물지 않게 발견되는데,[3] 이는 시적 언어를 대

---

2 김남조, 「노을 무렵의 노래」, 『사람아 사람아』, 문학수첩, 2020, 4~5쪽.
3 그의 작품에는 시에 대한 시인의 사유를 드러내거나 시작(詩作) 행위에 대한 성찰을 소재로 한 시가 더러 있다. 이러한 점을 단적으로 알 수 있는 작품은 연작시 「나의 시에게 1」(제12시집 『바람세례』), 「나의 시에게 2」(제14시집 『희망학습』), 「나의 시에게 3」

하는 김남조의 사유을 보여준다는 점에서 중요하다. 한 평론가의 언급처럼 김남조 시는 그 자체로 "시로 쓴 시론"[4]의 역할을 하는 것이다. 따라서 그의 시는 시인의 성찰적 시쓰기를 구명할 수 있는 적절한 텍스트가 된다고 할 수 있다.

이에 본 논의에서는 기존 연구의 경향에서 벗어나, 시에 대한 자아의 태도적 측면에 주목하여 김남조의 시에 접근한다. 특히 시쓰기의 성찰성과 그가 추구하는 시적 사유의 특성을 '진정성(authenticity)'의 측면에서 해석한다. 진정성은 자아의 내면에서 촉발하는 자기 성찰적 윤리와 부합되는 개념이다. 그러나 김남조의 진정성은 자신의 내적 침잠에서 집중하는 일반적인 담론과는 다르게, 창작 과정에서 버려진 '언어적 타자'와의 대면을 통해 성찰적 시쓰기를 실천한다는 점에서 특별하다. 이는 진정성의 테제만을 고수하는 현대사회의 전략적 성향[5]과는 분명히 차별되는 점이기에 작금의 현실에 시사하는 바가 크다고 할 수 있다.

이러한 까닭으로 필자는 김남조의 시쓰기의 특성을 밝히고, 그가 탐색하고 성찰했던 시쓰기 행위의 본질적 의미를 찾아가고자 한다. 이 과정에서 푸코의 '외부' 개념과, 벤야민의 역사 철학에서 제시된 '메시아주의' 개념을 참조한다. 이상의 과정은 김남조 시가 지향하는 의식의 근원을 추적하기 위한 작업이며, 마지막까지 구현하고자 했던 시학의 궁극적인 귀결점을 찾

(제15시집 『영혼과 가슴』), 「나의 시에게 4, 5」(제17시집 『심장이 아프다』)가 대표적이다. 해당 시들은 시에 대한 시인의 사유를 형상화한다는 점에서 메타성을 지닌다.

4 유성호, 「은은한 '시'의 파문으로 가닿는 궁극적 자기 구원」, 김남조, 『심장이 아프다』, 문학수첩, 2013, 149쪽.

5 앤드류 포터, 『진정성이라는 거짓말』, 노시내 역, 마티, 2016, 125쪽. 앤드류 포터는 진정성의 추구를 현대판 성배 찾기와 같다고 언급하며, 진정성이란 것이 특정한 브랜드 상품을 고매한 차원으로 승격시킬 수 있는 궁극의 마케팅 전략으로 전락하고 있음을 지적한다.

아내기 위한 목적 때문이다.

2. 시적 진실성과 성찰적 시쓰기

김남조가 자신의 시쓰기에 대한 남다른 고민과 열정이 있었다는 점은, 시쓰기의 본질이나 시인으로서 가치관을 테마로 한 작품을 일별하는 것만으로 쉽게 확인할 수 있다. 특히 『김남조 시전집』(국학자료원, 2005) 이후에 발표된 근작에서는 시집마다 최소 3편 이상의 작품이 시쓰기에 대한 고찰을 소재로 하고 있다는 점에서 더 문제적이라 할 수 있다.[6] 이는 시쓰기에 관한 시인의 의식이 단순히 소재의 차원에 머무는 것이 아니라, 시세계를 중심하는 하나의 모티프로서 작용한다는 것을 드러내는 부분이다. 해당 텍스트들은 김남조가 시쓰기 과정에서 중요시하는 가치관이 무엇인지를 증명하는 근거가 된다.

시가 안 쓰이는 한 철/벼랑에 세워져 사납게 흔들리는/기이한 공포…/이런 때 우리는/어떤 예배를 올릴 것인가//어느 날 시가 쓰여진다/혈액처럼 고여오는/아니 혈액 자체인 그것을/원고지 위에 공손히 옮긴다/한데 야릇한 의문이 섞여 치받는다/더 오래/절망해야 옳지 않았을까//여러 세대에 걸치는/소수의 진정한 독자들/그들의 가슴을 관통하기엔/화살이 허약한 게 아닌지/시적 진실성의 함량미달로/친구인 시인들에게/환멸

---

6 제16시집 : 「시에게 잘못함」, 「말의 연금술」, 「시 쓰는 날」, 「벌」 이상 4편. 제17시집 : 「버린 구절들의 노트」, 「혈서」, 「나의 시에게 4」, 「나의 시에게 5」, 「미래의 시」, 「어휘들」, 「몸 진술서」 이상 7편. 제18시집 : 「심각한 시」, 「젊은 시인들에게 1」, 「젊은 시인들에게 2」, 「시 학습 1」, 「시 학습 2」, 「행간의 스승」 이상 6편. 제19시집 : 「책을 읽으며」, 「푸성귀 밭」, 「시인 4」 이상 3편. 총20편.

을 끼칠 일은 아닌지//시인이여/우리는 시에게 잘못하는 일이 많다/하면
오늘 밤 각자의 시 앞에/속죄의 등불을 켜고/새벽녘까지 천년처럼 긴 밤
을/피땀으로 고뇌하며/시의 참 배필로 있자
—「시에게 잘못함」 전문

시쓰기의 목적은 정확하게 정해진 것이 없다. 이것은 자신의 정체성을
확인하기 위한 시쓰기가 될 수도 있고, 창작에 대한 열정이나 탐구심에서
비롯된 하나의 유희가 목적이 될 수도 있다. 때로는 사회적인 글쓰기 도구
로서 정치적 목적성을 가지기도 한다. 하지만 김남조는 문학이 지닌 외적
차원의 도구성을 강조하기보다, 작품을 바라보는 시적 주체의 의식이나 시
쓰기를 수행하는 과정에서 수반되어야 하는 본질적 가치에 주목한다. 즉
김남조에게 시쓰기의 목적은 시를 창작하는 행위 그 자체에 내재하는 것이
다. 김남조가 불특정 다수를 위한 시쓰기가 아닌, "소수의 진정한 독자들"
을 염두에 두고, 이들을 위해 "시적 진실성"을 확보하기 위한 목적으로 시
쓰기에 몰두하고자 하는 점도 바로 이러한 맥락에서 풀이될 수 있다. 김남
조는 독자와의 대면에 앞서 자신의 시쓰기를 반복적으로 되돌아보며, 스스
로의 창작 행위를 반성적으로 사유한다.
위 시에서 시가 쓰이지 않는 상황을 "벼랑에 세워져 사납게 흔들리"고 있
는 것으로 간주한 점이나, 이로부터 느껴지는 감정을 "공포"의 정서에 빗
대어 표현한 것을 보면, 분명 김남조의 창작은 "벼랑"과 같은 극한의 상황
에 도달했을 때 파생됨을 짐작할 수 있다. 여기서 주목되는 것은 "혈액"과
같은 그 시적 결실에 또다시 자아는 "의문"을 품는다는 점에 있다. 이것은
일차적으로 "원고지 위에 공손히 옮기"어진 자신의 시를 또다시 고찰하는
행위로 볼 수 있다. 이는 "더 오래/절망하"지 못함을 반성하는 과정이다.
"피땀"으로 "긴 밤"을 버텨야 하는 고뇌의 시간이다. 하지만 이 과정은 행

여 "시적 진실성의 함량미달"로 인해 동료 시인을 비롯한 "소수의 진정한 독자"들에게 "환멸"을 끼치지 않도록, 스스로의 시쓰기를 되돌아보는 필수적 절차이기도 하다. 화자가 언급한 "시적 진실성"은 어느 순간 쓰이는 시를 그대로 원고지 옮기는 행위에서 비롯되는 것이 아니다. 그것은 "벼랑" 끝에서 파생되는 언어들 앞에서 다시 한번 "절망"해야 했음을 스스로 깨닫고 고뇌해야만 습득되는 본질이나 마찬가지다.

김남조가 강조하는 "시적 진실성"의 확보는 "새벽녘까지 천년처럼 긴 밤을/피땀으로 고뇌하"는 열정이 필요하다. 이것은 "독자의 가슴을 관통하"는 시를 쓰기 위한 목적 때문이기도 하지만, 자신이 쓴 시 자체에 대한 자기반성적 태도에서 유발되는 것이기도 하다. 마치 자신의 시쓰기에 대해 부끄러움을 느꼈던 윤동주 시인처럼,[7] 자신의 초라한 시 앞에서 "속죄의 등불"을 밝히고 자신의 시쓰기를 반성해야 함을 역설하고 있는 것이다. 타율적 규범에 따르지 않고 자신과의 대화를 통해 시쓰기에 대한 옳고 그름을 가려 나가고자 하는 것. 이것이 김남조가 정의하는 '시적 진실성'의 본질이자 성찰적 시쓰기의 출발점이다.

> 나의 시는/고뇌와 탐색이 부족하고/나의 시는/감상과 회고주의에 부침하며/세계와 미래에 관해 무지무능하다/고작 부족하다 부족하다고/자주 탄식한다
>
> ―「시학습 1」 부분

> 현란한 어휘, 안 된다/나태한 정신, 안 된다/연민과 우수의 결핍, 안

---

7 고봉준은 이와 관련하여 "윤동주는 결코 완료될 수 없는 자기 성찰적 참회와 고백의 연속적인 과정과 '삶'을, 나아가 '시쓰기'를 동일 궤도에 위치시킨 것"과 다름없음을 제시한 바 있다. 고봉준, 「윤동주 시의 세계 이해―밤과 '성찰'의 연관성을 중심으로」, 『현대문학의 연구』 제63집, 한국문학연구학회, 2017, 33쪽.

된다/희망의 촉매가 없다, 안된다/유약한 감상, 안 된다

—「시학습 2」 부분

성찰이 의미 있는 것은 무엇보다 자신을 객관적으로 바라봄으로써 스스로의 부족한 부분을 감지할 수 있기 때문일 것이다. 김남조는 자신의 시쓰기를 부단히 점검하는 과정을 통해 본인의 시쓰기를 거듭해서 학습한다. 성찰은 "시적 진실성"을 확보하기 위한 노력이면서 동시에, 시쓰기를 지속하기 위한 열정적 행위다. 이러한 점에서 「시학습 1, 2」는 김남조의 시적 자질이 부족함을 드러내기보다, 오히려 시쓰기에 대한 열정의 강도를 드러낸 텍스트나 마찬가지다. 화자는 거듭해서 자신의 시를 부족한 것이라고 치부하지만, 이러한 모습은 역설적으로 시적 주체의 시적 열정과 성찰의 깊이를 강조하는 것이 된다. "고뇌와 탐색이 부족"함을 알기에 성찰적 주체는 자신의 "무능"을 탄식하여 자신의 시쓰기를 되돌아보게 되기 때문이다. 같은 맥락에서 "안 된다"라는 것을 반복적으로 강조하는 표현도, 결국은 스스로가 개선해야 할 부분을 인식하게 함으로써 주체의 발전적 시쓰기를 자극하고 있는 셈이다.

주목되는 점은 단순히 하나의 척도가 아닌, 다양한 자질들을 언급하며 스스로의 시쓰기를 반복적으로 성찰한다는 것이다. 먼저 「시 학습 1」에서는 시적 고뇌의 정도를 성찰한 뒤 감상성의 범람을 반성하고, 이어서 세계적 흐름에 민감하지 못한 시인의 삶을 채찍질한다. 이러한 반복의 구조를 통해 시인은 스스로를 객관화함으로써 시적 자질을 엄격하게 판단한다. 이는 「시 학습 2」에서도 동일하게 나타나는 구조다. 다만 이번에는 자신의 성찰을 네 번으로 확장 반복함으로써 자신의 시적 진실성을 더욱 강화한다. 시적 어휘와 시인의 정신, 시적 분위기와 주제 의식까지 시적 성찰의 판단 요소로 설정한다. 이것이 의미 있는 이유는 시적 성찰이 단지 텍스트 내적

요소에만 치우치지 않고 시인의 자질과 정신적 측면까지 척도로 삼고 있기 때문이다. 이렇듯 시인의 성찰은 형식과 내용과 같은 절대적 요소에 그치지 않고 시인으로서 반드시 갖춰야 할 윤리적 태도까지 아우른다. 나아가 이러한 성찰의 결과를 "안 된다"라고 엄격한 판단을 내리는 대목은, 기어코 시쓰기의 본질을 잃지 않으려는 시인의 각오를 엿보게 한다.

김남조는 자신의 시쓰기를 "함량미달"과 같은 무능으로 간주하거나, 때로는 "새벽녘까지 천년처럼 긴 밤" 동안 시쓰기를 지연하고 주저하고는 한다. 하지만 "피땀으로 고뇌하"게 되는 시쓰기의 고통을 결코 거부하지 않는다. 오히려 "시가 안 쓰이는 한철"의 고통을 수용하면서도 "시의 참 배필로 있"기 위해 부단히 노력한다. '시적 진실성' 확보를 위한 이와 같은 노력은, 내적 공간을 향한 기약 없는 소통적 관계에 기인하는 성찰성, 다시 말해 '진정성(眞正性, authenticity)'[8]의 개념과 연관된다.

진정성은 자아의 본질적 가치를 발견하기 위한 몰입 행위이다. 이것은 때로 그 열정을 제약하는 규범이나 질서와의 대립이 불가피하기도 하다. 하지만 진정성은 이러한 대립을 마다하지 않는 자아의 실천적 윤리에서 시작된다.[9] 즉 진정성은 즉자적으로 존재하는 차원이 아닌 주체의 수행 차원

---

8 테일러는 진정성(혹은 자기진실성)을 외재적 잣대와 가치관을 맹목적으로 따르는 것이 아닌, 내면의 판단 기준으로 스스로의 삶을 영위하려는 태도로 정의한다. 찰스 테일러, 『불안한 현대사회』, 송영배 역, 이학사, 1991, 40~46쪽. 한편 찰스 귀농은 개아의 참된(sincere) 내면이 존재하는 관념을 전제로, 자아실현에 대한 외부의 제약과 억압을 극복하고 존재의 본질을 찾고자 하는 사고로 개념화한다. 찰스 귀농, 『진정성에 대하여』, 강혜원 역, 동문선, 2004, 80~86쪽.
9 이러한 실천적 윤리를 김홍중은 윤리적 진정성이라 정의한다. 이는 단순한 행위나 실천이 아니라, 행위와 실천의 극단적인 지연, 망설임, 주저, 실천적 무능으로서 구현된다. 이는 '내면의 참된 목소리'를 들음으로써 시작된다는 점에서 자기 성찰적 윤리와 부합한다. 한편 김홍중은 진정성의 구조를 '주체', '내념', '공적지평'의 세 가지 요소로 구성한다. 여기서 주체의 윤리적 성찰이 반복되며 열정과 희망으로 구축되는 갈등의

으로 구체화되어 나타나는 개념이다. 그 과정에 주체는 자신만의 내적 기준을 통해 참된 자아를 발견하고 개선함으로써 스스로를 자율적 주체로 정립시킨다. 마치 시적 주체가 시쓰기를 본인만의 척도를 통해 반복적으로 성찰하는 행위처럼 말이다. 이러한 점에서 김남조의 시쓰기는 진정성을 확보하기 위한 노력과 닮아 있다. 여기서 시쓰기를 성찰하는 주체의 내면은 기독교적 세계관에 입각한 기도와 명상의 공간이 아니다. 이곳은 김남조가 자신의 시와 끊임없이 충돌하고 갈등하는 윤리적 주체의 수행 공간이다. 비록 시쓰기는 때로 고뇌를 거듭하는 '불행한 의식'을 지닌 주체성을 형성하기도 하지만, 시쓰기 절차로부터 기인하는 고뇌, 번민과 주저와 같은 양식은 시적 본질을 찾기 위한 김남조의 열정을 오히려 자극한다.

> 하느님
> 다른 벌은 면해 주십시오
> 재주 없이 시 쓰는 이 형벌이
> 한평생 사계절의
> 비바람 넉넉하듯
> 제게 넘치나이다
>
> ― 「벌」 전문

"어설픈 말재주였을지도 모를/그러나 피로 쓴 나의 시"(「몸 진술서」)라는 언급에서 알 수 있듯이, 시는 김남조에게 완전히 정리되지 못한 언어 형식과 같을 수 있지만, 이것은 "피로 쓰"여지는 것처럼 고통스럽고도 불가항력적인 것이기도 하다. 때문에 시를 쓰는 것은 자신의 감정을 토로하는 유일한 통로이자 동시에 막고 싶어도 막을 수 없는, 그래서 더 불행한 의식

공간으로 '내면'을 설정하고, 이 내면에 대한 집요한 소통이 '윤리적 진정성'을 구현한다고 강조한다. 김홍중, 『마음의 사회학』, 문학동네, 2009, 26~37쪽.

의 주체를 만들게 하는 일종의 벌(罰)과 같은 것이라 할 수 있다.

화자에게 "시"는 절대자인 "하느님"이 주신 "벌"이다. 그래서 화자는 "재주 없이 시 쓰는 이 형벌" 이외에 "다른 벌은 면해 주십시오"라고 간절히 호소한다. 이렇듯 "시 쓰"는 행위는 화자에게는 불행한 의식을 부여하는 "벌"처럼 각인되어 있는 것이다. 그런데 주목되는 점은 화자가 형벌과 같은 시쓰기를 완전하게 거부하지 않는다는 점에 있다. 화자는 시쓰기를 "한평생 사계절의/비바람 넉넉하듯/제게 넘치"는 것으로 간주하며, 오히려 자신에게 부여된 사명처럼 받아들이고자 한다. 즉, 시쓰기는 사계절의 순환으로 발생하는 "비바람"의 이미지처럼, 불가피하지만 늘 "넉넉하"게 함께하는 존재론적 숙명과 같이 인식되고 있음을 알 수 있다.

이처럼 김남조는 시적 고뇌를 감수하면서도 자신의 시쓰기에 대한 성찰을 꺼리지 않는다. 마치, 릴케가 『젊은 시인에게 보내는 편지』에서 "자기 자신 속으로 침잠하십시오. 그리하여 당신께 쓰라고 명령하는 그 근거를 캐보십시오. 그리고 그 쓰고 싶다는 욕구가 당신의 가슴 깊숙한 곳에서부터 뿌리를 뻗어 나오고 있는지를 알아보시고, 만일 쓰는 일을 그만둘 경우에는 차라리 죽기라고 하겠는지 스스로에게 물어보십시오"[10]라고 제안한 내용처럼, 김남조의 시쓰기는 고뇌를 감내하고 내면에서 추동하는 근원("당신께 쓰라고 명령하는 그 근거")을 향해 끊임없이 반복해나가는 것에서 출발하는 셈이다.

---

10 라이너 마리아 릴케, 『젊은 시인에게 보내는 편지』, 홍경호 역, 범우사, 1999, 23쪽.

3. 메타적 사유와 외부 언어의 가능성

자신의 언어에 대한 탐색을 시도하는 행위가 특별한 것은, 무엇보다 언어의 일차적인 도구적 기능을 넘어선다는 점에 있을 것이다. 김남조의 시 쓰기가 차별되는 이유도 여기에 있다. 그는 시적 언어의 한계를 극복하기 위해 끊임없이 시에 대한 사유와 성찰을 언어로 형상화한다. 특히 이러한 모습은 단순히 시어의 새로운 의미를 포착하려는 역동적 차원으로 드러나는 것이 아니라, 시적 언어에 대한 기다림의 과정으로 구현된다는 점에서 주목된다.

> 출타한 네가
> 백 년 이백 년에도 귀가하지 않아
> 내 순정의 기다림은
> 기다림의 혼령 되어
> 세월의 분말을 가르며 날아갔다
>
> 달이 한참거리의
> 흙을 굽어보듯 하는 눈짓,
> 시여 이제 돌아왔는가
> 그사이 실을 꿴 바늘자국을 남기며
> 어떤 심각한 공부로
> 동서남북을 떠돌았기에
> 이리 초췌한 모습인가
>
> 하여 이번에도
> 나는 용서할 입장 그 아니고
> 용서받을 처지라고
> 기죽어 머리 끄득이느니

시여 한평생 나를
이기기만 하는 시여

　　　　　　　　　　— 「나의 시에게 5」 전문

　화자는 시를 기다린다. 그 기다림의 시간은 정해져 있지 않다. "백 년 이백 년"이 지나도 돌아온다고 장담할 수 없다. 단지 화자는 "기다림의 혼령"처럼 기다리는 것뿐이다. 이 기다림은 소극적으로 보이지만 기다림의 목적은 분명하다. 그것은 돌아온 시를 맞이하는 것. 그리고 또다시 시에게 "용서받"는 것이다. 이렇듯 김남조의 시적 탐색은 고되고도 특별하다. 이러한 점에서 "어떤 심각한 공부로/동서남북을 떠돌아"다님으로써 얻어지는 "바늘자국"은 자아의 시적 사유 과정에서 얻어지는 결실의 표상이나 마찬가지다.

　이처럼 김남조의 시쓰기는 자신의 시 자체에 대한 사유에 집중한다는 점에서 메타적[11]이다. 이는 고난의 절차를 수반하는 것이며 "한평생" 반복하기를 두려워한다면 결코 지속될 수 없는 과정과 같다. 또한 시를 쓰는 순간 느꼈던 실존적 통증을 그대로 시로 재생하는 것과 다름없기에, 고통에 대한 고통이며 성찰에 대한 성찰이라 할 수 있다. 하지만 시적 성찰은 여기서 멈추지 않는다. 김남조는 시쓰기 과정에서 버려진 시어에 대한 탐색을 통해, 성찰적 시쓰기에 대한 새로운 차원의 가능성을 모색한다.

시 쓰다 버린 구절 중에서
빠른 글씨로 옮겨 써둔 노트가 있다

11　일반적으로 '메타(meta)'는 다음(post), 너머(trans)라는 의미를 지닌다. 이는 무엇인가를 포괄하고 초월한다는 성찰적 개념으로도 적용된다. 김남조의 시는 시작 행위 자체에 대한 탐색을 언어화한다는 점에서 메타시학적 성격을 지닌다. 이 경우 시인은 자신의 시 자체뿐만 아니라 시적 자아의 의식, 창작 과정 등을 시적 대상으로 삼고 이를 성찰하는 시선을 소유하게 된다. 이러한 점에서 김남조의 시는 그 자체로 '시론(詩論)'의 성격을 지닌다고 할 수 있다.

후일 다른 작품의 단추로 쓰일 일 있겠는지
그쯤의 궁리였던가

오늘 펴보니
어느 시에서 잘라낸 혈관인지가
선명히 기억난다
바싹 마른 풀씨로 하늘 공중 멀리멀리
날아들 가지 않고
한 점 붉은 심장의 곤충으로
왜 살아 있는지 몰라

생피딱지 아직도 숨 쉬거늘
……그래서 버렸었구나
내 문학은 심약하고 겁이 많았었구나
절실해서 밀어낸 사람의 사연과
유혈 멎지 않아 버린 어휘들
그래 그랬었지, 그랬었다

—「버린 구절들의 노트」 전문

'버린 구절들의 노트'라는 제목에는 이미 하나의 전제가 숨어 있다. 그것은 바로 '나는 시를 썼다'라는 명제이다. 즉 '버린 구절들의 노트'는 김남조가 '시를 썼다'는 행위가 전제되지 않으면 존재할 수 없는 노트가 된다. 하지만 더 주목해야 하는 것은 단순히 시를 쓰는 행위만으로 이 시의 존재가 성립되는 것은 아니라는 것에 있다. 시를 쓰는 과정에서 버려진 언어들에 대한 시적 주체의 성찰이 없었다면, '버린 구절들의 노트'는 완성될 수 없기 때문이다. 즉, 위 시는 또다시 시쓰기 과정에서 "버린 어휘"들에 대한 성찰 행위를 전제한다.

"버린 어휘"는 시쓰시의 실천 속에서 늘 발생되어 자연스럽게 생략되는 존재다. 이것은 시라는 결과물에 늘 선험적으로 존재하지만, 사유되지 않는 그런 조각과 같다. 이러한 점에서 이 버려진 조각들은 단순히 시적 주체의 바깥(extérieur)에 존재하는 것이 아니다. 이는 자아의 내부에 존재했지만 시적 언어로 형상화되거나 포착되지 않은 은폐된 부분, 다시 말해 시적 질서에 포섭된 언어의 '외부(dehors)'[12]에 존재한다. 이러한 맥락에서 '버린 구절'은 곧 시로 완성된 언어들의 타자라 할 수 있다.

하지만 김남조는 이 타자들을 다시 시 속으로 끌어들인다. 정확히 말하자면 "시 쓰다 버린 구절"을 "노트"에 옮겨놓은 후, 시간이 지난 "오늘"에서야 다시 그 시어들을 회상한다. 그 '버린 구절'을 그대로 활용하지는 않지만, "어느 시에서 잘라낸 혈관인지"를 "선명히 기억"하는 과정을 거치며, 타자성을 지닌 언어를 다시금 시의 소재로 재생시키는 것이다. 이러한 재생의 절차가 가능한 이유는 무엇일까? 그것은 자신의 "혈관"과 같은 구절들이 아직도 "한 점 붉은 심장의 곤충"처럼 "살아 있"기 때문이다. 마치 아직도 "숨쉬"고 있는 "생피딱지"처럼 말이다. 이러한 점에서 김남조가 노트에 기록한 '언어적 타자'는 사유의 바깥에 존재하는 것이 아니다. 이것은 시적 언어의 실천 속에서 늘 생략되고 은폐되었던 언표행위의 타자와 다름없다.

무엇보다 '버린 구절'들이 문제적인 것은 단순히 "후일 다른 작품의 단추로 쓰"기 위한 목적으로 버려진 것이 아니라는 점이다. 이는 일차적인 언어적 의미의 경쟁에서 밀려난 것들이 아니라, 오히려 더 "절실해서 밀어낸 사람의 사연"이기에 더 유의미하다. 이것은 "유혈 멎지 않아 버린 어휘들"이

---

12 '외부'란 언표에 암묵적으로 존재하는 명제와 같이 내부에 존재하지만 지각되지 않은 은폐된 차원을 의미한다. 들뢰즈는 푸코의 사유를 논하면서 '외부'는 존재론적으로 '내부'에 비해 선행하는 것임을 언급한다. "사유하는 것은 가시적인 요소들과 언표 가능한 요소들을 재결합시킬 조화로운 내재성에 의존하는 것이 아니라, 간격과 힘들 속으로 침식하거나 내부적인 것을 절단하는 외부의 침입 아래서 수행된다. 질 들뢰즈, 『푸코』, 권영숙 외 역, 새길아카데미, 1995, 134쪽.

며, 차마 시적 주체가 감당할 수 없어서 "잘라낸 혈관"이자, 그 고통을 감내하면서도 은폐할 수밖에 없었던 타자인 것이다. 그러나 김남조는 그것들을 영원히 기억 속에 은폐하지 않는다. 오히려 사유 불가능해 보였던 시어들을 활용하여 성찰의 계기로 삼는다. "내 문학은 심약하고 겁이 많았었구나"라고. "그래 그랬었지, 그랬었다".

"시 쓰다 버린/여러 구절들이 생각난다"(「사람 이야기」)라는 시구나, "제외된 말들은/과녁을 못 맞춘 화살로/공중을 맴돌다가/나에게 되돌아온다/그럴 테지/나의 토양에서 돋아나 자랐으니/달리 익숙한 곳이 없겠지"(「어휘들」)라는 시구에서 알 수 있듯이, 김남조는 자신의 시쓰기 과정에서 제외되거나 생략된 언어들을 거듭해서 시의 소재로 재생시킨다. 그리고 이 언어들을 "나의 토양에서 돋아"난 존재로서 인정한다. 때문에 "제외된 말들"은 '바깥'이 아닌 '외부'에 남게 됨으로써 새로운 사유의 가능성을 만들어내는 것이다. 이처럼 김남조의 자아는 시 자체만을 사유하지 않고, 창작 과정에서 불가피하게 파생되는 언어적 타자에게도 주목함으로써 다른 시인과는 차별되는 진정성의 시학을 구축해 나간다.

> 은밀한 혈서 몇 줄은
> 누구의 가슴에나 필연 있으리
> 시간의 시냇물 흐르는 동안
> 글씨들 어른 되고 늙었으리
> 적멸의 집 한 채엔
> 고요가 꽉 찼으리
> 너무 늦었다거나
> 아직 아니라거나
> 그런 말소리도 잦아들었으리

사람의 음성은
핏자국보다 단명하기에

—「혈서」 전문

시인의 고통은 창작 과정에서 겉으로 표출되는 것이 아니다. 진정한 고통은 미처 시적 결과물로 산출되지 못한 부분에 은폐되어 있다. 마치 "은밀한 혈서"처럼 말이다. 이것은 "누구의 가슴에는 필연"적으로 내재되어 있는 은폐된 언어이다. 이 "글씨"들이 의미 있는 이유는 겉으로 드러나는 "사람의 음성"보다 더 오래 남는다는 것에 있다. 물론 이 "은밀한 혈서"도 "어른 되고 늙어"가지만, 영원히 소멸하지는 않는다. 그 대신 "고요가 꽉 차" 있는 "적멸의 집 한 채"로 재생되어 자아의 실존적 고통과 허기를 심화시킨다. 이처럼 김남조의 자아는 소외된 시어들을 다시 소환함으로써 '외부' 언어에 대한 사유의 가능성을 모색하게 한다. 이는 성찰의 행위이자 열정에 대한 열정이며, 존재론적 고통을 다시 사유하는 과정이다. 이러한 점에서 김남조의 진정성은 단발적인 속죄 의식이 아니라 성찰과 열정의 반복으로부터 파생되는 것이며, 언어적 타자에 대한 관심을 통해 자신만의 윤리를 구축해 나가는 것이다.

4. 행간의 시학과 메시아주의

진정성은 그것을 지향하는 실천적 행위에 의미와 방향성을 제공하기에 미래지향적이다.[13] 이는 과거를 성찰하는 현재의 행위를 통해 본질적 가치

---

13 찰스 테일러, 『자아의 원천들』, 권기돈 외 역, 새물결, 2015, 109쪽.

를 회복하고자 한다는 점에서 또다시 미래와 연결된다.[14] 이처럼 진정성은 단순히 자기 폐쇄적인 성찰에 머무르지 않고 새로운 지평을 향하게 한다. 진정성의 개념이 김남조의 시학과 맞닿는 이유도 바로 이러한 측면에 있다고 할 수 있다. 점차 김남조는 시쓰기에 대한 자기 성찰적 탐색에서 나아가, 앞으로 지향해야 할 시적인 것의 본질을 모색하기에 집중한다.

> 어둠뿐인 어둠 없고
> 빛만 있는 빛도 없으리
> 어둠엔 빛의 가루 사금처럼 뿌려지고
> 빛에는 검은 씨앗 촘촘하리
> 사랑한 이는 지쳐 눕고
> 사랑받은 이는
> 그 사랑 갚으려고
> 귀로(歸路)에 있는지 몰라
>
> 한 분 스승이
> 어둠과 빛의 행간에 계시어
> 지혜의 책 한 권씩을
> 나눠 주시는지 몰라
>
> ─「행간의 스승」 전문

바디우는 실재에 대한 열정으로 '차이에 대한 열정'을 강조한다.[15] 이 열정은 파괴로 성취되는 것이 아닌, 최소의 차이로부터 실재에 가까워지는 원리다. 이것이 제시하는 실재, 다시 말해 본질은 상징계 질서의 밖에 존재하는 것이 아니라, 그 내부에 잠재된 간격으로부터 파생된다. 김남조의 시

---

14 김홍중, 『사회학적 파상력』, 문학동네, 2016, 368쪽.
15 알랭 바디우, 『세기』, 박정태 역, 이학사, 2014, 111쪽.

에서 이것은 '행간'으로 비유된다.

"어둠뿐인 어둠"은 없다. "빛만 있는 빛"도 없다. "빛"에는 "검은 씨앗"과 같은 "어둠"이 내재하고, "어둠"에는 "빛의 가루"가 숨겨져 있기 때문이다. 이처럼 빛과 어둠은 때로는 은폐하고 때로는 비춰줌으로써 서로 관계한다. 빛과 어둠은 대립적이지만 하나가 없으면 다른 하나가 존재하지 못하기에 서로에게 필수적이다. 우리에게 늘 상반된 것으로 여겨지는 빛과 어둠은, 사실 미세한 차이를 두고 상호 보완적 관계를 유지하고 있는 것이다. 그래서 "어둠뿐인 어둠 없고 빛만 있는 빛도 없"다고 화자는 강조한다. 마치 시가 없으면 언어가 없고, 언어가 없이 시가 될 수 없는 것처럼 말이다. 그 미세한 차이("어둠과 빛의 행간"), 즉 '간격'[16]에서 시는 촉발된다. 그 '행간의 스승'은 빛과 어둠 사이의 시간을 관장하는 절대적인 존재로 비춰지지만, "지혜의 책"을 발견하는 것은 스승의 몫이 아니다. 그것은 시와 언어 사이에 있는 유일한 존재, 바로 시인의 몫이다.

"심각한 시는/밤과 새벽 사이의/어둠이자 빛이다/처음 듣는 신선한 독백이며/문 앞에 와 있는/영혼의 첫 손님이다//시인은/그를 연모하게 되면서/고통스럽게/언제나 배고프다/그러나 영광스럽다"(「심각한 시」)라는 시구에서 알 수 있듯이, 김남조는 시를 "어둠(밤)"과 "빛(새벽)"[17]의 사이에서 촉발되는 것으로 인식한다. 그리고 "영혼의 첫 손님"과 같은 시를 맞이할 수 있는 것은 다름 아닌 "시인"임을 강조한다. 이러한 맥락에서 시인의 역할은 "빛"

---

16 이를 바디우는 '공제(soustraction, 벗어나기)'의 개념으로 풀이한다. '간격'은 최소의 차이를 생산함으로써 드러내는 결과라는 점에서 공제의 원리와 연관된다. 위의 책, 108쪽.

17 앞 장에서 언급한 언어의 '외부'란 포착되지 않은 은폐된 차원을 의미하는 것이었다. 마치 "빛"에 의해 은폐된 "어둠"처럼 말이다. 그렇다면 위 시에서 "빛"과 "어둠"이 비유하는 것은 무엇인가. 이는 감각적 차원의 이미지가 아니다. 이것은 시가 된 언어와 그 '외부'에 은폐된 언어("버린 구절")의 표상이다.

속에 내재된 "어둠"을 찾아내는 일이며, 반대로 "어둠" 속에 숨겨진 "빛의 가루"를 찾아내는 일과 같다. 마치 시 속에 은폐된 언어("버린 구절")를 찾아내고, 은폐된 언어를 재생시켜 또다시 시를 창조해내는 것처럼 말이다.

> 미래의 시는 어디에 있나
> 미래의 시인은 어디쯤 오고 있나
> 이 시대엔 못다 깊은 사념
> 못 듣고 못 본 불사가의
> 신이 내놓지 않은 천둥번개
>
> 지구의 끝날까지
> 시인은 오고 시는 쓰여지리니
> 희노애락의 사슬
> 천재들의 예지
> 해부도로 밝혀낼 인간의 진정성
>
> 시여 절망적인 희망이여
>
> ──「미래의 시」 전문

화자는 1행과 2행에서 "미래의 시"를 "미래의 시인"과 동등한 위치에 둔다. 그리고 미래의 시를 미래의 시인이 오는 것에 빗대어 표현한다. 이는 시인이 없이 시가 만들어질 수 없다는 것. 다시 말해 시를 쓰기 위해 선행되는 것은 시인이 되는 일임을 방증하는 부분이다. 이것이 김남조가 찾아낸 시적 본질에 가까워지는 원리이며, 그가 지향하는 진정성의 핵심이다. 시인이 된다는 것은 힘든 일이다. 하지만 더 중요한 것은 시인이 올 것이고 시는 결국 탄생할 것이라는 믿음("시인은 오고 시는 쓰여지리니")에 있다.

'미래의 시'는 "신이 내놓지 않은 천둥번개"와 같은 것으로 비유된다. 마치 번개가 치는 순간 "어둠" 속에서 발하는 "빛"처럼 말이다. 이것은 마지막 행의 "절망적인 희망"이라는 표현이 함의하고 있는, 절망으로부터 기대하는 희망과 같은 것이다. 이러한 점에서 '미래의 시', 다시 말해 "해부도로 밝혀낼 인간의 진정성"을 갖춘 "시인"은 아득히 존재하는 것이 아니다. 오히려 우리의 주변에 숨겨져 있는 것과 다름없다. 이것은 새롭게 오는 것이 아니며, 이미 소유된 것으로부터 변화를 이끌어내는 순간에 대한 믿음이나 마찬가지다. 이러한 점에서 시적 본질에 다가서고자 하는 김남조의 시학은, 불가능한 유토피아의 초월적 도래가 아닌 작은 변화의 지속적 실천과 그 열정에서 비롯되는 벤야민의 메시아주의[18]와 닮아 있다.

김남조가 지향하는 시쓰기는 자기 내면과의 대화에서 시작해서, 그 속에 내재된 작은 변화의 가능성을 바라본다는 점에서 의미가 있다. 그 작은 변화의 가능성은 끊임없는 성찰적 사유를 통해서만이 도달할 수 있는 것, 다시 말해 시적 언어에 대한 집중과 열정이 있어야만 발견할 수 있는 행간의 비유에서 촉발된다. 이것은 자동적으로 주어지는 도래의 과정이 아니라, 매 순간 성찰하고자 하는 시적 진실성을 통해 쟁취될 수 있다는 점에서 유의미하다. 물론 이는 힘든 과정임에 분명하다. 그러나 김남조는 포기하지 않는다. 앞서 살펴보았듯이 오히려 창작 과정에서 버려진 언어적 타자들을 시의 소재로 소환하며, 새로운 언어로 재생시키고자 한다. 이러한 과정을

---

18 벤야민은 "우리에게서 부러움을 일깨울 수 있을 행복은 우리가 숨 쉬었던 공기 속에 존재하고, 우리가 말을 걸 수 있었을 사람들, 우리 품에 안길 수 있는 여인들과 함께 존재한다. 달리 말해 행복의 관념 속에는 구원의 관념이 포기할 수 없게 함께 공명하고 있다"고 말한다. 발터 벤야민, 「역사의 개념에 대하여」, 『발터 벤야민 선집 5』, 최성만 역, 도서출판 길, 2008, 331쪽. 즉 벤야민은 구원의 희망이 다른 차원의 세계에서 오는 것이 아니라, 우리의 관념 속에 내포하고 있음을 강조한다. 이러한 가치를 실현하는 가능성은 자신이 소유하고 있는 것이며, 이것은 작은 변화와 열정에 기반하는 실천적 믿음이다.

거치며 김남조의 진정성은 자기 윤리의 차원을 넘어, 시적 언어의 미래를 예기하는 새로운 가능성으로 발전된다.

> 그는 어릴 때부터
> 춥고 무섭고 외로웠다
> 자라면서 다른 사람들도
> 춥고 무섭고 외로워함을 알았다
> 멈추지 않는 눈물처럼
> 그에게
> 말과 글이 솟아났다
> 그는 시인이 되었다
>
> ―「시인 4」 전문

김남조는 자신의 마지막 시집에서 "나는 시를 배워 시인이 되고 싶었습니다. 그러나 어느덧 으스름 어둠이 드리워진 만년에 이르고 말았습니다."[19]라고 토로한다. 김남조의 시는 시인이 된 후에 생산된 언어적 산물이 아니다. 그의 시는 시인이 되기 위한 무한한 열정과 기다림의 시간에 대한 언어적 비유이다. 이러한 점에서 "시를 배워 시인이 되고 싶었"다는 김남조의 다짐은 언젠가 그것이 실현된 상태를 지향하는 소망의 표상이자 동시에, 그 작은 변화를 실천하게 만드는 시쓰기의 본질적 목적으로 작용한다.

결국, 김남조의 시쓰기가 추구했던 본질, 다시 말해 진정성의 가치는 '시인'이 되기 위한 궁극의 의지가 만들어낸 존재론적 산물과 다름없다. 위 시에서 볼 수 있듯이, 그 본질에 다가서는 과정은 자신이 "춥고 무섭고 외로워"짐을 수용함과 동시에 타인들의 "춥고 무섭고 외로워함"도 함께 알아나가는 과정이다. 즉 김남조가 지향하는 시쓰기의 본질은 그 과정이 수반

---

19 김남조, 「노을 무렵의 노래」, 『사람아, 사람아』, 문학수첩, 2020, 4쪽.

하는 고통을 회피하는 것이 아니라, 그것을 전유함으로써 비로소 가까워지는 것이다. 이러한 점에서 김남조의 진정성은 단순히 영원히 도래하지 않을 절대적 존재를 기다리는 것과는 다르다. 오히려 이것은 작은 변화를 일으킬 수 있는 성찰적 시쓰기를 통해 "말과 글이 솟아"날 것을 스스로 믿음으로써 구현된다. 그리고 이것이야 말로 '시인 됨'을 실천할 수 있는 시쓰기 주체의 유일한 능력이나 마찬가지인 셈이다.

김남조가 지향하는 시적인 것의 본질은 시 텍스트에서 기인하지 않고, 텍스트를 생산하기 위해 실천하는 시쓰기 행위 그 자체로부터 촉발된다. 김남조 시는 무의미한 시쓰기 행위의 산출물이 아니다. 김남조의 시적 결과물은 시쓰기 과정에서 은폐된 언어적 타자에게 주목함으로써 만들어지는 새로운 희망의 가능성으로 이해된다. 이것은 마치 벤야민의 '역사철학의 테제'[20]처럼, 과거로부터 준비되었던 희미한 메시아의 힘을 다시 회복하려는 시인 스스로의 약속이자, 시에 대한 무한한 열정("멈추지 않는 눈물")으로 닿을 수 있는 궁극적 자기 구원의 메시지다.

5. 결론

김남조의 시쓰기는 진정성의 산물이다. 70년의 시쓰기를 묵묵히 지속할

---

20 「역사의 개념에 대하여」 두 번째 테제에서 벤야민은 "우리는 이 지상에서 기다려졌던 사람들이다. 그렇다면 우리에게는 우리 이전에 존재했던 모든 세대와 희미한 메시아적 힘이 함께 주어져 있는 것이고 과거는 이 힘을 요구하고 있는 것이다"라고 말한다. 또한 여섯 번째 테제에서는 "메시아는 구원자로서만 오는 것이 아니다"라고 강조한다. 이러한 점에서 벤야민의 메시아는 절대적 존재로서만 구현되는 것이 아니라, 이 "세상에 기다려졌던 사람들"인 바로 우리 안에서 찾을 수 있는 것임을 의미한다. 위의 책, 332~334쪽.

수 있었던 것은, 시에 대한 단순한 창작열 때문도, 사회적인 글쓰기의 차원의 목적성 때문도 아니다. 이것은 오로지 진정성을 확보하기 위한 자기반성적 태도에서 기인한다. 이러한 점에서 김남조의 시쓰기는 자신의 시에 대한 반복된 성찰을 필요로 하는 고된 작업과 같다. 그럼에도 불구하고 김남조는 시쓰기를 감행함으로써 시적인 것의 본질에 육박하고자 하였다.

시적 진실성은 시쓰기의 필수 조건이다. 이것은 시에 대한 열정이자, 그 열정에 대한 또 하나의 열정이다. 김남조는 자신의 시를 함량 미달의 부족한 것으로 치부하는데, 이러한 태도는 역설적으로 시쓰기를 지속하게 하는 열정을 부추긴다. 그럼으로써 자신의 창작 행위를 메타적으로 성찰하여 자신의 시쓰기를 집요하게 자극한다. 이는 시를 쓰는 과정에서 발생하는 존재론적 통증을 그대로 시로 재생한다는 점에서 고통에 대한 고통을 감내하는 행위나 마찬가지다. 이러한 점에서 김남조가 언급한 시적 진실성은 '진정성'의 개념과 닮아 있다. 하지만 김남조의 진정성은 단순히 시쓰기에 대한 메타적 탐색에 그치지 않고, 소외된 언어들을 바라본다. 미처 시가 되지 못한 언어들을 다시 사유함으로써 '외부' 언어가 지닌 새로운 가능성을 포착하는 것이다. 이는 '언어적 타자', 즉 은폐된 언어를 재생시킴으로써 또 다른 시적 사유의 가능성을 만들어내는 원동력이 된다.

김남조의 진정성은 앞으로 지향해야 할 시적 본질을 모색한다. 이것은 '빛'과 '어둠'이 만들어내는 행간의 비유로부터 촉발된다. 이는 절망 속에서 희망을 찾는 과정이며, 은폐된 타자들을 재생하여 '미래의 시'를 포착할 수 있는 열쇠이다. 그리고 그 해결을 김남조는 진정한 '시인 됨'에서 찾아낸다. 진정성의 시학은 초월적 존재의 도래에 대한 불가능한 염원이 아닌, 과거에 대한 작은 변화의 실천과 열정에서 희망을 찾는 벤야민의 메시아주의와 맞닿는다. 시인이 되기 위한 김남조의 진정성은 무한한 자기 성찰로 닿을 수 있는 행간의 가능성이자 희망의 메시지나 다름없다.

시간 의식과 영원성의 문제

1. 서론

시간을 초월한 영원에 대한 갈구는 모든 사람이 공감하는 문제이다. 인간은 시간을 소유함으로써 존재의 의미를 실현함과 동시에, 시간의 힘에 의해 오히려 무로 돌려지기도 한다. "우리가 바로 시간이며, 지나가는 것은 시간이 아니라 우리 자신"[1]이라는 옥타비오 파스의 말처럼 인간의 삶은 시간과 불가분의 관계에 있는 것이다. 죽음에 대한 두려움은 시간이 가진 폭력성에 대한 존재의 반발을 야기한다. 시간에 의해 한정되는 자신의 한계를 인식하게 된 순간부터 사람들은 존재의 영원성과 무한한 연속성을 상상하고 갈구하게 된 것이다. 이러한 맥락에서 볼 때, 하나의 존재가 영원을 끊임없이 지향하는 것은 인간 본연의 감정에 충실한 자연스러운 결과라 할 수 있다.

영원에 대한 문제는 시인들에게도 중요한 관심의 대상으로 작용한다. 인간의 유한성을 인식하면서도 이를 초월하려는 시도, 즉 죽음과 같은 절대

---

1 옥타비오 파스, 『활과 리라』, 김홍근 외 역, 솔, 1998, 72쪽.

적인 한계를 직면한 상황에서도 주눅 들지 않는 이른바 '숭고'[2]한 미의식이 시 속에 형상화되어 나타나기 때문이다. 한국 현대시사에서는 대표적으로 서정주, 구상과 같은 시인들이 영원성을 추구하며 시세계를 구축한 바 있다. 그리고 문단에서도 위 시인들을 중심으로 시에 나타난 초월 의식이나 삶의 지속에 대한 의지에 주목하여 논의[3]를 전개해왔다.

김남조의 시에도 영원에 대한 문제가 중요하게 작용한다. 영원성은 후기 시의 핵심 테마로 놓이는데, 이는 김남조의 '사랑의 시학'이 추구하는 궁극적인 지향점과 관련된다는 점에서 매우 중요한 의미를 지닌다. 다시 말해서 영원성은 시세계를 이해하기 위해 반드시 논의되어야 할 문제인 셈이다. 그리고 김남조의 근작에서 이러한 특징이 더욱 두드러지는 경향을 보인다는 점은 이에 대한 추가 논의의 필요성을 제기한다.

따라서 김남조 시의 영원성을 밝히는 일은 작품의 주제 분석과 더불어 선행되어야 할 중요한 테마라고 할 수 있다. 그러나 그동안의 논의는 사랑 의식과 종교성이라는 큰 테마를 중심으로 연구가 집중되어 왔다. 이에 본

---

2 여기서 언급하는 숭고는 초월의식의 측면을 일컫는다. 숭고(sublime)란 본래 라틴어 'hypsous(높은, 고귀한, 고양된)'에서 파생된 단어다. 숭고의 본질은 바로 초월 감각인데, 이는 알다시피 롱기누스(Longinus), 버크(Burke), 칸트(Kant)에 이어 포스트모더니즘의 대표자 리오타르(Lyotard)가 '재현 불가능성'을 강조함으로써 재조명된 바 있다. 박현수, 『시론』, 예옥, 2011, 390~398쪽 참조.

3 서정주에 대한 논의로는 손진은, 심재휘, 임재서, 송기한, 최현식의 연구를 주목할 만하다. 이 중 최현식은 서정주의 방랑과 모험이 한국 근현대시의 자연과 역사, 전통과 과거에 두루 걸쳐 있음을 확인하고 이러한 영역들에 대한 관심이 '영원성'이라는 종교적이고 시적인 존재의 삶에 다가서기 위한 방법으로 작용한다고 분석하였다. 최현식, 『서정주와 영원성의 시학』, 연세대학교 박사학위 논문, 2002. 구상에 대한 논의로는 김승구, 김정신, 홍용희의 연구가 대표적이다. 이 중 홍용희는 구상 시의 가톨리시즘에 주목하고 시 속에 나타난 그의 존재론적 사유는 현존으로부터 영원, 영원으로부터 현존을 명징하게 나타냄을 분석하였다. 홍용희, 「존재론적 극복과 영원성의 향유 : 구상의 시 세계를 중심으로」, 『비교한국학』 제25집, 국제비교한국학회, 2017.

고에서는 김남조가 추구했던 사랑이 최종적으로 지향하는 영원성의 양상과 특징을 밝히고자 한다. 이는 70년여간 축적된 시세계가 지향하는 궁극적인 귀결점을 찾는 과정이 될 것이며, 김남조가 추구하는 본질적 가치와 그 의미들을 정리하려는 목적 때문이다.

2. 자연의 순환과 영속성

실존하는 것 중에서 순환과 반복의 원리를 가장 확실하고도 뚜렷하게 확인할 수 있는 것은 바로 자연물이다. 겨울이 가고 봄이 오는 불변의 원리도 바로 계절에 따라 변화하는 자연물의 속성을 통해 증명된다. 자연물이 곧 순환과 지속의 필요조건이 되는 셈이다.

김남조의 시에도 이러한 자연물의 속성이 종종 활용된다. 시 속 자연물은 생명력을 지닌 대상으로 존립하는데, 그 과정에서 존재의 지속을 추구하며 영속성을 획득하는 것이 특징이다. 다시 말해서 자연물이 지닌 생명력은 시 속에서 존재의 지속에 이르기 위한 단초가 되며, 이는 세상의 모든 존재에 대한 절대적 가치체계로 심화되는 모습을 보인다.

> 구름은 하늘이
> 그 가슴에 피우는 장미
> 이왕에 내가 흐르는 강물에
> 구름으로 친들 그대 하나를
> 품어가지 못하랴
>
> 모든 걸 단박에 거는
> 도박사의 멋으로
> 삶의 의미 그 전부를

후회 없이 맡기고 가는
하얀 목선이다

차가운 물살에
검은 머리 감아 빗으면
어디선지 울려오는
단풍나무의 음악
꿈이 진실이 되고
아주 가까이에 철철 뿜어나는
이름 모를 분수

옛날 같으면야
말만 들어도 사랑은 어지럼병
지금은 모든 새벽에 미소로 인사하고
모든 밤에 침묵으로 기도한다

내처 내가 가는 뱃전에
노란 램프로 여긴들 족하리라
이왕에 내가 흐르는 강물에
바람으로 친들
불빛으로 친들
그대 하나를 태워가지 못하랴

—「내가 흐르는 강물에」 전문

위 시는 끊임없이 자연물을 활용한다. 그리고 자연물의 생명력은 역동적
이미지로 표출되어 시 전반을 채우고 있다. 시의 중심에는 '강물'이 있다.
강물의 움직임은 대개 그치지 않는 영속성[4]을 가지는데, 화자는 이러한 속

---

4 가스통 바슐라르, 『공기와 꿈』, 정영란 편역, 이학사, 2001, 92~93쪽 참조. 바슐라르
  는 물과 공기의 역동적 이미지들이 '연속성'을 지니며, 이러한 연속성의 원리는 '몽상

성을 사용하여 '그대'에 대한 사랑을 형상화한다. 화자의 사랑은 한순간에 그치는 것이 아니다. 이는 마치 "흐르는 강물에 (비친) 구름"과 같이 영원히 함께하는 존재로 구현된다. '구름'[5]을 통해 구현된 화자의 사랑은 강물이 그치지 않는 한 지속되는 영원성을 획득하게 된다.

화자의 사랑이 지향하는 속성에 대해 구체적으로 살펴보자. 먼저 '그대'를 향한 화자의 마음은 "구름"처럼 아름다운 것으로 제시된다. 그리고 "단풍나무의 음악"이 "분수"처럼 흘러나오는 것과 같이 풍성한 생명력을 가지고 있다. 주목되는 점은 이러한 사랑의 대상인 '그대' 역시 자연과 비슷한 속성을 지닌다는 점이다. "그대"라는 대상은 시 속에서 자연물과 함께 공존할 수 있으며, "바람"과 "강물" 그리고 "불빛"과 함께 흘러갈 수 있는 존재로 형상화되기 때문이다. 그렇기에 "그대"에 대한 화자의 사랑은 곧 '자연'에 대한 사랑이며, 자연과 함께 영원하고자 하는 절대적 사랑을 의미하기도 한다. 이처럼 시에 산견되는 자연물이 모여 영원성을 나타내며, 화자의 사랑을 지속하는 이미지로 작용하는 것이다.

> ① 이 기쁨 처음엔
> 작은 꽃씨더니
> 밤낮으로 자라 큰 기쁨 되고
> 위태한 꽃나무로 섰네
> 아, 이제 불이어라
> 가책의 바람으로도

적 비상'에 기인한다고 분석한다. 이 '몽상적 비상'은 물과 공기의 부드러운 역동성으로 말미암아 현실을 초월하는 '영속'의 단계로 접근할 수 있다는 개념이다.

5 구름이 가지고 있는 무정형의 형태적 힘, 그리고 변형의 절대적 지속성은 진정한 역동적 이미지의 연속에서 이해되어야 한다고 바슐라르는 말한다. 다시 말해서, 구름이 가지고 있는 순환과 연속의 이미지는 절대적 지속성, 곧 영속성을 표상하는 것이다. 위의 책, 339쪽 참조.

끌 수 없거니

— 「기쁨」 부분

② 차갑고도 뜨거운 눈발이여
　대지는 사뭇 간망의 요람을 흔들면서
　즈믄 마음을 백랍에 풀어
　불로 사루었나부다
　차갑고도 불내음이 서리는 눈발이여

　순박한 이적(異蹟)
　또다시 성탄의 별들이 솟는구나
　가려져 그늘에 선 권능,
　도취에 가라앉는 송가,
　이 모두 청결한 하늘 눈시울에서
　흘러 넘치는 눈물임을

　아아 나도
　쓰임 있어 흐르는 물결 위를
　기쁨에 넘쳐 한없이 흘러가고만 싶다

— 「뜨거운 눈발」 부분

③ 삶은 언제나
　은총의 돌층계의 어디쯤이다
　사랑도 매양
　섭리의 자갈밭의 어디쯤이다

　이적진 말로써 풀던 마음
　말없이 삭이고
　얼마 더 너그러워져서 이 생명을 살자
　황송한 축연이라 알고

한세상을 누리자

새해의 눈시울이
순수의 얼음꽃 승천한 눈물들이
다시 땅 위에 떨구이는
백설을 담고 온다

— 「설일(雪日)」 부분

영속성은 자연물인 '꽃'과 '눈발'이 가지는 생명력이 확장되면서 나타난다는 점이 특징이다. 먼저 ①은 '꽃'이 피어나는 자연 원리를 통해 주제 의식을 전달한다. '꽃'은 정서를 나타내는 핵심 소재로 시상 전개에 따라 강한 생명력을 나타낸다. "작은 꽃씨"에서 시작된 존재는 "위태한 꽃나무"로 이어지며, 나아가 "불"이라는 열정적 대상으로 발전한다. 이 과정에서 '꽃'의 생명력이 더욱 강해지는데, "가책의 바람으로 끌 수 없"는 지속과 영속의 표상으로 작용하게 된다. '꽃'이 '불'이 되는 과정에서 생명력이 강화되고 이를 통해 영속의 대상으로 발전한 셈이다.

②는 '눈발'이 가지는 속성을 활용하여 영원성을 지향한다는 점에서 주목된다. 위 시에서 '눈발'은 차갑고도 뜨거운 속성을 가진다. 시상이 전개됨에 따라 '눈발'은 하늘에서 내려와 사람들의 마음을 따뜻하게 해주는 "흘러 넘치는 눈물"로 발전된다. 겨울에 내리는 자연현상이 존재의 내면에 가까워지면서 뜨거운 성질을 가지게 되고, 동시에 물이 되어 흐르는 유동성도 획득하게 되는 것이다. 결국, '눈발'은 마지막 연에서 "한없이 흘러가"는 영속의 존재로 형상화되며, 화자는 이러한 '눈발'을 닮고 싶어 하는 지향의 태도를 나타내기에 이른다. 겨울마다 반복되는 '눈발'의 속성이 결과적으로 영속성을 획득하게 된 것이다.

③에서 주체가 감각하는 이미지는 눈이 가진 순백의 이미지인데, 이 색채

의 순수성과 눈이 가지고 있는 생명력이 어우러져 존재의 순환과 영속을 지향한다는 점이 특징이다. 화자가 추구하는 것은 긍정적인 삶의 자세이다. 존재가 가지고 있는 "생명"은 곧 "황송한 축연"과 같이 긍정적인 의미를 지니는데, 이러한 생명력은 '눈'이라는 자연물로 형상화된다. 그리고 '눈'이 가진 생명 이미지는 세상을 가득 채우며 영속과 순환을 표상하는 대상으로 발전하게 된다.

영속성 획득의 구성 원리

구성	발전 과정(영속성 획득 과정)				원관념 (지향점)
	존재	1차 강화	2차 강화	결과	
①	작은 꽃씨	위태한 꽃나무	불	끌 수 없음	기쁨
②	눈발	흘러넘치는 눈물	흐르는 물결	한없이 흐름	기쁨, 감동
③	눈	순수의 얼음꽃	승천한 눈물	다시 내리는 백설	생명, 축복
특성	생명력	생명력(강화)	유동성 역동성	영속성 순환성	영원성(∞)

　모든 것은 사소한 현상에서 출발한다. 그리고 그 사소한 출발이 영속성으로 발전한다. 생명력으로 시작된 존재의 속성은 이미지의 점층으로 거듭 강화되어 역동성을 획득한다. 화자는 이러한 상황 속에서 대상을 단순히 관조하는 것에 머무르지 않고 존재의 속성을 끊임없이 밝혀내고자 한다. 그리고 이에 대한 결과는 보다시피 영속으로 귀결되며, 궁극적으로 영원성을 지향하게 되는 것이다. 자연물의 속성이 거듭 발전하면서 시인이 추구하는 축복과 사랑이 영원성을 표상하게 됨을 확인할 수 있다. 프랑스 현상학자 가스통 바슐라르(Gaston Bachelard)에 따르면, 물의 환희는 부드러움과 휴식이며, 불의 환희는 사랑과 욕망이고, 공기의 환희는 자유라고 설명된다. 그리고 이러한 물질들이 가지고 있는 상상력들은 발전 과정에서 역동

성을 획득하고, 궁극적으로 미래를 여는 순간의 의식을 통해 지속성을 가지게 된다.[6]

1
꽃샘눈과 벙그는 홍매화는
청결한 새봄의 한 쌍 내외인데
하나는 오고
하나는 간다
서로 뒤돌아본다

2
사랑하며 둘이 살다가
한 사람 세상 떠나고
남은 이의 세월 천년이란다
천년 세월 그간에도
하늘 항상 푸르리

―「첫봄」 전문

　김남조 시에서 일시적으로 보이는 자연현상도 결과적으로는 영원성을 추구하게 된다. 그리고 그 중심에는 순환의 원리가 중요하게 작용한다. 화자는 자연의 속성을 거듭 주목함으로써 물질에 내재한 영속성을 이끌어낸다.

　위 시는 이러한 특징이 잘 나타난다. '꽃샘눈'과 '홍매화'가 완성하는 첫봄의 이미지는 매년 반복되는 지속의 원리를 통해 궁극적으로 생명력과 사랑의 영원성을 지향하게 만든다. '꽃샘눈'이 가면 '홍매화'가 피는 연쇄의 원리가 2연의 인간사에 적용되어 영원한 사랑의 정신을 형상화하고 있는 것이다. 마치 사랑하는 사람이 떠나도 사랑은 영원하듯이 화자는 "남은 이

6　위의 책, 246~248쪽 참조.

의 세월 천년이란다/천년 세월 그간에도/하늘 항상 푸르리"라고 강조하며, 그 사랑의 영원성을 부각하는 것이다.

> 나무와 나무그림자
> 나무는 그림자를 굽어보고
> 그림자를 나무를 올려다본다
> 밤이 되어도
> 비가 와도
> 그림자 거기 있다
> 나무는 안다
>
> ──「나무와 그림자」 전문

존재의 본질은 실재(實在)에 대한 믿음으로서 성립되는 것이다. 위 시는 이러한 정의를 올바르게 적용한다. '나무'와 '그림자'가 형성하는 존재의 양식은 일상에서 확인할 수 있는 현상이다. 하지만 사소한 자연현상에 주목할 때 오히려 존재의 본질을 포착하게 되고, 실존에 대한 믿음은 결과적으로 영원성으로 이어지게 된다.

위 시에 제시된 "나무"와 "그림자"는 서로 의지하는 존재로 의인화된다. 그리고 서로의 존재를 굳게 믿는다. "밤"이 오고 "비"가 내려서 그림자가 보이지 않더라도, 이 둘은 믿음을 통해 서로의 실존을 확인하는 것이다. 어떠한 경우에도 서로가 곁에 있음을 기억하고 믿는 이 행위가 결과적으로 서로에 대한 믿음과 사랑을 굳건하게 만들고 있는 셈이다. 본래 과거에 대한 회상은 주로 기억에 의해 실천된다. 그리고 이러한 기억과 회상의 작용이 자아를 연대기적 시간 질서에서 해방하여 영원으로 이끌어 간다.[7] 다시 말해서 존재의 '지속'에 대한 믿음, 그리고 이에 대한 회상과 기억이 자아

---

7 한스 마이어홉, 『문학과 시간현상학』, 김준오 역, 삼영사, 1987, 80~85쪽.

의 영원성의 본질로 이끄는 것이다. 이와 관련하여 베르그송은 "우리의 가장 먼 과거도 우리의 현재와 함께 유일하고 동일한 변화의 계속성을 이루고 있다"[8]고 말한 바 있다. 이처럼 김남조 시에 나타난 자연의 순환과 영속 이미지는 시인이 추구하는 사랑을 지속시키는 역할을 한다.

3. 존재의 유한성과 초월 의지

앞에서 언급한 내용이 존재의 순환의 원리가 지향하는 영속에 대한 문제였다면, 이번에 주목할 것은 시간의 유한성을 인정함으로써 오히려 영원성을 추구하는 초월 의지에 대한 것이다.

존재에 대한 사유와 지속적인 성찰은 영원성에 근접하게 만든다. 시간에 대한 유한성을 인지하고, 존재로서 자아를 성찰하는 행위가 오히려 영원에 가까이 가게 하는 것이다. 성찰은 곧 과거를 되새기는 회상 행위인데, 벤야민은 이에 대해 "미종결된 것(Unabgeschlossene, 행복)을 종결되는 것(Abschlossenen)으로, 종결된 것(Abgeschlossene, 고통)을 미종결된 것으로 만들 수 있"[9]는 힘을 내포한 것이라고 설명한다. 그렇기에 행복한 순간은 현재에 향유되고, 고통의 체험은 또다시 느껴지기 마련이다. 기억 속에 있었던 과거가 호출되어 현재의 사유가 되는 이러한 과정은 끊임없는 성찰과 회상의 행위를 통해 이어진다. 되돌릴 수 없을 것만 같던 과거의 경험은 현재와 맞물리며 미래를 만들어내고, 이는 궁극적으로 영원성에 근접해 나가게 된다.

김남조는 영원성을 추구하는 것에 앞서 존재의 한계를 올바르게 인식하

---

8 H. Bergson, *La pensée et le mouvant*, Alcan, 1934, p.170.

9 Benjamin, GS V-1, p.589, 김남시, 「벤야민 메시아주의와 희망의 목적론」, 『창작과비평』, 2014 여름호, 251쪽 재인용.

고자 한다. 이를 위해 물리적 시간이 가지는 유한성을 끊임없이 인식하고 직시하려는 태도를 보인다. 이러한 시간의 유한성에 대한 인식은 존재를 반성하게 만드는 강력한 동인으로 작용하는데, 이를 시 속에 회상과 성찰의 태도로 형상화하여 서정적 주체가 향유하는 현재의 순간을 형성한다는 점이 근작의 특징이다.

> 그대의 나이 구십이라고
> 시계가 말한다
> 알고 있어, 내가 대답한다
>
> 시계가 나에게 묻는다
> 그대의 소망은 무엇인가
> 내가 대답한다
> 내면에서 꽃피는 자아와
> 최선을 다하는 분발이라고
> 그러나 잠시 후
> 나의 대답을 수정한다
> 사랑과 재물과
> 오래 사는 일이라고
>
> 시계는
> 즐겁게 한판 웃었다
> 그럴 테지 그럴 테지
> 그대는 속물 중에 속물이니
> 그쯤이 정답일 테지…
> 시계는 쉬지 않고
> 저만치 가 있다
>
> ― 「시계」 전문

인간이 시간을 인식하게 만드는 것은 시계의 몫이다. 추상적 시간을 초침의 반복적인 운동을 통해 구체적인 물리적 단위로 형상화하기 때문이다. 그리고 이 시는 이러한 시계와의 대화를 통해 시간의 유한성에 대한 인식을 더욱 확고히 한다. 얼핏 보면, 초침의 운동 속에 인간이 순응한 것 같지만 이러한 움직임에 주목함으로써 현재가 가지고 있는 한계를 극복하고자 하는 태도를 드러낸다.

이 시에 나타난 삶의 시계는 솔직하다. 존재의 유한성을 자각하게 하고, 시간 속에서 자신을 성찰하게 만든다. "그대는 속물 중에 속물이니"라는 시계의 언급은 삶의 욕심에 사로잡힌 존재를 직설적으로 드러낸다. 하지만 이러한 사유와 성찰이 주체가 자신의 한계를 인정하고 반성하게 만든다는 점에서 이 시의 시계는 절대적 존재를 표상하기도 한다. 이러한 시계는 늙지 않는다. 그리고 화자를 기다려주지 않는다. 단지 "쉬지 않고 저만치 가 있"을 뿐이다.

주목되는 점은 화자가 절대적 존재를 표상하는 시계와 대화를 한다는 것에 있다. 화자는 끊임없이 시간과의 대화를 시도하며 자신을 성찰하면서도 삶을 지속하기를 갈망한다. '절대적 존재'와 동등한 위치에서 솔직하게 자신의 마음을 털어놓으며, 자신이 원하는 소망이 지속되기를 추구하는 것이다. "사랑과 재물과 오래 사는 일"이라는 화자의 언급은, 자아의 솔직한 대답이면서 동시에 지속되기를 바라는 미래에 대한 소망이기도 하다. 마지막 부분에 쉬지 않고 앞질러 가 있는 "시계"가 화자가 따라가야 할 시간이자, 소망이 이루어지기를 바라는 미래의 가능성으로 비춰지는 것도 이러한 이유 때문이다. 이처럼 근작에서 나타나는 서정적 주체는 시간에 대한 성찰을 통해, 자신의 한계를 직시함으로써 현존재[10]를 인식하게 된다. 그리고 이러한 태도

---

10 마르틴 하이데거, 『사유란 무엇인가』, 권순홍 역, 길, 2005, 25~29쪽. 하이데거는 현

는 점차 미래를 지향하는 자아의 정신적 가치로 발전하게 된다.

> 내가 잠 깼을 때
> 밤은 먼저 눈 떠 있었다
> 거울 속엔 달력 하나 그러니까
> 반대로 읽히는
> 세월 한 자락,
> 시간은 한밤중 3시에 닿아가고
> 과로하는구나 라고
> 위로의 말을 유발하는
> 가멸한 초침 소리
>
> 밤의 척추가 약간 휘어져
> 안식이 모자람을 알 수 있기에
> 창가 빈 의자에
> 막 도착한 사람처럼 앉아
> 만인의 휴식과 양분인 밤이
> 더 느긋이 쉬고 떠나게 되기를
> 충직한 아내처럼
> 내가 지켜보련다
>
> ― 「밤에게」 전문

  화자는 끊임없이 시간을 인식한다. "밤", "달력", "한밤중 3시", "초침 소리"는 모두 시간을 인식하는 시어들이다. 그리고 이 시어들이 모여 화자의 과거와 현재를 완성하게 만든다. "초침"이 구현하는 찰나의 시간에서 "달력"이 의미하는 삶의 한 부분까지, 시간을 나타내는 개념들이 모여서 현재를 구현하는 것이다.

  존재를 확인하는 것이 기억과 회상을 통해 이뤄질 수 있다고 말한다. 기억과 회상은 곧 사유와 연관되며 이는 존재를 지키고자 하는 의지적 행위이다.

'밤'이라는 시간은 화자가 살아 있음을 확인하는 시간이다. 또한 "세월"을 반추하는 성찰의 시간이며, "잠"에서 깨어난 현재의 순간이기도 하다. 즉 밤은 과거와 현실이 맞물려 있는 시간으로 작용한다. 주목되는 점은 화자가 "밤"을 위로하고 지켜보는 행위를 통해 시간성을 초월하려 한다는 점에 있다. '밤'은 과거와 현재가 맞물려서 만들어낸 "휴식과 양분"이 가득한 순간인데, 화자는 이를 "충직한 아내"처럼 지켜보고 위로함으로써 한정된 시간성을 극복하려는 모습을 보인다.

다시 말해서, 화자는 오히려 밤을 위로하고 지켜봄으로써 자신의 한계를 넘어서고자 한다. '밤'이라는 시간을 위로하는 화자의 태도는 개아를 넘어서 초월적 존재로서의 모습을 엿보게 한다. 결과적으로 시간에 대한 인식과 성찰 그리고 이에 대한 위로의 정신은 '밤'의 시간성을 넘어서려는 초월적 태도로 이어진다. 이를 표로 정리하자면 다음과 같이 분석할 수 있다.

시간의 인식과 초월 의지의 형성 과정

구성	1연			2연	지향점
밤의 의미	과거	현재	지금	과거-현재	미래
	세월의 확인	깨어난 순간	위로의 말 (초침 소리)	휴식과 양분	지속
화자 태도	과거와 현재의 인식			성찰, 지켜봄	초월 의지

과거와 현재가 만들어낸 '순간'은 궁극적으로 영원을 지향하게 된다. '순간'이라는 것은 과거와 모이는 지점이자 현재에서 미래로 발산되는 강력한 에너지의 근원이 되기 때문이다.[11] 그리고 성찰과 위로의 태도는 이러한 현

---

11 남진우, 『미적 근대성과 순간의 시학 연구』, 중앙대학교 박사학위 논문, 2000, 23쪽.

상을 이끌어내는 강한 원동력으로 작용한다. 순간은 현존재가 그의 세계를 열어 밝혀져 있음과 더불어 그 자신에게 열어 밝혀져 있다는 것, 그래서 그가 그 자신을 언제나 이해하고 있다는 것에 속한다.[12] 존재에 대한 이해와 성찰이 이어지면서, 주체는 자신이 지향하는 정신의 영원성에 근접하게 되는 것이다.

> 시간에게 겸손하기
> 시간의 식물원에 물 주기
> 시간 안에서 용서받기
> 시간의 탓으로 돌리지 말기
> 시간에게 편지 쓰기
> 시간에게 치유받기
> 시간 속의 꽃을 찾기
> 시간의 말씀 듣기
> 시간에게 고백하기
> 시간에게 참회하기
> 시간 안에서 잠자기
> 시간 안에서 오래오래 잠자기
> 훗날에 그리하기
>
> ──「시간에게」 전문

시간은 화자에게 성찰의 매개체로 작용한다. 그리고 화자는 자신에게 주어진 시간의 유한성을 인지하고 그 안에서 오랫동안 존재하기를 원한다. 화자가 바라는 것은 시간 안에서 존재하는 것이며, 존재의 유한성에 대해 "시간의 탓"으로 돌리지 않는 자세를 가지는 것이다. 화자는 시간 속에 한

---

12 마르틴 하이데거, 『존재와 시간』, 이기상 역, 까치글방, 2009, 364쪽.

정된 자신의 존재를 인정하면서 현재의 순간에 최대한 충실하고자 한다. 주목할 점은 화자를 "겸손"하게 만들고, 화자를 "용서"해주는 시간의 절대성에 있다. 시 속 시간은 단순히 물리적 시간이 아니라 화자에게 "말씀"을 전달할 수 있고, 화자를 "고백"하고 "참회"하게 만드는 절대적 존재이기 때문이다. 표면적으로 나타난 주체의 고백들은 결과적으로 절대적 존재에게 고백하는 기도와 성찰의 전언과 다름없다. 즉, 화자는 '절대적 존재'의 표상인 '시간' 안에서 "오래오래 잠자"고 곁에서 "오래오래" 영생하고자 하는 자신의 의지를 피력하고 있는 셈이다. 결국 위 시는 한정된 삶의 시간 안에서의 다짐을 적은 것만은 아니다. 시에 구현된 시간은 삶과 죽음을 관장하는 절대자를 의미하는 바, 화자는 시간의 유한성을 인식함과 동시에 절대적 존재 곁에서 영원히 함께하고자 하는 초월 의지를 분명하게 드러낸다.

이처럼 김남조 시는 존재의 유한성을 극복하여 영원성에 근접하려는 태도를 보인다. 존재와 시간에 대한 철저한 인식과 성찰의 힘을 통해 현재에서 나아가 미래를 향하는 주체의 의지적 태도가 자주 나타난다. 근작에 많이 발견되는 이러한 특징은 김남조 시가 지향하는 궁극적인 주제 의식이 된다.

① 운명이다
　너는 나의 운명이고
　나는 너의 운명이다
　그러니 운명끼리 손잡고
　땅끝 너머 더 끝까지
　가야 한다
　　　　　　　　　　　　　　　　　　　　　　—「운명」 부분

② 둘레가 천지개벽하여
　아침으로 바뀌고

흩어져 있던 가련한 종이들의
멈추었던 심장이
일시에 맥박 쳤다

       ― 「하느님의 조상」 부분

③ 오랜 후일
당신이 다시 어른이 되는 날엔
뒤뜰 대숲의
안 보이는 바람으로
나는 살으리
오래 살으리

       ― 「후일(後日)」 부분

 존재의 한계에 대한 인식과 성찰은 자아를 성숙하게 만드는 계기가 된다. 그리고 성숙된 자아는 가시적인 것을 뛰어넘어 사랑과 같은 본질적 가치의 영원성을 추구한다. 지속이나 순환, 그리고 초월 의지는 사랑의 영원성을 획득하는 주된 원리로 작용한다.

 ①은 운명에 대한 인식이 초월에 대한 의지로 발전해 나가는 점이 특징이다. 시 속 주체인 '너'와 '나'는 서로를 운명으로 인식하고, 그 운명을 지속하고자 한다. "땅끝"이 의미하는 물리적 한계를 초월하여 "땅끝 너머 더 끝"을 향해 서로를 맞잡은 운명을 이어가려는 것이다. ②는 재생을 통해 영원성을 지향하는 점이 주목된다. "멈추었던 심장"이 다시 "맥박"을 치는 행위는 존재가 가지는 삶의 유한성을 초월한 행위로 비춰진다. 어두웠던 "둘레"가 "천지개벽"하여 다시 "아침"으로 바뀌고, 죽었던 것이 다시 생명을 회복함으로써 한계를 초월한 영원에 대한 지향의 주제 의식을 형상화한다. ③은 미래를 가정하고 바라보며 영속에 대한 의지를 나타낸다. 주체는 "당신이 다시 어른이 되는 날"이라는 미래에 "뒤뜰 대숲의 안 보이는 바람"이

되어 함께 하고자 한다. '당신'에 대한 화자의 사랑은 "바람"이 되어 오래 지속되기를 지향한다. 그리고 "나는 살으리/오래 살으리"라는 화자의 다짐은 존재의 유한성을 초월하여 영원한 사랑의 정신을 추구하는 모습을 잘 드러낸다.

4. 결론

김남조의 시가 추구하는 사랑의 시학은 그 정신의 영원성을 지향한다. 시 속에 형상화된 순환과 영속, 유한성에 대한 초월의지는 영원으로 치닫기 위한 중요한 요소로 작용한다. 그리고 시간에 대한 철저한 인식과 성찰의 태도는 이를 가능하게 하는 원동력이 되고 있음을 알 수 있었다.

존재의 순환과 영속에 대한 의지는 주로 자연물을 통해 형상화된다. 자연의 숙명과도 같은 순환의 원리는 시를 지배하는 주요 이미지로 사용되며, 지속과 영속의 표상으로 작용하는 것이 특징이다. 이러한 점들은 시 속에서 '기쁨'이나 '사랑'과 같은 긍정적인 정서를 드러내며, 시상 전개과정에서 자연물의 속성이 점차 강화됨으로써 영원성의 시학을 완성하고 있었다.

시간의 유한성에 대해 인식하고 존재의 한계에 대해 성찰하는 태도는, 영원에 대한 지향의식을 확인하게 하는 또 다른 특징이다. 서정적 주체는 자신의 한계를 거스르려 노력하지 않는다. 오히려 시간과의 충분한 교감을 통해 자신을 되돌아본다. 성찰과 인식으로 구현된 시간은 성숙된 자아를 만들어낸다. 이 충실한 과정을 통해 형성된 주체는 '절대적 존재'와 같은 시간을 넘어 영원에 근접하려는 태도를 가지게 된다.

미당 서정주가 세상과 시를 함께 떠돌며 영원성의 시학을 지향했다면, 김남조는 끊임없는 존재에 대한 성찰과 탐구의 정신으로 영원성에 다가간다. 지치지 않는 시에 대한 열정, 그리고 존재와 세상에 대한 사랑과 포용의 정신은 이러한 영원성의 가치를 더욱 깊이 있게 만든다. 김남조가 사유하는 영원주의는 자연의 생명력에서 근원하며, 시간을 초월하여 언제 어디서나 실재하는 영속성을 표상한다. 그렇기에 시인이 남기고 간 숭고한 시학은 앞으로도 더욱 가치 있게 독자의 가슴속에 전달될 것이라 믿는다.

겨울의 상징성 연구
— 내면의식 변모 양상을 중심으로

1. 서론

김남조 시의 특징은 일반적인 사람들이 느낄 수 있는 사랑과 슬픔 등의 내면을 자기 고백적인 시로 형상화했다는 점이다. 그의 시는 인간 본연의 정서를 시적 언어를 통해 독자들에게 전달한다. 그 과정에서 자주 활용되는 형상화 방법은 바로 상징이다. 김남조 시인은 상징의 원형에 기대어 자아의 내면을 드러내면서도, 때로는 원형에서 포괄하지 못하는 개인적 의미를 창출하여 상징의 영역을 한정하지 않고 확대한다.

상징(symbol)[1]이란 본래 은유 중에서 원관념이 생략된 형태로, 하나의 요소로 생략된 다른 하나의 요소를 대신하는 표현이다. 유사성의 원리가 바탕이 된다는 점에서 흔히 은유의 이형태라고 할 수 있다.[2] "가시적인 것이

---

1   언어학적 측면에서 상징은 그리스어 'symbolon'(두 개로 쪼개어진 것을 짜 맞추다), 히브리어 'mashal', 독일어 'Sinnbild'의 어원인 '두 개의 반쪽', 즉 기호와 의미의 결합을 의미한다. 질베르 뒤랑, 『상징적 상상력』, 진형준 역, 문학과지성사, 1983, 18쪽 참조.
2   올리비에 르불, 『수사학』, 박인철 역, 한길사, 1999, 65~66쪽.

연상 작용에 의하여 형이상학적인 것을 의미하는 일종의 표현 방식"[3]이라 일컫는 상징은 시 속에서 핵심적인 구조 혹은 의미의 뼈대로서 작용[4]하며 시인의 시 세계를 구성한다. 또 다수의 작품에서 반복적으로 나타나 시인의 심리적 경험을 독자에게 육화시키며 시 세계의 주제를 효과적으로 전달하는 역할을 한다. 일반적으로 이미지가 구체적, 감각적 대상에 대한 느낌을 환기하는 낱말이라면, 상징은 그러한 대상이 가리키거나 암시하는 것이 만들어내는 또 다른 의미의 영역을 창조한다.[5]

김남조 시에 나타난 겨울은 상징으로서 시 세계의 핵심 의미를 구축한다. 시적 상황을 부단히 구성해 나가는 계절적 배경으로 작용함과 동시에 시인의 사유를 전달하는 핵심 시어로 기능하는 겨울은 김남조의 시 세계 전반을 아우르며 그 상징성을 확고히 한다.[6] 결과적으로 겨울은 김남조 시 세계 전반에 반복적으로 제시되며, 주제를 형상화하는 지배적 시어로 작용하는 셈이다.

2. 존재의 고독과 슬픔

겨울은 그의 시에서 크게 고독과 성찰, 정화의 세 가지 상징성을 가진다. 이는 김남조의 내면의식 변모 양상과 유사한 것이며, 이를 통해 겨울이라는 시어가 단순히 배경으로 작용하는 것이 아니라 시 세계를 대변하는 하

---

3 노스럽 프라이, 「시의 상징」 김용직 편, 『상징』, 문학과지성사, 1988, 11쪽.
4 정한모, 『현대시론』, 보성문화사, 1998, 79~81쪽.
5 이상섭, 『문학비평용어사전』, 민음사, 2003, 156쪽 참조.
6 제1시집 『목숨』에서 제15시집 『영혼과 가슴』까지 겨울이 등장하여 상징성을 드러내고 있는 시는 총 81편에 달한다.

나의 상징으로 표상되는 시어임을 확인케 한다. 김남조의 초기작에서 '겨울'은 주로 내면의 고독감을 드러내는데 이는 화자의 정서를 심화하는 상징으로 기능한다.

나의 마음 속
누구도 모르는 산등성이에
한 그루 설목을 가꾸어 왔습니다

나뭇잎 지고
시냇물마저 여위는 가을을
최후의 계절이라 믿었던 어느 그 날,
사랑하노라 사랑하노라던 사람
떠나고 없음이여
미워하면서 나를 미워하면서
내 옆에 남아줌이 더욱 백 배는
고맙고 복되었을 것을

물방울 소리 하나 들리지 않는
두터운 철문 같은 고요 속에
나뭇가지 사철 고드름 달고
소스라쳐 위로 설악(雪岳)에 뻗는
백엽보다도 희고 손 시린 이 나무는
역력히 이 나무를 닮고
역력히 이 마음을 닮은
내 사랑의 표지입니다
붉은 날인과 같은 회상입니다

당신이여
불씨 한 줌 머금고 죽어고 좋을

이 외로운 겨울밤 겨울밤

─「설목(雪木)」 전문

'겨울'은 시적 상황인 동시에 화자의 내면을 나타내는 시어로서 작용한다. 화자의 내면에는 "누구도 모르는 산등성이"에 자라온 "설목(雪木)"이 자리하고 있다. 하지만 곁에는 사랑하던 사람이 떠나고 없으며 "물방울 소리 하나 들리지 않는/두터운 철문 같은 고요"만이 같이할 뿐이다. 즉 화자의 내면은 "설목"과 같이 외로움으로 가득 차 있다. 그리고 이를 둘러싼 '겨울'은 화자의 고독한 내면을 드러냄과 동시에 시적 상황과 분위기를 조성하는 핵심어로 작용한다. 특히 4연의 "이 외로운 겨울밤 겨울밤"이라는 시구는 "겨울밤"이라는 시어의 반복을 통해 고독의 표상으로서 '겨울'의 상징성을 강조한다. 프라이가 제시한 원형비평에 따르면, 1년 사계절 중 '겨울'이란 주로 소멸을 의미하며 '어둠'과 '밤'의 이미지와 어우러져 죽음이나 절망을 상징한다.[7] 위 시에 제시된 '겨울'이 '밤'과 응집하여 만들어내는 의미는 대

---

7 노스럽 프라이, 『비평의 해부』, 임철규 역, 한길사, 2000, 278~322쪽 참조. 프라이의 비평 이론의 내용 중 '사계의 원형'은 이미지의 순환적 상징을 네 가지로 구분한 체계이다. 그는 1년 사계절을 하루 네 시기(아침, 정오, 저녁, 밤), 물의 형상 네 가지(비, 샘, 강, 바다[눈]), 인생 주기 네 시기(탄생, 청년, 노년, 죽음) 등으로 대응시켜 분석했다. 이를 표로 분석하자면 다음과 같다.

프라이의 총체적 문학 원형

구분	1단계	2단계	3단계	4단계
하루주기	아침	정오	저녁	밤
계절주기	봄	여름	가을	겨울
물의주기	비	샘	강	바다(눈)
인생주기	탄생	결혼-승리	죽음	소멸
관련신화	영웅의 탄생, 부활과 재생, 창조의 신화	숭배, 결혼, 낙원 신화	희생-고립의 신화	영웅의 패배-혼돈의 복귀신화

이 방법은 특정한 서사 양식들이 서구 문학사에서 지속해서 반복되는 양상을 다룬 것

상의 부재 즉, 소멸로 인한 화자의 고독감을 상징한다. 이러한 겨울의 상징성은 김남조의 초기시의 다른 작품에서도 빈번하게 나타나는 특성이다.

> 여긴 외로운 인습의 사막인데
> 그나마 별빛을 피해 나무그늘에 울던
> 애상의 마을인데
> 불 켜지듯 환히 눈도 부셔라
> 흰 눈이여
>
> 신의 지문이 찍혔을까
> 도무지 무구한 백자의 살결에
> 수정의 차가움만이
> 겹겹이 적시며 있느니
>
> 이러한 날 솔바람 이우는 산골
> 얼어붙은 옹달샘을 찾아가면 거기
> 잃어버린 이의 얼굴이 비쳐있기나 할까
> 서성이며 머뭇거리는
> 고독한 영혼……
>
> ― 「설화(雪花)」 1, 2, 3연

겨울이 화자의 내면을 드러내는 양상은 위 시에서도 확인된다. 화자의 내면은 1연의 "애상의 마음"이라는 시어를 통해 드러난다. '겨울'은 눈이 부

이다. 원형 비평은 때로 구조주의 범주 안에 포함되는지 여부를 둘러싼 논란도 있지만, 원형비평의 목적이 문학 전통의 근간이 되는 구조 원리를 탐색하는 것이기에 구조주의의 범주에 포함된다고 볼 수 있다. 실제로 원형이라는 것 자체가 본질적으로 구조적이다. 로이스 타이슨, 『비평이론의 모든 것』, 윤동구 역, 앨피, 2013, 463~467쪽 ; 김혜니, 『외재적 비평 문학의 이론과 실재』, 푸른사상사, 2005, 220~221쪽 참조.

실 정도로 "흰 눈"이 내리는 공간이며, 3연의 "잃어버린 이의 얼굴"을 기다리고 그리워하는 화자의 내면을 상징한다. 1, 2, 3연에서 지속적으로 제시되는 "흰 눈", "백자의 살결", "얼어붙은 옹달샘"이라는 시어는 시각적, 촉각적 이미지를 불러일으키며, 궁극적으로 '겨울'이 지니는 상징성을 완성한다. 마지막 행의 "고독한 영혼……"이라는 시구는 '겨울'로 인해 부각되는 시적 자아의 고독을 확연하게 드러냄과 동시에 외로움으로 인한 슬픔의 정서를 불러일으킨다. 김남조는 시적 공간 속에 겨울의 이미지를 지닌 다양한 시어들을 배치하여 '겨울'이 상징하는 '고독'의 의미를 깊이 있게 만든다.

>지구는 없어도 좋았습니다
>사람은 생겨나지 않았던들 복되었으리
>풀잎이 허공에 뜨고
>유리 같은 대기 속에
>호랑나비 화석 되어 박힌다 해도
>신의 창의는 모자람 아닐 것을
>
>백설이 비를 몰아
>무수한 주먹질로 창문을 치는
>이 밤
>차라리 들이치는 눈보라 속에
>가슴들 열 길 얼음을 추켜 안고
>눈물을 뿌려라 더 뿌려라
>
>유리창과 사람과 검은 밤의
>앞뒤 없는 통곡,
>태고적 메아리들 모두 죽고
>전흔(戰痕)과 불신과 가난 앞에
>오늘도 해 저물어

어둠 땅끝까지……

—「미명지대」 부분

 겨울은 공기가 차가워지고 비와 눈과 바람이 부는 계절적 특징을 가지고 있기에 흔히 비정, 고뇌, 죽음, 하강 등으로 의미가 부여되곤 한다. 겨울과 함께 등장하는 대표적인 시어가 바로 '눈'인데 이는 겨울의 상징성을 심화시키는 요소로 작용한다. 프라이가 제시한 원형비평의 요소[8]에서도 '눈'은 '겨울'과 함께 소멸을 의미하는 원형으로 작용하고 있음을 알 수 있다. 즉 한 작품에서 겨울과 눈의 시어가 함께 작용한다는 것은 그들이 지향하는 의미를 강조한다는 것이며 이는 눈이 가진 하강과 소멸의 이미지를 통해 '겨울'이라는 시어가 지니는 고독의 상징성을 부각하는 효과를 얻게 된다. 위 시의 "백설"과 "눈보라"는 바로 이러한 역할을 하는 시어로 작용한다. 여기서 겨울은 계절적 배경인 동시에 서정적 공간을 표상한다. 겨울이 작품에서 갖는 의미는 각별하다. '겨울'은 계절의 속성과도 같이 "백설"을 일으키고 "비"를 몰아오는 냉혹함을 가지고 있으며, 나아가 "얼음을 추켜안고/눈물을 뿌리"게 하는 슬픔의 정서를 의미한다. 겨울은 곧 화자의 슬픔을 일으키는 존재이자 화자의 정서적 공간인 셈이다. 그리고 이러한 내면을 "백설"과 "눈보라"가 더욱 고독하고 슬프게 만든다. 밤에 들이치는 눈보라와 얼음은 화자의 정서를 냉혹할 만큼 더 심화시키는 존재이다. 한편 "겨울"은 "고독"과 "슬픔"의 감정에서 더 나아가 존재론적 허무감을 표상하기도 한다.

 모든 건 업(業)이었다고 여겨 두자
 누구 미워할 이나 사무칠 이도 없이

---

8 주7의 표 참고.

나 홀로 눈발에 섰다

이 숨죽인 고요 속에
한 가닥 피리 소리 울려오는가
보고 또 보고 다시 보던
별이야
내 생애의 불씨 같은 연가였건만
차고 맑은 눈벌에
바람도 나부낌도 없이 접어든 어둠은
조기(弔旗)의 빛깔임을

봄과 아침을 기다리는
하늘의 마음도 이같이 황량한가
눈 오는 벌판 시야에 넘치는
이 단색의 허무……
실의와 비탄의 손길 드리운 채

차라리 웃고 싶구나
하얗게 눈처럼 웃고 싶구나
저무는 이 눈벌에서

—「눈 오는 벌판에서」 전문

이 시에서 "눈 오는 벌판"은 단순히 물리적인 공간이 아니라 화자의 내면을 환기하는 상징적 공간으로서 자리한다. "홀로 눈발에 선" 이곳은 시적 배경의 역할을 담당하며, "숨죽인 고요", "바람도 나부낌도 없이 접어든 어둠"과 함께 고독의 분위기를 자아낸다. 이는 곧 "황량"한 화자의 마음 상태이며 "단색의 허무"와 "실의", "비탄"으로 이어지는 정서를 나타내는 내적 공간이라 할 수 있다. 주목할 점은 이와 같이 형상화된 '눈 오는 벌판'의 공간의식이 최종적으로 겨울의 표상과 결부된다는 점이다. 시의 공간은 단순히 물리적이고 과학적인 공간을 지시하는 것이 아니라, 시인의 상상력 속에서 끊임없이 구현되는 것이라 볼 수 있다. 바슐라르는 공간적 상상력이 존재의 근원을 찾아내려 하며 이 과정이 계절과 역사를 지배한다고 언급한다. 이는 상상력의 문학적 기능이 근원적이면서 폭넓은 역할을 하고 있음을 보여주는 부분이다. 결과적으로 상상력 속에 구현된 시적 공간은 단순한 이미지에 불과한 대상으로 한정되지 않고 인간의 정신세계를 대변하는 내적 공간으로서 작용하는 것이다.[9] 이런 점에서 '겨울'은 시의 물리적 배경과 화자의 내면을 모두 둘러싸고 있는 상징으로 작용하며 "실의와 비탄의 손길 드리운 채/차라리 웃고 싶구나"에서처럼 고독과 존재론적 허무감을 표상한다.

3. 개아의 성찰과 성숙

겨울은 중·후기로 갈수록 고독에서 나아가 삶에 대한 성찰을 통한 내적 성숙을 표상하는 경향을 보인다. 이러한 경향은 특정 대상을 통해 화자가 자신의 삶에 대한 깨달음을 얻는 과정에서 겨울의 상징성이 구체화되는 점이 특징이다. 겨울의 의미를 구성하는 것은 서정적 자아로서 화자만이 아니다. 그 주위에 존재하는 눈과 같은 자연물이 겨울의 의미를 함께 구성한다. 이와 같은 시어들은 결과적으로 시적 공간의 분위기를 조성하는 데 일조하고, 김남조 시의 겨울은 개아(個我)의 성찰과 깨달음의 정서를 표상하는 배경으로 작용하게 된다.

---

9 가스통 바슐라르, 『물과 꿈』, 이가림 역, 문예출판사, 1987, 6쪽 참조.

음악이 좋아
아기가 좋아 나 산단다
꽃샘 눈 차갑고
희게 파랗게 내리네

시를 이루는 일이 그렇거니
사랑하는 일이 그렇거니
신앙인들 오죽 허전한 도취인가
하나같이 쓸쓸한 영광에
간절히 몇 번이라도
눈시울 적시며 살거니

영원한 것만 진실이라면
이 고독, 참으로
사람에게 영원하다

꽃샘눈 비추는
으스름 밤의 황촉
불빛은 말하느니
돌이킬 수 없다 아무것도
돌이킬 수 없다고
그래서 아아
처음부터 잘 살아야 했었느라

……이리 나부끼는
밤과 음악과 눈발이여

— 「꽃샘눈」 전문

시의 상징 공간은 자아와 세계라는 상호 관련 속에 화자가 지향하고자
하는 공간의 의미를 획득하게 된다. 이러한 공간은 시인이 지향하는 이상

공간으로서 상징성을 지닌다.[10] 칼 융에 의하면 예술은 무의식 속에 잠재된 인류의 원형적 상징들을 작동시켜 이를 형상화한다. 시적 공간을 채우는 이미지들이 궁극적으로 작품의 상징성을 표상하는 것도 이러한 이유에서다. 위 시는 여러 가지 이미지들을 시 안에 배치하여 공간의 상징성을 완성한다. 화자가 있는 곳은 "꽃샘눈"이 내리는 공간이며 그 곳은 "차갑고/희게 파랗게"와 같이 촉각적이고 시각적 이미지로 형상화된 고독한 내면을 환기한다. 주목할 점은 고독의 정서에 머무르지 않고 화자가 이를 되돌아보며 성찰하는 자세를 가진다는 것이다. "돌이킬 수 없다 아무것도/돌이킬 수 없다고"라는 시구는 고독한 자아의 모습이자 스스로에 대한 화자의 성찰이 드러난 부분이다. 즉 "꽃샘눈"이 지닌 감각적 이미지들로 채워진 화자의 내적 공간은 성찰의 차원으로 그 의미가 확장되면서 일련의 상징성을 구현하게 된다.

① 겨울은 성숙한 계절
　봄에 사랑이라 싶은 한 마음을 만나
　망월(望月)의 바람 부풀더니
　가을엔 그 심사 더욱 깊어
　모긴 기갈에 시달렸지

　　　　　　　　　　　　　　　　　—「겨울 사랑」 부분

② 겨우 안심이다
　네 앞에서 울게 됨으로
　나 다시 사람이 되었어
　줄기 잘리고 잎은 얼어 서걱이면서
　얼굴 가득 웃고 있는

10　박진환,『한국시의 공간구조 연구』, 경운출판사, 1991, 10~11쪽.

겨울 꽃 앞에
오랫동안 동이 났던
눈물 샘솟아
이제 나 또 다시 사람되었어

—「겨울 꽃」 부분

③ 삼복에도 손발
몹시 시리던
올해 유별난 추위
그 여름과 가을 다녀가고
너의 차례에
어김없이 달려온
겨울, 들어오너라

—「겨울에게」 부분

④ 이 모두 너의 책 속의
빛나는 글씨더냐
겨울.

땅 속에 잠든 이
빵 없이 족하고
땅 위에 머무는 자는
말을 버림으로 가슴 맑아지는
이치를

—「다시 겨울에게」 부분

"겨울"이라는 시어가 직접 등장하는 대표적인 시구들이다. 위에서 보이는 바와 같이 겨울은 시 곳곳에 동원되어 '성숙'이라는 상징 의미를 형성한다는 점에서 공통적이다. ①은 '겨울=성숙의 계절'이라는 은유 형식을 통해 겨울의 의미를 전달한다. 여기서 겨울이란 봄에 시작된 사랑이 여름과 가을이라는 일련의 과정을 거쳐 도달하게 되는 성숙의 계절로 작용한다. ②는 시적 대상인 "겨울 꽃"을 통해 성숙해진 서정적 자아를 형상화하고 있다. "겨울 꽃"은 화자로 하여금 반성과 성찰의 매개체로서 역할을 수행하며, 이는 자아의 성숙이라는 결과를 도출하게 된다. 여기서 "겨울 꽃"을 보고 우는 행위를 통해 성장한 자신의 모습을 발견한다는 점에서 내적 성찰의 과정으로 볼 수 있다. 따라서 겨울이라는 배경은 화자의 내면의식을 환기하는 것이며 동시에 '성찰과 성숙'의 의미를 표상한다. ③의 겨울도 ①에서 제시된 의미와 같이 앞선 계절인 여름과 가을을 거친 후에 맞이하는 성숙의 계절을 의미한다. 그리고 화자는 어김없이 찾아온 겨울을 거부하지 않고 "들어오너라"라는 명령의 종결 표현을 통해 적극적으로 맞이하고자 한다. ④는 겨울에게 말을 건네는 형식을 취하고 있어 주목된다. 여기서 겨울은 "책 속의 빛나는 글씨"로 적혀 있는 것인데 이는 "땅 속에 잠든 이"가 "빵"이 없어도 만족하게 되는 계절이며 "말을 버림으로 가슴 맑아지는 이치"를 알게 되는 계절의 성숙성을 내포한다. 즉 김남조는 현실에서 유발된 감정을 감내하는 과정에서 깨닫게 되는 자아의 성숙을 겨울이라는 배경을 활용하여 입체적으로 형상화한다.

4. 내면의 정화와 사랑

후기시에서 겨울은 정화와 사랑의 의미를 표상한다. 주목할 점은 '겨울'을 구성하는 시적 대상들이 화자의 내면의 치유와 정화를 도모한다는 점이다. 특히 얼음, 눈, 햇빛과 같은 자연 현상으로 제시되는 시적 대상들은, 겨울을 형성하는 시공간적 배경이자 동시에 화자의 내면을 치유하는 정화 주체로 작용한다.

그대에게 겨울편지를 쓴다
잠깰 때 새 소리 못 듣는다 하여도
새들 겨울 품안에
포스근히 어여삐들 있느니
좋으신 자연 그분은
겨울이라고 해서 마음 변한 바 없으시다

얼음강을 넘어온 바람이
서걱이는 허리띠를 풀고 잠시 쉴 때
진선한 겨울 햇빛은
먹여주고 입혀주는 어버이러라

나무살결엔
촘촘한 더듬이 눈 떠 있고
수액의 펌프질 가멸히 거룩하여라
이 시절 생명 있는 모든 것은
내명(內明)으로 충만하고
참사랑들 은밀히 전율하느니

좋으신 자연 그분의
겨울 초대 역시 풍요롭구나
이승의 세월에
서리 묻은 목의자 하나씩 주어지고
노을과 별빛을 거르지 않는 한엔
아직도 우리는
몹시 희망적이니라
이로 하여 나는
그대에게 겨울편지를 쓴다

―「겨울 초대」 전문

겨울이라는 계절은 앞서 언급했듯이 대개 시련과 고난의 의미를 지니지만 사실 생각해보면 겨울과 같이 희망적이고 또 깨끗한 계절은 없을 것이다. '겨울'을 봄을 기다린다는 것에서 기다림의 계절이고 또 세상의 더러운 것들과 현실의 모순을 덮어준다는 점에서 정화의 계절이다. 봄을 기다리는 것은 계절의 순리를 따라 한 해의 결실을 털고 죽음의 상태에서 새로운 재생의 상태를 또는 정화의 희망을 기다리는 것이다. 특히 내면의 정화에 대한 소망은 김남조의 시에서도 발견할 수 있는 특징이다. 그의 시 초기작부터 발전되어 왔던 '고독→성숙'의 정서는 이제 내면의 정화와 사랑 의식으로 확대되어 나타나게 된다. 이 시의 겨울은 화자가 편지를 쓰는 계절이자 '어버이 같은 그분'이 따뜻함을 간직하고 있는 계절이다. 이는 겨울의 추운 이미지와 햇빛의 따뜻한 이미지가 융화된다는 점에서 주목된다. 이러한 겨울의 속성은 3연에서 "내면으로 충만한 참사랑들"이 "은밀히 전율"한다는 표현을 통해 부각된다. 결과적으로 겨울을 대표하는 "겨울 햇빛"은 화자의 내면의 희망과 사랑을 전달하는 매개체로 작용하게 된다. '겨울'은 충만한 사랑을 전달하는 계절적 배경이며 춥지만 햇빛을 통해 그 추위를 감싸 안아주는 포용의 자세를 드러낸다. 이러한 '겨울'의 상징성은 김남조의 후기 시에서 빈번히 나타나고 있다.

① 천상의 정령들이여
　얼음과 소금으로
　사람의 세상을 소독해다오
　사람의 마음도 그렇게 해다오
　매혹의 흰 살결에 홀려
　바람들 뒤쫓아가는데
　눈이여 땅끝까지 내려라
　내려라 내려라

　　　　　　　　　　　　　　　　　—「눈의 축제」 부분

② 겨울 햇빛은 아름다워라

　　안개 반 햇빛 반으로

　　우유처럼 부드럽고

　　둘레 사방은 구름의 휘장만 같아라

　　거기에 들면

　　이승 저승의 칸막이도 없이

　　보고 싶은 사람

　　기다려 섰으려니 싶어

— 「겨울 햇빛」 부분

③ 지금 세상을 뜨시는 이

　　또한 태어나는 이

　　이 채광으로 살결 덮으라

　　황송히 위안 받으라

　　끝과 시작의 날도

　　살아 생전 모든 나날처럼

　　참으로 참으로 외롭고 간절함이어니

　　하여

　　부디 위안 받으라

— 「겨울 낙조」 부분

'겨울'의 상징성은 후기로 갈수록 긍정의 의미를 더한다. 긍정의 의미는 겨울이라는 배경에서 나타나는 다양한 자연현상을 통해 형상화된다. ①은 겨울에 내리는 눈을 통해 '정화'의 의미를 전달한다. '눈'은 대개 일체를 덮어 흰빛으로 세상을 감싸고, 하나로 엮는 기능을 하기 때문이다. 여기서 "눈"이 덮는 것은 물리적 공간뿐만 아니라 화자를 비롯한 세상 사람들의 마음이다. 이러한 속성을 통해 겨울은 정화와 포용의 계절이라는 상징성을 가지게 된다. ②는 겨울에 비추는 햇빛을 통해 시의 분위기를 조성한다. 햇빛이 지니는 밝음과 따뜻함의 이미지는 "우유"처럼 부드러우며, "구름의 휘장"과 같은 아름다운 공간을 형성한다. 이는 화자가 그리워하는 대상이 있을 것만 같은 기대감을 부여하는 사랑 가득한 공간을 표상한다. ③은 정화와 치유의 계절로서 겨울의 상징성이 부각된 시이다. ②와 같이 햇빛이라는 자연현상을 통해 겨울의 의미를 형상화한다는 점에서 공통적이다. 외로운 생을 살아가는 존재에게 "채광으로 살결"을 덮어주는 햇빛은 인간 본연의 외로움의 감정을 위로하고 정화해주는 존재이다. 겨울이라는 배경과 낙조라는 구체적 상황이 어우러져 정화의 의미를 감각적으로 구현한다.

위 인용시들에서 주목할 점은 바로 겨울을 구성하는 자연현상들의 공간 형성 방식이다. 자연현상들은 모두가 하늘에서 아래를 향해 내려오는 존재이며 이는 다시금 화자의 내면을 비추거나 덮어주는 위로의 존재로 역할을 한다. 또한 외부에서 내부로 시상이 이동하는 구조로도 설명이 가능하다. 이 구조를 살펴보면 다음과 같다.

후기시에 나타나는 '겨울'의 구조

의미 구성	인용 작품			구성	
	①	②	③	시선	공간
자연현상	눈	햇빛	채광(햇빛)	외부	상
물리적 대상	사람, 세상	화자	사람(살결)		하
상징성	내면의 소독, 정화	내면의 풍요	위로, 정화	내부	내부

이는 후기시에 나타나는 겨울의 상징적 의미 구성 맥락이다. 모든 것은 자연현상에서부터 시작된다. 위에 제시된 '눈'과 '햇빛'과 '채광(햇빛)'은 모두 김남조의 시속에서 작동하는 자연현상이자 행위의 주체이다. 이들은 사람과 세상을 물리적으로 덮어주거나 비추는 역할을 한다. 그리고 행위의

궁극적인 효과는 서정적 자아, 즉 내적 자아를 위로하고 정화하는 것에 있다. 그리고 이는 외부에서 내부로, 수직적으로는 위(상)에서 아래(하)로의 구조적 이동을 보여준다. 김남조 시의 '겨울'은 이와 같은 구조를 품고 있는 배경으로 작용하며 결과적으로 자아와 세계에 대한 정화와 사랑이라는 의미를 가지게 되는 것이다.

시의 기호 체계란 일상어의 체계에서 벗어난 것이며, 때문에 우리는 1차 언어의 의미를 넘어서 심층적인 2차의 기표[11]를 해석해야 한다. 이러한 기호 체계는 시적 구조를 형성하는 것이며 어떠한 상호 관련된 자료군도 이들 개념이 없이는 이해되기 힘들다. 그러므로 이와 같은 구조적 분석은 결과적으로 의미론적 조직화를 완성할 수 있는 기본 틀이라 할 수 있다. 분석 결과 후기시에 나타난 시적 언어는 화자의 내면을 표현하는 것이며 이들이 구현하는 이미지는 겨울이라는 배경과 맞물려 정화와 사랑이라는 주제를 드러낸다. 점차 김남조 시의 상징성은 세상과 인생에 대한 대긍정의 가치에 다가간다.

> 하늘나라 얼음 갈려
> 시린 눈발 부스스 부스스 내리는 날
> 오래 살아온 세월의 은공으로
> 온 세상의 추운 이들
> 모두 한편임을 새삼 일깨운다
>
> 소슬한 하늘 꼭두에서
> 머나먼 이 지상까지
> 가득히 차오르는 고요와 추위,

---

11 유리 로트만, 『시 텍스트의 분석 : 시의 구조』, 유재천 역, 가나, 1987. 60쪽.

사람은 저마다 홀로 이곳을 다녀 나오고
몸 아닌 마음 추운 날도
수백 번 견뎌오기에
서로를 품어 안는
사람다운 모습으로 다듬어진다

눈 오는 날은 아름답다
눈 오지 않는 날도
이 세상은 아름답다

—「눈 오는 날」 전문

이처럼 겨울을 구성하는 자연현상은 외부에서 내부로, 하늘에서 지상
으로의 이동하는 구조를 지닌다. 이것은 김남조 시의 상징적 의미가 축조
되는 일반적 과정이다. 겨울이 후경으로 물러나 있지 않고 화자의 정서와
태도를 아우르는 핵심 요소로 작용하는 것이다. 겨울의 주된 자연현상인
"눈"은 "하늘 꼭두에서 머나먼 이 지상까지" 내려와 주변을 덮는 역할을 하
며 이는 "서로를 품어 안는 사람다운 모습으로 다듬어지"게 된다. 이러한
"눈"의 속성은 3연에서 "이 세상은 아름답다"라고 인식하게 하는 매개가 된
다. 겨울은 내면의 고독에서 자아의 성숙을 이끌어내는 배경이면서 세계를
정화하고 포용하는 사랑의 상징으로 작용한다.

5. 결론

겨울은 김남조의 시 속에서 단순한 후경에 머물지 않고, 화자의 내면이
나 태도를 효과적으로 전달하는 상징적 배경으로 작용한다. '겨울'은 다수

의 시에 지속적으로 반복되어 나타나며 그 의미를 완성해 나간다. 이와 관련된 자연현상들은 겨울의 의미를 구성하는 역할을 하고 이를 통해 '고독—성숙—정화(사랑)'이라는 계절 상징을 만들어낸다. 칼 융은 시인이 자신이 전달하고자 하는 바를 나타내기 위하여 언어를 사용하고, 이와 같은 인간의 언어는 상징으로 가득 차 있다고 말한다.[12] 김남조는 겨울을 전경화하고 이를 둘러싼 자연현상을 시적 언어로 치환하여 그 상징성을 더욱 깊이 있게 만든다.

첫째, 겨울은 내면의 고독과 슬픔을 의미한다. 이는 초기작에 해당하는 분석인데, 김남조는 외로움과 슬픔의 감정들을 '겨울밤'이나 '눈보라'와 같은 시어들을 통해 감각적으로 형상화한다. 둘째, 성숙한 자아의 성찰을 함의한다. 이는 '꽃샘눈', '겨울 꽃'과 같은 시어들로 제시되며, 시적 공간 속에서 자신을 성찰하는 화자의 모습이나 성숙한 자아의 대응 자세를 나타낸다. 셋째, 겨울은 정화와 사랑을 표상한다. 중기시와 후기시를 대표하는 주제인 사랑을 나타내기 위해 김남조는 그 계절적 공간으로 겨울을 적절하게 활용한다. 겨울을 구성하는 '눈'이나 '햇빛'과 같은 시어들은 하늘에서 지상으로 내려옴과 동시에 외부에서 화자의 내면으로 이동하여 서정적 자아의 상처를 치유하는 역할을 한다.

누구보다 꾸준하게 시를 창작하며 시 세계를 구축해온 김남조 시인. 그가 세상에 남기고 간 흔적들은 생의 마무리를 의미하는 것이라 할 수 없다. 오히려 그것은 시인이 지닌 사랑의 지속이자 그 정신의 영원성을 지향하는 과정으로 느껴진다. 그의 사랑은 겨울이면 반복되어 내리는 눈처럼 먼 훗날에도 독자의 내면을 채우며 치유해줄 것이라 믿는다.

---

12 칼 구스타프 융, 『인간과 상징』, 조승국 역, 범조사, 1987, 24쪽.

제3부

질서와 무질서

리듬과 앙장브망

1. 서론

헤겔 미학에서는 작품의 주관성을 강조하지만 '시적인 것'의 본질은 언어적 질서에 균열을 일으키는 형식에서도 기인할 수 있다. 이와 관련하여 T.S. 엘리엇은 "정서의 강렬함이나 위대함이 아니라, 예술 제작 과정의 강렬함, 다시 말해 요소들을 융합시키는 압력의 강렬함"[1]이라고 언급하며, 시를 통해 전달하고자 하는 본연의 가치가 '시를 지배하는 시적 요소'에 의해 형상화되는 것임을 강조한다. 이렇듯 시는 형식과는 무관하게 존재하기 힘든 것[2]이다. 그리고 이 형식에 내재한 질서를 흔드는 일탈의 방식에서 비로소

---

1 T.S. 엘리엇, 「전통과 개인의 재능」(황동규 역), 황동규 편, 『엘리어트』, 문학과지성사, 1978, 151쪽.
2 "작품 구조의 통합성을 보증하는 것도 지배 인자다. 항상 유념해야 할 것은 주어진 몇 가지 유형의 언어를 구체화하는 요소가 전체적 구조를 지배하는 강제적이고 절대적인 구성요소로서, 나머지 요소들을 규제하고 그들에게 직접적인 영향을 행사한다는 점이다". 로만 야콥슨, 「언어학과 시학」, 『문학 속의 언어학』, 신문수 역, 문학과지성사, 1989, 40~41쪽.

'시적인 것'의 본질은 파생될 수 있는 것이다.

시적 언어는 다양하게 조작된다. 그 조작은 리듬을 통해서 실현되거나 정황을 낯설게 하는 다양한 기법을 통해 구현되기도 한다. 그리고 이러한 조작으로 인해 시적 언어의 의미는 고정되지 않고, 그 체계에 의해 더 확장되거나 변화된 의미로 산출된다. "유사성이 인접성 위에 중첩될 때, 시는 철두철미하게 상징성, 복합적, 다의적 본질을 표출한다"[3]라는 야콥슨의 언급도 이와 같은 시적 언어의 특징을 보여준다. 결과적으로 시적 언어의 의미를 밝히기 위해서는 고정된 의미만을 파악하는 것이 아니라, 기표와 기의를 얽매고 있는 질서에서 일탈함으로써 도출되는 다양한 메커니즘에 집중해야 한다.

김남조 시는 우리나라 전통적 율격이 내재해 있다는 점에서 주목된다. 특히 그의 초기시는 3음보와 4음보의 율격이 혼재한다. 이러한 특징은 한국 서정시의 리듬을 계승하는 부분인데, 이러한 리듬이 정형성을 고수하는 것이 아니라 점차 일탈의 형식으로 발전한다는 점이 유의미하다. 이러한 일탈의 형식은 시행을 구성하는 음운이나 음절 등으로 구현되는 최소한의 반복으로 나타나기도 하고, 처음에 사용된 리듬이 끝에 가서는 전혀 다른 모습으로 바뀌기도 한다. 또한, 시행의 배열이나 문자의 여백을 활용하여 시적 의미를 부각하는 것도 김남조가 리듬을 활용하는 방법이다. 즉 리듬은 김남조 시의 의미작용을 조직화하는 원리라 할 수 있다. 이와 관련하여 러시아 형식주의는 일찍이 시적 리듬의 지표들에 대해 다음과 같이 정리하였다.

> 율격적 연속체와 이것의 이상적 규범에서 일탈하는 것 ; 단어 경계 및

---

3 위의 글, 위의 책, 78쪽.

이것과 음보 경계에 대한 관계 ; 통사군과 휴지, 그리고 이것들과 율격군 (시행, 중간휴지 등과 같은)의 관계 ; 통사적 관계, 어순, 통사적 긴장 ; 소리, 의미요소 등의 반복과 병치 등. 이외에도 속도(tempo), 어조(tone), 억양(intonation).[4]

위 언급에서 볼 수 있듯이 '율격적 연속체'와 더불어 '일탈하는 것'은 시의 리듬을 형성하는 핵심 요소들이다.[5] 일정한 규칙과 이에 대한 일탈은 시 텍스트의 리듬 형성에 기여한다. 이번 장에서는 김남조 시에 나타나는 율격의 정형성뿐만 아니라, 이러한 리듬에서 일탈하고 변형되는 형식을 함께 조명한다.

2. 율격의 계승과 변주

김남조 초기시에는 여러 율격이 혼재한다. 호흡의 단위가 매우 일정한 음보율을 형성하는 것은 아니지만 특정한 행마다 음절 수를 유사하게 유지하여 일정한 정형률을 획득하는 것이 특징이다. 이러한 음절의 반복은 시의 정형성을 강화하고 시의 리듬을 형성함과 동시에 감정의 지나친 노출을 절제하는 역할을 한다. 형식에 의해 주체의 정서적 과잉은 줄어들고 율격이 교차하면서 시적 긴장과 이완을 동시에 유도한다. 어떠한 리듬이 새로운 것으로 뚜렷이 지각되기 위해서는 기존의 리듬과 대조되는[6] 것이 필

---

4 로만 야콥슨, 『현대시의 이론』, 박인기 편역, 지식산업사, 1989, 123쪽.
5 '율격적 연속체'라는 것은 정형화된 리듬의 영역으로, '일탈하는 것'은 '휴지', '어순', '소리', '의미요소' 등 반복이나 병치의 영역으로 묶을 수 있다. 이외에도 '속도', '어조', '억양'도 리듬 형성에 기여한다.
6 이상섭, 『언어와 상상』, 문학과지성사, 1980, 61쪽.

요한데, 초기시는 주로 음보율을 교차하여 율격의 변화를 확실히 지각하게 만든다. 반드시 음보율을 정확하게 판단하기 힘들더라도 그의 시에는 시행 리듬이 교차하는 경우가 종종 나타나는 편이다.

> 나는 가고 싶던 곳 끝내 못 가보고
> 예 와서 쓸쓸히 누웠느니라
> 나는 하고 싶던 말 못내 말하고
> 기막힌 벙어리로 누웠느니라
>
> ―「무명 영령은 말한다」 부분

> 한평생 한 세상을 사는
> 수없는 상처 살펴 주십니까
> 한평생 한 소망에 거는
> 인내와 분발 보아주십니까
>
> ―「주 앞에」 부분

「무명 영령은 말한다」는 1행과 3행이 4음보, 2행과 4행은 3음보의 율격이 교차 배치되어 규칙성을 획득한다. 시각에 따라 홀수 행의 호흡 마디를 정확하게 네 마디라고 판단하기 어려울 수 있다. 다만, 1행을 "나는/가고 싶던 곳/끝내/못 가보고"와 같이 그 단위를 나눈다면, 이는 3행의 "나는/하고 싶던 말/못내/말하고"의 호흡 단위와 일치함을 알 수 있다. 행을 이루는 음절 수를 따지더라도 율격의 요소는 확인된다. 1행의 '2·5·2·4'와 3행의 '2·5·2·3'이 대응되고 2행의 '3·3·5'와 '3·4·5'의 음절의 수가 거의 유사하게 대응되기 때문이다.

「주 앞에」 역시 각 행의 율격이 교차 배치되는 형태이다. 1행과 3행, 2행과 4행은 음절 수까지 동일하게 유지하여 정형적 율격을 느끼게 한다. 이러한 리듬은 절대적 존재에게 말을 건네는 어조와 복합적으로 작용하여 시행 차원의 정형성을 획득한다. 이러한 형식이 산출하는 효과는 단순히 정서적 차원에서 머무는 것이 아니다. 정형성은 시각적인 차원에서 구조적 안정감을 느끼게 하고, 나아가 도상성(圖像性, iconocity)의 획득에도 영향을 미친다. 김남조 시는 시행의 교차 배치를 활용하여 율격의 작은 변화를 일으키고, 동시에 규칙성을 부여하며 전체적인 시상을 조율한다는 점에서 주목된다.

다시 말해 김남조 시는 음절 수의 조작과 변형을 통해 리듬을 형성한다. 비록 전통적 음보율과 같은 정형적인 요소가 다소 명확하지는 않더라도, 음절의 총량을 비슷하게 유지하여 통일성을 부여한다. 절제된 음절 수, 반복되면서 동시에 변주되는 리듬을 형성하며 균제미(symmetry)[7]를 느끼게 하는 것이다. 이러한 특징은 사랑의 연작시를 묶어 발표한 제8시집 『사랑 초서』(1974)에서도 확인된다.

① 위대한 해가
　　선지피 큰 바다로
　　몸을 풀 듯이,
　　새날의 아침해로
　　거듭 솟듯이,

② 사랑은 마법의 질량
　　불에도 안 타는 혼령으로
　　품을수록 부푸는 육신으로

③ 햇발에 가라앉은
　　임의 그림자

7　장철환, 『김소월 시 리듬 연구－'진달래꽃'을 중심으로』, 연세대학교 박사학위 논문, 2009, 76쪽.

어스름에 피어나는 황촉불은

기도하라 이르는

이승의 낙조

④ 고뇌로 닦아

눈 시리게 새하얀

사리이면,

혼신의 아픈 기도

별빛이면,

—「사랑 초서」 부분

위 시들은 리듬 구조가 더 강하게 작용한다. 이 가운데 ①, ③, ④는 연을 구성하는 리듬 구조가 전체의 균형미를 완성하고 있다는 점에서 공통적이다. 연의 가운데 위치한 3행을 중심으로 1, 2행과 4, 5행이 구조적으로 대칭을 이루는 것이다. 또한 절제된 음절 수는 정서적 긴장감을 높인다.

①은 '5·7·5·7·5'의 음수율을 통해 리듬을 형성한다. 5음절과 7음절의 교차 배행은 내재적으로 3음보의 율격을 느끼게 한다. ②는 음수율이 아닌 음보의 단위로 리듬을 조율한다. 첫 행이 "사랑은/마법의 질량"이라는 2개의 호흡 단위로 구분되는 반면, 2행과 3행에서는 "불에도/안 타는/혼령으로", "품을수록/부푸는/육신으로"의 3음보 율격으로 변주된다. ③은 연을 이루는 모든 구성요소가 3음보의 율격을 형성한다. 우선 3행을 중심으로 1, 2행과 4, 5행이 대칭구조를 이루고 있다. 그리고 대칭되는 1, 2행과 4, 5행은 7·5조의 음수율을 이루며 3음보의 율격을 형성한다. 중심인 3행 역시 "어스름에/피어나는/황촉불은"의 3음보의 호흡으로, 전체 율격의 통일성을 지향한다. ④에서도 3행을 중심으로 앞뒤가 대칭되는 구조를 확인할 수 있다. 1행부터 5행까지 '5·7·4·7·4'의 음수율을 이루고 있는데, 이

는 긴 시행과 짧은 시행을 교차 배치함으로써 호흡을 조절하는 한편, 2음
보와 1음보의 만남을 통해 연이은 3음보의 율격을 형성하는 역할을 한다.

　결론적으로 앞에서 살펴본 3음보나 4음보의 혼재 현상, 7 · 5조나 그 음
절 수의 변형을 통한 율격 형성 방법은 김남조 시 속에서 복합적으로 작용
하며, 구조적 안정과 정서적 절제의 시학을 완성한다. 「사랑 초서」에서 범
람하지 않고 꾸준하게 내면을 응시하는 주체의 태도는 시의 리듬 구조와
상응되는 셈이다. 앞선 분석을 통해 김남조를 '전통 율격을 계승한 시인'이
라고 판단하기는 어렵다. 김남조의 시편들은 무수히 많으며, 이러한 특징
을 가지는 것은 그 일부에 지나지 않기 때문이다. 하지만 분명 김남조는 시
곳곳에 의도적으로 율격을 형성하며, 시의 리듬을 형성하는 것은 사실이
다. 절제된 음절수의 활용과 이를 통한 율격의 형성으로 김남조 시는 안정
과 절제의 형식을 드러낸다.

> 동해의 끝자락 아슴한 수평선에
> 독도는 강건한 수직의 등뼈여라
> 화산폭발의 불길에서 태어나
> 수백만 년 미리부터 이 나라 기다렸다
>
> ──「우리의 독도─아픈 사랑이여」 부분

　인용 구절을 보면, 근작에서도 의도적인 리듬의 조작이 나타남을 알 수
있다. 위 시는 3음보, 4음보의 율격을 배치하는데, 이 중 1, 2행은 행을 이
루는 호흡의 단위는 물론 음수율까지 '3 · 3 · 3 · 4'로 일정하게 하여, 옛 시
조나 가사에서 확인할 수 있는 정형적인 율격을 형성한다. 이러한 율격의
배치는 '독도'를 지키기 위한 시인의 견고한 의지를 느끼게 한다.

　이상의 논의를 정리해 볼 때, 김남조는 3음보, 4음보 그리고 7 · 5조를 적

절하게 혼용함으로써 율격을 실현함을 확인할 수 있었다. 이러한 리듬의 형성은 진부해질 수 있는 호흡의 단위를 조절하며, 감정의 범람을 막고 절제와 안정의 시학을 형성하는 데 기여한다. 이 분석을 통해 그동안 김남조 시에 가졌던 논의의 틀을 전보다 확대되어야 한다는 결론에 이르게 되었다. 특히 초기시는 단순히 내용만을 추구한 것이 아니며, 리듬 구조의 형상화를 위해 일정한 율격을 형성하고 있다는 사실을 인식해야 한다는 것이다.

김남조의 모든 시가 이러한 율격의 규칙성을 따르는 것은 아니다. 사실 후기시의 경우에는 앞서 보았던 것과 같이 음보를 통해 율격을 형성하기보다는 시행의 변형이나 최소한의 반복을 통해 분위기를 조성하고 리듬을 구현하는 시도가 많다. 초기시가 전쟁 이후의 사회의 불안감과 개인의 내면의 위축된 정서를 표현하기 위해 상대적으로 정형성을 지닌다면, 그러한 구속에 대응하여 개아(個我)의 각성과 자유를 펼칠 수 있는 필연적 양식으로서 자유화된 시형으로 변형이 일어났다고 판단된다.

3. 반복의 형식 : 시행 차원의 리듬

시행을 이루는 구문의 반복은 통사론의 영역으로 간주되어, 그동안 운율론의 측면에서는 다소 소외되기도 하였지만, 동일한 구문이 운율에 미치는 영향을 마냥 간과할 수는 없는 것이 사실이다. 왜냐하면 구문의 반복은 시의 장형화를 촉발하게 하여 그 안에서 비교와 대조 등의 다양한 형상화를 가능[8]하게 만들기 때문이다. 구문의 반복이 결국 장형화를 가능케 하고, 시행을 이루는 성분들이 동일한 구문 안에 통일성을 획득하여 리듬 구조를

---

8 권혁웅, 『시론』, 문학동네, 2010, 433쪽.

형성하는 것이다. 나아가 구문의 반복은 강조와 변형 등의 의미론적인 변화를 수반[9]하기도 한다. 그렇기에 시행을 활용한 반복의 요소들은 통사와 운율의 측면에서 모두 논의되어야 할 중심 요소임에 틀림없다.

구문의 반복은 시적 언술을 구성하는 형식적 요소이자 원리가 되며, 궁극적으로 작품의 의미 구조 생성에 기여[10]한다. 다시 말해서 통사의 반복은 김남조의 시세계를 구성하는 하나의 구조로 작용하는 것이다.[11]

드리고 싶어
드리고 싶어
영혼의 쓸쓸함을 알던 그날부터
눈물에 씻기우는 나의 노래
모두 드리고 싶어

─「축성의 첫 인을」 부분

실하게 부푸는 과육
가지가 휘청이는 과실들을
들어 올려라
들어 올려라
중천의 햇덩어리

---

9 위의 책, 443~444쪽.

10 이경수, 「한국 현대시의 반복 기법과 언술 구조─1930년대 후반기의 백석, 이용악, 서정주 시를 중심으로」, 고려대학교 박사학위 논문, 2002, 43~44쪽.

11 김남조 시에서 통사 구조의 반복이 나타는 작품은 총 116편에 달한다. 이는 정규 시집에 발표된 시 841편(제11시집 『김대건 신부』 제외) 중에 약 14%에 달하는 것으로, 시기에 상관없이 지속적으로 사용되며 하나의 구조로 작용함을 알 수 있다. 시집별로 살펴보면, 제1시집 : 6편, 제2시집 : 11편, 제3시집 : 3편, 제4시집 : 4편, 제5시집 : 9편, 제6시집 : 7편, 제7시집 : 6편, 제8시집 : 4편, 제9시집 : 5편, 제10시집 : 12편, 제12시집 : 14편, 제13시집 : 7편, 제14시집 : 4편, 제15시집 : 4편, 제16시집 : 5편, 제17시집 : 4편, 제18시집 : 11편.

너의 열매

—「나무들 5」 부분

말하지 말자
말하지 말자
제 몸 사루는 촛불도
침묵뿐인 걸

—「송(頌)」 부분

위 시들은 일정 시행이 반복된다는 점에서 공통적이다. 본용언과 본용언, 혹은 본용언과 보조용언의 결합으로 통사를 이루고 이러한 시행이 반복되며 운율을 형성한다. 구체적으로 살펴보면 "드리고 싶어", "들어 올려라", "말하지 말자"와 같이 시행을 이루는 음절의 수를 5음절로 조작하여 시행의 질서를 형성하는 것이다. 이는 다분히 의도적으로 보인다. 더구나 동일한 시행이 반복됨으로써, 규칙적 리듬을 형성하기에 이른다. 결과적으로 질서가 모여 시행이 되고, 시행의 반복으로 리듬을 형성하여 '구조적 리듬'을 완성한다.

시행 차원에서 리듬을 형성하는 것, 다시 말해서 '구조적 리듬'[12]의 형태는 더욱 다양하다. 시행을 구성하는 통사 구조에는 운율을 획득할 수 있는 요소들이 산재하기 때문이다. 시어나 시어를 형성하는 소리인 음운들은 이러한 운율 획득을 위한 좋은 대상들이다. 동일한 시어를 반복하는 경우 내

---

12 볼프강 카이저는 '구조적 리듬'의 기본 조건으로 통일적이고 규칙적인 구조의 형성을 꼽는다. 그는 리듬에 대해 "음운단위, 半詩節, 詩節 따위와 같은 리듬의 단위가 되는 요소는 모두 자립적인 것으로서 리듬은 끊임없이 새로운 운동을 계승하는 것"이라고 설명한다. 이와 같은 카이저의 설명은 시행 차원의 리듬이 음운에서부터 통사의 측면까지 다양하게 구현될 수 있음을 대변한다. 볼프강 카이저, 『언어예술작품론』, 김윤섭 역, 대방출판사, 1982, 404쪽.

용상의 특별한 효과를 얻기 위한 의도는 상대적으로 적어진다. 대신 시어를 작품 속에 복잡하게 변주하는 경우에는 시각적, 청각적으로 운율의 느낌을 부여하는 목적이 강해지기도 한다.

> 우리 아기는 귀여운 열매여요
> 엄마나무에 열린
> 엄마나무의 귀여운 열매라고
> 불러 주세요
> 이름도 잊힌 외로운 섬에
> 아롱아롱 걸려있는 무지개오니
> 우리 아기는 엄마의 무지개라
> 불러 주세요
>
> ─「요람의 노래」부분

위 시는 시어를 구성하는 비슷한 음운을 반복하여 리듬을 실현한다는 점에서 주목된다. 음운이 '소리의 최소 단위'이기에 이를 포착하는 것은 쉽지 않다. 하지만 반복되는 시어를 살펴보면, 비슷한 음성적 자질을 지닌 음운들을 배열하여 리듬을 형성함을 알 수 있다. 인용시에서 반복되는 시어는 "귀여운 열매", "무지개", "엄마나무"이다. 이들은 구성하고 있는 음운적 자질이 대부분 울림소리라는 점에서 공통적이다. 둔탁한 느낌을 주는 음운론적 요소를 최대한 배제하고, 대신 유성음을 반복하여 운율을 획득한다. 결과적으로 음운에서 시작된 규칙성이 시어로 이어지고, 이는 통사 구조의 반복 형식을 통해 연 전체 리듬을 완성하는 셈이다. 이와 관련하여 H. 리드는 "시의 운율의 미묘한 불규칙성을 깨닫게 하는 배후의 유령"[13]이라고

---

13 H. Read, *English Prose Style*, pp.59~60. 김용직, 『현대시원론』, 학연사, 1988, 232쪽 재인용.

언급한 바 있다. 여기서 언급된 '배후의 유령'이란 정형성의 틀에서 벗어나
최소한의 반복으로 운율을 획득하는 것을 지칭한다.

> 새와 나
> 겨울 나무와 나
> 저문 날의 만설과 나
> 내가 새를 사랑하면
> 새는 행복할까
> 나무를 사랑하면
> 나무는 행복할까
> 눈은 행복할까
>
> 새는 새와 사랑하고
> 나무는 나무와 사랑하며
> 눈송이의 오누이도
> 서로 사랑한다면
> 정녕 행복하리라
>
> ―「행복」1, 2연

위 시는 화자가 사랑하는 대상이자 자연물에 주목하고, 해당 시어들을
반복적으로 언급한다. "나무", "새", "눈"과 같은 자연물은 시에서 반복적으
로 언급되며 리듬을 형성하는 요소들이다. 자연물과 함께하는 주체인 "나"
도 거듭 출현하며 운율 획득에 기여한다. 1연에서 "나"라는 주체는 "새와
나", "겨울 나무와 나", "저문날의 만설과 나"라는 표현처럼 거듭 반복되며
일정한 통사 구조를 이루는데, 이 과정에서 시상이 점층적으로 심화된다.
그러면서 자연물과 "나"의 만남은 최종적으로 "행복"의 정서를 형상화한
다. 주체와 자연물의 만남이 만들어내는 "행복"의 정서는, 이를 서술하는

통사의 점층 구조로 형상화되어 나타나는 것이다.

4. 일탈의 형식 : 앙장브망

시적 긴장감이란 두 체계의 상호 대립에 의한 충돌에서 기인한다. 이러한 충돌은 소리의 최소 단위인 음성(음운)을 포함한 어휘적, 구성적 측면에서 모두 일어날 수 있다. 특히 작품의 구조적 차원에서도 확인할 수 있는데 그 대표적인 것이 바로 '앙장브망(enjambement)'[14]이다. 이 일탈의 형식은 "중간 휴지나 시행의 종결부를 구문 마디가 단순하게 넘어서서 걸치는"[15] 기법을 일컫는다. 즉, 일상적인 문장 구조와 시행의 문장 구조의 충돌과 긴장을 나타내는 시적 장치 중 하나이다.

'앙장브망'은 텍스트의 불일치를 통해 호흡의 변화와 함께 독특한 운율적 효과를 주어 시적 긴장감을 고조하는 역할을 한다. 일반적으로 시의 율격, 즉 소리의 조절은 대체로 행과 연 구분을 통해 실현되는데, 행과 행 사이의 휴지는 한 행 안의 음보 사이의 휴지보다 길고, 연과 연 사이의 휴지는 행들 사이의 휴지보다 길다. 그리고 이것을 통해 의미의 단속과 시의 호흡이 조절되는 것이 일반적이다. 하지만 '앙장브망'은 이러한 규칙의 불일치를 활용하여 오히려 시의 본질을 확인하게 한다. 일반적인 통사 관계를 벗어남으로써 호흡의 긴장과 대립을 유발하는 이 일탈의 형식은 김남조 시를 이루는 또 하나의 리듬으로 작용한다.

---

14 일반적인 통사적 의미 단위가 시행의 형식 단위와 일치하지 않는 '앙장브망(enjambe-ment)'의 형식은 '행간 걸침(혹은 행간 걸림)'이라는 용어로 풀이되기도 한다.

15 이진성, 『프랑스 시법 개론』, 만남, 2002, 82쪽.

가을산 가자던 사람

저 혼자 가을산 보러 가고

거리도 가자던 사람

저 혼자 거리를 찾아 들고

저마다 아득한 외로움에 쌓여서들

가고 갔는데

고요하게 고요하게

꽃을 바라보렵니다

눈이 무디고 귀도 무디었으되

아주 잘 알겠거니 여기

흰 국화 홀로 피고 지누나

— 「백국」 2, 3연

위 시는 흰 국화를 시적 대상으로 하여 임에 대한 그리움을 형상화하고 있다. 2연은 고요하게 꽃을 바라보려는 화자의 모습을 통사 반복으로 강조한다. 주목할 부분은 바로 3연이다. 화자는 가을 산에서 고요한 마음가짐으로 "흰 국화"를 보고자 한다. 3연 2행의 "여기"는 3행의 "흰 국화"를 수식하는 지시어로 일상적 언어에서는 쉽게 뗄 수 없는 강한 통사적 연관을 가지나 행을 의도적으로 다르게 하여, 둘 사이를 행간 휴지로 강제로 단절시키고 있다. 이에 따라 "여기"와 "흰 국화" 사이에 시간적 거리가 생기고, 이 시간적 거리는 화자가 "흰 국화"를 바라보는 모습을 형상화하는 동시에 독자로 하여금 대상에 주목하게 한다. 결과적으로 시적 대상인 "홀로 피고 지"는 "흰 국화"의 고독감을 강조하는 효과를 얻게 된다. 앙장브망의 형식이 시상을 조율함과 동시에 의미의 증폭을 일으키는 셈이다.

진실로 한 탄생에마다

아득한 날 이름과 축복을
예비하신 분께서
무량으로 생수를 따르심이로다
고통에조차 단맛을 섞으시며
귀하게 조율하심이로다

고요하여라
소리내는 순서들은
일찍이 다녀가고
느낌과 뜻과 대답으로 간절한
침묵뿐이로다

— 「화답」 3, 4연

위 시에서도 시인이 의도적으로 사용한 앙장브망의 형식을 확인할 수 있다. 우선 3연 2행 "이름과 축복을"과 3행의 "예비하신"이라는 시구는 일상적인 통사 구조에서 쉽게 분리될 수 없는 강한 연관을 가지고 있다. 이는 목적어와 서술어의 관계이기 때문이다. 하지만 시인은 "예비하신"이라는 시구를 의도적으로 다음 행에 배치하여 다음 시행에 배치된 "분께서"라는 시구와의 의미적 응집성을 강화한다.

이와 비슷한 구조는 3연에서도 확인된다. 3연에서는 4행의 "간절한"과 "침묵뿐이로다"를 다른 시행에 배치하여, 행과 행 사이의 분절이 일반적인 통사적 분절과 어긋남을 보인다. 이를 통해 시적 대상인 "고요하신 분"의 "침묵"을 부각하는 효과를 얻고 있다. 의도적으로 한 행에 한 어절의 시어나 시구를 배치하여 호흡을 조절함과 함께 시간적 여유를 확보한다. 4연 마지막 행의 의도적인 배치 역시 대상의 침묵으로 인한 고요한 분위기를 고조시키는 역할을 한다.

이 모두 너의 책 속의
빛나는 글씨더냐
겨울.

땅 속에 잠든 이
빵 없이 족하고
땅 위에 머무는 자는
말을 버림으로 가슴 맑아지는
이치를

울더라도 소리는 없이
수정판 아래 눈물 흘리는
겨울 강과
얼어 서걱이며
보행도 어려운 바람들,
추운 것끼리 서로 껴안으면
연민하는 대지가 이들을
겹겹 안아주느니

해 저물면
땅 속에 잠든 이
등불 없이 족하고
땅 위에 머무는 자도
별빛으로 넉넉해라
광막한 시공에선
그와 내가 한 이불 속이라
일깨우느니

이 모두 너의 책 속의

아린 빛살 그 글씨더냐
겨울.

— 「다시 겨울에게」 전문

1연과 5연의 수미상관 구조를 지니는 이 시는, 시행의 조작으로 겨울을
인격을 지닌 주체로서 강조하려는 시인의 의도가 돋보인다. 우선 앙장브망
이 나타난 3연에 주목하자. 3연의 시행 배열은 특이하다. 2행에서 5행까지
이어지는 시구들이 일반적인 통사의 마디를 일탈하여 이어지고 있기 때문
이다. "눈물 흘리는"과 "겨울 강"은 수식어와 명사구의 조합으로 강한 의미
적 긴밀성을 가지지만, 의도적인 분절로 시행을 구분하고 있다. 일탈은 이
어진다. 3, 4행의 "겨울 강"과 "얼어"의 통사는 사실 '(바람이) 겨울 강과 (함
께) 얼다'의 구조로 분석이 가능한데, "얼어"를 "서걱이며"와 같은 행에 배
치함으로써 "겨울 강"과 "바람"의 속성을 공유하게 만든다.

이와 같은 '이중적 구속력'은 의미론적 연결과 함께 리듬 차원의 긴장을
형성하게 된다. 연이은 앙장브망으로 파생된 결과이다. '음보별 배행'의 형
식은 2연에서 나타난다. 2연 4행의 "맑아지는"과 5행의 "이치를"의 행간이
구분되어 있는데 이 구조 역시 일반적인 통사적 분절과 어긋나는 형태다.
즉 의도적으로 배행을 다르게 하여 시적 긴장감을 높이는 것이다. 이러한
시행의 조작은 수미상응과 맞물리며 시상을 조율하고 '겨울'이 지닌 영속
성을 부각하는 역할을 한다. 시행 차원의 변형된 리듬은 김남조의 근작에
서도 자주 활용되는 편이다.[16]

---

16 김남조의 최근 시집(제16시집, 제17시집, 제18시집)에 수록된 시 중에 '앙장브망'이
나 '음보별 배행'의 형식이 확인되는 작품은 총 73편에 달한다. 제16시집 『귀중한 오
늘』 : 33편, 제17시집 『심장이 아프다』 : 15편, 제18시집 『충만한 사랑』 : 25편.

바람 부스러기로
가랑잎들 가랑잎나비로 바람 불어 갔으니
겨울나무는 이제
뿌리의 힘으로만 산다

흙과 얼음이 절반씩인
캄캄한 땅속에서
비밀스럽게 조제한 양분과 근력을
쉼 없는 펌프질로
스스로의 정수리까지
밀어 올려야 한다

백설로 목욕, 얼음 옷 익숙해지기,
추운 교실에서 철학책 읽기,
모든 사람과 모든 동식물의 추위를 묵념하며
삼동 내내
광야의 기도사로 곧게 서 있기

겨울나무들아
새 봄 되어 초록 잎새 환생하는
어질어질 환한 그 잔칫상 아니어도
그대 퍽은
잘생긴 사람만 같다

— 「나무들 8」 전문

    1연의 3행의 "이제"라는 시어는 국어 통사 구조의 문장성분으로 부사어의 역할을 하는 단어다. "이제"의 의미를 살펴보면 '바로 이때에'라는 의미를 가진 단어로 '지나간 때와 단절된 느낌을 준다'라는 설명이 덧붙여 있다. 이를 살펴볼 때 "이제"와 "뿌리의 힘으로만 산다"는 시행의 배치는 의도적 분행(分行)이며, 이를 통해 지나간 계절인 가을과의 단절을 부각하고 "뿌리의 힘으로만"으로 살 수 있는 겨울나무의 처지를 입체화하는 효과를 지니게 된다. 3연의 경우에도 3행에 "삼동내내"라는 시어를 한 행에 배치함으로써 오랜 겨울을 홀로 보내야 하는 겨울나무의 고고함과 철학적 모습을 부각한다. 앙장브망의 형식은 마지막 연에서도 확인할 수 있다. 4행의 "그대 먹은"이라는 표현과 5행 "잘생긴 사람만 같다"의 일반적인 통사적 관계는 쉽게 분리될 수 없는 것이다. 하지만 "그대 먹은"이라는 시어를 다른 시행에 배치함으로써 겨울나무에 대한 "잘생김"이라는 화자의 생각을 강조하고 있다. 결과적으로 시행 배치의 변화가 대상에 대한 화자의 긍정적인 태도를 강화하는 효과를 얻게 된다.

이처럼 김남조는 시행이 가지는 특성을 활용하여 리듬과 긴장감을 자유자재로 조절한다. 람핑(Dieter Lamping)은 "특별한 분절의 방식을 통해 정상언어적 발화형식으로부터 이탈하는 모든 형태의 발화"[17]를 '시행 발화'라 하고 이를 시를 정의하는 가장 중요한 요소로 꼽았다. 반드시 앙장브망이 아니더라도 김남조 시는 시행의 변형과 일탈을 통해 긴장감을 획득하는 이른바 '시행 발화'가 잘 다듬어져 나타난다. 다음 시를 살펴보자.

> 허무의
> 불
> 물이랑 위에 불붙어 있었네
>
> 나를 가르치는 건
> 언제나
> 時間

---

17 디터 람핑, 『서정시 : 이론과 역사』, 장영태 역, 문학과지성사, 1994, 40쪽.

끄덕이며 끄덕이며 겨울 바다에 섰었네

남은 날은
적지만

—「겨울 바다」(1967)[18] 부분

인용시에서 볼 수 있듯이 '시행 발화'는 시 곳곳에서 사용되고 있다. 먼저 2, 3연의 본래 문장구조는 다음과 같이 분석할 수 있다.

    ⓐ 허무의 불(이) 물이랑 위에 불붙어 있었네.   (2연)
    ⓑ 나를 가르치는 건 언제나 시간(이지./이군./이다.)   (3연)
    끄덕이며 끄덕이며 겨울 바다에 섰었네.   (3연)

ⓐ는 "허무의 불"이 주어부로 역할하고, "물이랑 위에"는 수식어의 역할을 한다. 여기에서 일탈을 일으키는 것은 "불"이다. "불"은 "허무의"라는 관형어(체언+관형격조사)의 수식을 직접 받기에 둘 사이의 통사적 관계가 매우 강하다. 그러나 시에서는 이 둘 사이를 의도적으로 분리하여 의미론적 일탈의 구조를 만든다. 그 결과 "불"이라는 시적 대상에 주목하는 시간이 길어지며, 이를 통해 "불"이 가지는 '허무'의 정서는 더욱 부각된다. ⓑ도 사정은 마찬가지다. "언제나"와 "시간"이 가지는 통사적 관계가 시에서 의도적으로 분리되기 때문이다. "언제나"라는 부사어가 수식하는 서술부인 "시간"은 통사적 결속력이 강한데, 이를 의도적으로 나누어 화자의 '성찰' 시간을 더 길게 부여하는 효과를 준다. 이처럼 김남조는 의도적으로 시행을 구분하여 일탈의 형식을 창출한다. 이러한 일탈은 의미론적 증폭을 일으키

---

18 제6시집 『겨울 바다』(1967)에 실렸던 본래 시 형식이다. 이는 『김남조 시전집』(국학자료원, 2005)에 실린 형식과 다르다.

며 화자의 성찰성을 강조한다. 다음은 이러한 시행 발화의 예들이다.

① 오래전 어느 책에
　특별히 밑줄 그은 글귀가 있었다
　구름 같은 세월 지나간
　오늘
　동일한 구절에
　다시 감전된다

—「잠언」 전문

② 번개 치며
　사람 죽일 벼락 내려도 좋을 만큼의
　축복인지
　남의 상자 잘못 연
　낭패인지
　하여간에 경치만큼은
　참 환하다

—「환한 경치」 부분

③ 태어나서 가장 기막힐 그만큼
　지금 보고 싶습니다
　어머니

—「어머니」 부분

④ 눈 그친 밤
　고요한 밤
　눈 그친 밤
　고요한 밤
　눈 그친 밤

고요하지 않은

이 밤

—「고요」 전문

람핑은 "특수하게 시적인 것은 꼭 언어가 아니라 오히려 시의 형식"[19]이라고 설명한다. 즉 시의 형식적 특질에 주목하라는 것인데, 위 시들 모두 이러한 형식적 특질을 충실하게 소화한다.

①은 "오늘"이라는 시어를 한 4행에 배치하고, 3행과 5행의 통사를 연결한다. 단순한 분행으로 보이지만 그렇지 않다. 왜냐하면, "오늘"이라는 시어가 3행과 5행의 통사에 모두 영향을 주기 때문이다. 3행과 5행의 의미적 관계를 분절하고 의도적으로 한 행에 배치하여 "오늘"에 주목하게 만든다. ②에서도 의도적인 시행 구분이 눈에 띈다. 특히 홀수 행에 4음절의 시구를 배치하여 안정을 취하는 한편, 짝수 행에는 상대적으로 긴 시행으로 완급을 조절하는 점이 인상적이다. ③은 그리움의 대상인 "어머니"를 의도적으로 연의 마지막에 배치함으로써, 그리움의 정서의 깊이를 배가시킨다. ④도 역시 시적 대상인 "이 밤"을 시의 마지막 행에 배치함으로써 "고요하지 않은 이 밤"에 주목하게 한다. 두 시 모두 시행의 의도적 배치로 시 형식의 구조를 완성하는 한편, 시적 대상에 대한 정서를 강조하거나 시적 긴장감을 유지하는 것이다.

---

19 디터 람핑, 앞의 책, 66쪽.

5. 결론

앙리 메쇼닉은 디스쿠르가 자신의 의미와 떨어질 수 없는 것처럼 리듬 역시 디스쿠르의 의미와 분화될 수 없다고 말한다.[20] 이렇듯 리듬은 시의 의미 형성에 필요한 중요 요소로 텍스트의 주제와 긴밀하게 연결된다. 리듬은 김남조 시에서 디스쿠르의 뼈대가 됨과 동시에 형식적 일탈을 가능하게 하는 요소다.

김남조는 시행을 이루는 통사의 반복이나 변형을 통해 시의 리듬을 형성한다. 그의 시는 유사한 형식의 통사가 질서 있게 반복되는가 하면, 시행을 이루는 시어나 음운이 조작되어 리듬을 형성하기도 한다. 이러한 특징은 담론의 차원으로 확장되어 절대자에 대한 간구의 어조와 연관하여 설명될 수 있다. 중요한 것은 시인이 의도적으로 시행을 분절하고 시어를 조작하여 리듬을 형성한다는 사실이다. 이러한 특징은 전통적 율격의 계승과 변주의 차원으로 새롭게 해설될 여지가 있다.

김남조 시를 절대자를 향한 종교적 세계관으로 해석하는 상투적인 방법은 형식 차원의 다양한 가능성을 배제할 위험이 없지 않다. 시인의 사랑은 시어의 의미와 함께 역동하는 리듬과 형식의 차원에 함께 존재한다. 김남조 시가 정상적 발화 양식에서 조금씩 일탈하는 모습은 언어적 질서에 아주 작은 균열일 수 있다. 그러나 이러한 일탈이 조금씩 반복될 때, 우리는 그 낯선 리듬에 내재한 시인의 의도를 새롭게 포착할 수 있을 것이다.

---

20 Henri Meschonnic, *Critique du rythme. Anthropologie historique du langage*, Lagrasse, Verdier, 1982. 루시 부라사, 『앙리 메쇼닉 : 리듬의 시학을 위하여』, 조재룡 역, 인간사랑, 2007, 159쪽 재인용.

김남조 시의 이미지

1. 서론

시인은 화자를 통해 자신의 감정을 전달하기 위해 다양한 형상화 방법을 사용한다. 그 중 독자가 실제로 체험하지 않고도 언어에 의해 마음속에 감각적인 모습이나 느낌을 전달하는 방법이 있는데, 그 대표적인 형성 원리를 '이미지(image, 심상)'라 한다. 심상(心象)이란 이미지(image), 혹은 이미저리(imagery)의 번역으로 두 단어를 포괄하는 명칭이다.[1] 이미지란 일반적으로 언어적 표현이 독자에게 수용되는 과정에서 시각이나 청각과 같은 구체적인 감각으로 반응되는 것을 말한다. 언어적 표현은 세계나 대상, 혹은 관념들을 구체화할 수 있는데, 이를 구현하는 것이 곧 이미지다. 일찍이 T.S

---

1 정한모, 『(개정판)현대시론』, 보성문화사, 1988, 70~71쪽 참조. 이에 대해 정한모는 "이미지는 그것이 하나의 형상 또는 부분적 현상임에 비해 이미저리는 이러한 이미지이 복합군을 뜻하는 것으로 이해된다. 따라서 이미지는 이미저리에 의해 통합되고 조정되는 그 구성단위로 보는 것이 옳을 것이다"라고 언급한다.

엘리엇이 "사상을 장미꽃의 향기처럼 느끼는 일"[2]이라고 설명한 것도 이와 비슷한 맥락이다.

이미지의 정의에 대한 논의에는 다양한 관점이 존재한다. 김준오는 이미지에 대해 심리학적이며 문학적인 현상이라고 언급하며 세 가지로 이미지를 정의한다. 우선 이미지는 한 편의 시나 다른 문학 작품에서 언급되는 지각이나 감각의 모든 대상과 그 특성을 가리킨다. 더 좁은 의미로 시각적 대상과 장면의 요소만을 일컫는다. 또는 가장 일반적으로 비유적 언어, 특히 은유와 직유의 보조관념을 가리킨다.[3] 존 미들턴 머리(John Middleton Murry)는 이미지를 "시각적일 수도 청각적일 수도 있으며 전적으로 심리적일 수도 있다"[4]라고 언급하였고, 김춘수는 이미지의 유형을 비유적 이미지와 서술적 이미지로 구분하고, 전자는 관념을 말하기 위한 도구로서 사용되는 심상을 후자는 심상 그 자체를 위한 심상을 가리킨다고 설명했다.[5] 이처럼 이미지는 이를 정의하는 이론가마다 그 범주와 유형이 다르다. 실제로 이미지의 유형은 다양하게 정리되는데, 일반적으로 감각적(정신적) 이미지, 비유적 이미지, 상징적 이미지로 구분한다. 이미지란 지시나 비유적 표현에 의해 형상화된 언어가 독자에게 감각적 인상을 불러일으킴과 동시에, 시 속에서 특정 정서나 분위기를 환기하는 시의 중요 요소이다. 이는 독자로 하여금 시적 상황과 화자의 태도에 공감하게 하는 촉매제 역할을 한다. 결과적으로 대상을 본질 그대로 현현하여 이른바 "총체적 현존"[6]에 이르게 하는 것이다.

---

2 T.S.엘리엇, 『문예비평론』, 이경식 역, 성창출판사, 1991, 212쪽.

3 김준오, 『시론』, 삼지원, 1995, 157쪽.

4 John Middleton Murry, "Metaphor", *Countries of the Mind*, London, 1931, pp.1~16.

5 김춘수, 「의미와 무의미」, 『김춘수 시론 전집 1』, 현대문학, 2004, 510~512쪽.

6 옥타비오 파스, 『활과 리라』, 김홍근 외 역, 솔, 1998, 143쪽.

김남조 시에서 주목할 점은 고독, 슬픔, 사랑 등 인간의 삶에서 느끼는 솔직한 정서가 다양한 이미지 유형으로 변주된다는 점이다. 자아의 내면을 총체적으로 현현하는 그의 시는 주체의 성찰의 과정에서 분출되는 간절함이 심적 이미지로 구현되기도 한다. 이처럼 이미지는 시를 형상화하는 핵심 원리로 작용한다. 이러한 점에서 이미지 분석은 시인의 사유를 이해하는 데에 선행되어야 할 필수 작업이다.

2. 발산과 울림의 감각

이미지는 감각[7]의 소산이다. 엘리엇의 말처럼 "장미꽃"이 뿜은 "향기"가 코에 닿는 것과 같다. 이미지는 곧 감각이고, 감각은 곧 이미지가 된다. 이미지가 구현하는 것이 세계라면, 세계는 이미지가 되어 독자에게 전달된다. 이미지는 시를 형상화하는 핵심 원리이자 주제 의식 발현 구조로 작용한다.

먼저 언급할 감각적 이미지는 인간의 감각을 적극 활용한다. 이 중 가장 직접적이고도 구체적인 이미지는 시각적 이미지이다. 시각적 이미지는 표현하고자 하는 관념을 특정 대상을 통해 구체적이고도 근접하게 형상화하기에 감각적 이미지를 비롯한 모든 이미지를 대표하곤 한다. 시각적 재현은 무엇보다 추상적인 관념(생각, 정서)를 보다 생생하게 전달하는 것에 그 의미가 있다.

김남조 시에서 이미지는 본질적 가치의 발현 수단으로 종종 사용된다.

---

7 여기서 감각은 통섭의 체험이다. 감각하는 자와 감각적인 것 사이의 분리, 균열, 간극이 아니다. 개별자로서의 감각만 있을 뿐이며, 그것들은 유개념(감각)과 보편적 실체(감각되는 것, 곧 사물)로 쪼갤 수 없다. 권혁웅, 앞의 책, 530쪽 참조.

특히 시각적 이미지는 대개 고독과 사랑이라는 주제로 집약되어 나타나는 경향이 있다. 주목할 점은 이러한 정서들이 '어둠'과 '빛'의 속성을 가진 이미지를 통해 구현된다는 점이다. 그리고 이러한 현상은 시기에 따라 변모하는 것이 특징이다. 김남조 초기시에는 인간으로서 느끼는 본질적인 고통에 집중하는 화자가 등장하는데, 이 서정적 주체의 감정이나 태도는 주로 '어둠'의 이미지로 형상화되어 나타난다.

> 운명이야 처음부터
> 믿지 않는다고 말했습니다만
> 어두운 길바닥
> 못생긴 질그릇처럼 퍼질고 앉아
> 눈도 귀도 없이 울어 보았습니다.
> 어찌 울적한 산불뿐이겠습니까
> 인간도 이따금 하늘 골수까지
> 헤집고 물어뜯는
> 담대한 분노이어야 하는 것을
>
> 학력이나 강령, 노숙한 태양 같은 것이
> 그 무슨 소용이겠습니까
> 원시의 동맥이 실하게 내어 비치는
> 착하고 실한 하나의 지아비를
> 우주처럼 섬기며 살고 싶었습니다
>
> 목숨도 바램도 기다림까지
> 자라모가지처럼 움츠러드는
> 검은 상복 같은 밤에
> 미운 질그릇처럼 퍼질고 앉아
> 눈물 적시며 허무는
> 검은 흙덩이의 묵시……

오오 아직도 이처럼 번성한
인욕(忍辱)의 윤리가 있습니다.

— 「어둠」 전문

이 시는 전쟁으로 폐허가 된 현실에서 절망감에 빠져 있는 화자의 모습
이 형상화되어 나타난다. 일반적으로 밤의 속성인 어둠은, 무의식에서 성
격의 어두운 측면이나 '악(惡)'을 상징하는 부정적 이미지로 인식되곤 한
다.[8] 이 시에서 어둠의 이미지는 절망과 비애의 정서를 나타내며, 시의 비
극적인 분위기를 심화하는 것에 기여한다.

1연에는 화자가 처한 공간적 배경을 "어두운 길바닥"이라고 형상화하
여 전쟁 후의 암울한 현실을 시각화하고 있다. 그리고 이러한 어둠은 6행
의 "울적한 산불"과 맞물려 '어둠'과 '불'의 시각적 이미지의 대비를 만들어
내며 시의 비극적 분위기를 부각시킨다. 이와 같은 분위기는 3연에서 심화
된다. 화자는 자신의 목숨도 장담할 수 없는 비극적 상황을 "검은 상복"으
로 표현하며 시각화한다. 상황의 비극성은 계속 극대화된다. 화자는 "검은
흙덩이의 묵시"라는 시각적 표현을 통해 검정의 색채와 '흙'이 가지고 있는
어둠의 이미지를 극대화하여 표현하고 있는 것이다. 이러한 표현은 "묵시"
라는 시어로 이어지며 자아의 비극적 내면을 감각적으로 표출한다. 이러한
면모는 화자의 기구의 태도와 어우러져 나타난다.

죽은 얼굴이 아닌
분명 잠자는 얼굴인데
흰 상보(喪褓)를 씌워 둔다
그의 얼굴이 아닌

---

8 에릭 애크로이드, 『꿈 상징 사전』, 김병준 역, 한국심리치료연구소, 1997, 217쪽.

너의 얼굴도 아닌
내 얼굴인데

패전을 고하는 백기(白旗)
유서의 여백이나
조화(弔花)의 흰 빛 같은
그처럼 철이 든 순백의 그 상보를
여기 씌워 두자는 게다

사랑은 인생의 별
고독한 영혼의 창문에서
보는 거란다
사랑은 인생의 울음,
고독한 영혼의 창변에서
우는 거란다

잠자는 얼굴이 아닌
깨어서 눈이 검은 얼굴인데
검은 눈은 검은 동굴
슬픔으로 익은 검정 열매가
줄줄이 떨어져 쌓이는
깊고 깊은 동굴인데

─「얼굴」 전문

   '어둠'의 이미지는 지속적으로 노출된다. 위 시는 자신의 얼굴에 씌워진
절망과 비애감을 색채 이미지로 구현한다. 특히 '얼굴'에 가득한 절망감을
검은색과 흰색의 색채 대비를 통해 그 비극성을 부각하는 점이 특징이다.
우선, 화자가 느끼는 비애 의식은 "흰 상보"를 씌운 "얼굴"이라는 표현으로
전달된다. 죽은 얼굴이 아닌 잠자는 얼굴이지만 그 얼굴은 "흰 상보"가 씌

워질 만큼 절망감에 빠져 있는 것이다. 흰색의 시각적 이미지는 2연의 "백기(白旗)"로 이어진다. 2연의 "백기(白旗)"와 "조화(弔花)의 흰 빛", "순백의 상보(喪褓)"와 같은 시어들로 인해 그 이미지가 더욱 강조된다. 주의해야 할 것은 이러한 흰색의 색채가 긍정을 의미하는 것이 아니라는 점이다. 이들이 나타내는 이미지는 존재의 죽음을 표상한다. 때문에 죽음을 상징하는 '상보(喪褓)'와 '조화(弔花)'를 시각화한 표현들은 시 속에 반복되며 절망의 분위기를 강조하게 된다.

결과적으로 4연의 "검은 얼굴", "검은 눈", "검은 동굴", "검정 열매"라는 검정 계열의 색채는, 1~3연의 '흰색'과 색채 대비를 형성하며 어둠의 이미지를 입체적으로 제시한다. 화자의 얼굴에 담긴 절망과 죽음, 비애감은 검정색의 색채로 구현되며, 이러한 색채가 모여 전체적으로 비극적 분위기를 완성하는 것이다.

> 검은 벽의
> 검은 꽃 그림자 같은
> 어두운 향료
>
> 고독 때문에 노상 술을 마시는
> 고독한 남자들과
> 이가 시린 한겨울 밤
> 고독 때문에 한껏 사랑을 생각하는
> 고독한 여인네와
> 이렇게들 모여 사는 멋진 세상에서
> 고독이 아쉬운 내가 돌아갑니다.
>
> ─「가난한 이름에게」 2, 3연

이 시는 '가난한 이름'을 가지고 있는 대상에게 말을 건네는 형식을 가지고 있다. 가난한 이름은 3연의 "고독한 남자들", "고독한 여인네", "고독이 아쉬운 나" 그리고 4연의 "고독이 아쉬운 당신"을 모두 지칭한다. 세상의 모든 존재는 고독하며 그 대상들은 '가난한 이름'을 가지고 있다고 화자는 말하는 셈이다. 화자는 이러한 가난과 고독의 상황을 2연에서 "검은 벽"과 "검은 꽃 그림자", "어두운 향료"라는 시어로 시각화한다. 이러한 색채는 가난과 고독의 정서를 부각하고 이는 3연의 "이가 시린 한겨울 밤"이라는 공감각적 이미지로 이어지며 현실의 고달픔을 구체화한다. 겨울밤이라는 시각적 이미지를 촉각적 이미지로 전이하여 독자로 하여금 화자가 처한 부정적 상황을 더 효과적으로 느끼게 만든다. 주목되는 점은 이러한 현실을 화자가 "멋진 세상"으로 표현한다는 점이다. 화자는 가난과 고독을 부정적으로 수용하지 않고 오히려 긍정적으로 표현하며 인식의 전환을 일으킨다. 이에 따라 겨울밤의 이미지는 고정적 의미에서 벗어나 가난을 포용하는 계절로 재정립된다. 이렇듯 김남조 시에 나타나는 이미지는 보편적 의미에 한정되지 않고 자아의 역설적 인식과 어우러져 이미지의 전환을 일으키기도 한다.

> ① 고독이란 이름의 공원의 물
> 가고 오며 떠 마시곤
> 누구나 고개 숙이고 가네
> 그 작고 찝질한 알갱이를 삼키지 못해
> 검은 얼굴로
> 나는 돌아서서 있다
>
> ─「고독이란 이름의」 부분

> ② 선홍의 피로
> 그 이름을 쓰고 간 이들
> 검젖은 흙더미에

이 밤

등불도 없이 잠들었는가

　　　　　　　　　　—「그 이름 선홍의 피로」 부분

　색채학적 분석에 의하면, 검은색은 일반적으로 절망, 허무, 정지, 침묵, 부정, 죄, 불안, 밤 등을 연상하거나 상징한다.[9] 위 시들은 모두 검은색의 뚜렷한 이미지가 나타나는데, 이들은 어떠한 형태로든 부정적인 상황을 형상화하고 있다.

　①에서 화자를 비롯하여 "고독이란 이름의 공원의 물"을 마시는 모든 존재는 고독하다. 화자는 그 와중에 고독을 거부하려고 노력하지만 이는 쉽지 않다. 고독에 잠재한 "그 작고 찝질한 알갱이"가 결과적으로 화자의 "검은 얼굴"을 만들기 때문이다. 검은색의 이미지는 위 시에서도 긍정이 아닌 부정의 의미로 작용한다. 고독에서 벗어날 수 없는 숙명과도 같은 화자의 현실은 시각적 이미지를 통해 그 비극성을 자아낸다.

　②는 빨간색과 검은색의 색채 대비로 상황의 비극성을 더욱 극대화한다. 화자가 주목하는 대상은 "선홍의 피"로 "이름을 쓰고 간 이들"이다. 이들은 생명을 잃은 존재들로 인식되는데, 그 인식의 단초는 색채 이미지에서 비롯된다. 이는 "밤"이 나타내는 "어둠"의 이미지와 더해지며, 결과적으로 시 전체에 절망적 분위기를 더욱 부각하게 된다. 그리고 "밤"과 "검젖은 흙더미"로 둘러싸인 시적 공간은 존재의 '죽음'을 표상하기에 이른다.

　어둠의 이미지는 자아를 더욱 고독하게 만든다. 위축된 자아의 공간을 폐쇄적으로 감싼다. 앞서 제시된, '동굴'이나 '벽', '밤'과 같은 시어는 이러한 폐쇄적 배경으로 작용한다. 따라서 어둠 속 자아는 지독한 고독이나 절망의 정서에 사로잡혀서 웅크리고 있는 모습이 대부분이다. 이를 이겨내기

9　박도상, 『실용색채학』, 이우출판사, 1983, 74쪽 참조.

위해 절대적 존재를 바라보지만, 결국 인간의 문제는 개인이 해결해야 할 고독한 싸움으로 남게 된다.

> 못다 감은 눈 이 밤에 마저 감고 죽어야함에라도
>
> — 「기다리는 밤」 부분

> 나는 이 밤에
> 검은 샘 속으로 떨어져 버리고 싶어
>
> — 「사야」 부분

> 너무나도 작디작은 나는 이 밤에
> 할 말이 많아라
> 차라리 나의 심장을 깨물어 뱉고 싶은 이 슬픔과 그리움
>
> — 「성숙」 부분

> 어둠은 오리라
> 거침없이 어둠은 와야 한다
>
> — 「황혼」 부분

> 불씨 한 줌 머금고 죽어도 좋을
> 이 외로운 겨울밤 겨울밤
>
> — 「설목」 부분

> 뭇별 눈 감겨 주십시오
> 영원히 어둠으로 두어 주십시오
>
> — 「만가」 부분

> 외로운 죽음들만 모여 사는
> 미아리 공동묘지 너의 쉼터에도

해 저물어 비는 뿌리리라

— 「진혼소곡」 부분

위는 초기시에서 어둠의 이미지가 형상화된 시구들을 뽑아낸 것이다. 이처럼 어둠의 이미지는 초기시의 곳곳에 사용되며, 서정적 주체의 내면의식을 형상화하는 데에 쓰인다. 자아의 '슬픔'과 '그리움', 그리고 '외로움'의 정서는 어둠을 나타내는 요소들과 결합하여, 주체의 심리를 더욱 위축시킨다. "떨어져 버리고 싶어", "불씨 한 줌 머금고 죽어도 좋을"이라는 시구들은 이러한 위축된 자아의 모습을 구체적으로 나타낸다.

어둠의 이미지는 점차 소멸한다. 정확히 말해서 '어둠'의 시각적 이미지의 활용이 줄어들고, '빛'의 이미지의 활용이 많아진다.[10] 초기시를 채색했던 검정 계열의 색채도 중기를 지나면서 '순백'의 색채로 덮인다. 내면의 고독에 집중했던 서정적 주체의 시선도 내부에서 외부로 이동한다. '어둠'이 '빛'으로 이동하며 인식의 전환을 일으키고 부정에서 긍정으로 시상이 변화한다. 다음 시를 살펴보자.

어머님께서 하늘에 오르신 길은
어디오니까
하늘 광명한 데서 거듭
저희에게 오시는
그 길은 더욱 어디오니까

작은 소망과 먼 기다림이

---

10 중기시에서 '빛'의 이미지를 활용한 작품 수는 다음과 같다. 제6시집 : 7편, 제7시집 : 7편, 제8시집 : 5편, 제9시집 11편, 제10시집 11편. 이처럼 중기시에서 '빛'의 이미지는 시 곳곳에서 산견되며 긍정의 이미지로서 역할을 한다.

이른 봄 실바람으로 커가는 곳에
오묘히 그 위로를 숨기시는
달고 어진 침묵 안에
밤에도 오시며 임종의 머리맡에 일일이
특별한 애련으로 지켜보시는
어머님

어머님, 하늘의 빛보라를 갈라
은하 후광으로 두르시고
한없는 도정과 무량한 시간 속을
거듭 저희에게 오시다니

아아 승천만으로도 너무나 눈부심을
하늘에서 땅으로 오시는
지금도 오고 계시는
이 놀라운 사랑 웬일입니까

—「성모승천」 전문

위 시는 빛의 이미지가 지배한다. 그리고 빛은 시적 대상인 "어머님", 정확히는 성모 마리아를 형성화한다. 빛의 이미지는 활동적이다. 위 시에서 빛은 "하늘"이라는 공간을 채우는 "광명"으로서 존재하는데, 이는 시적 대상인 "어머님"과 함께 지상으로 내려오는 역동성을 지닌다. "무량한 시간"을 초월하여 오는 빛의 이미지는 천상과 지상을 오가는 수직적 이미지로서도 존재하는 것이다. 결과적으로 빛은 성모마리아가 품고 있는 "놀라운 사랑"을 표상하게 된다.

주목되는 점은 위 시에서도 '밤'의 이미지가 나타난다는 점이다. 하지만 위 시에서는 어둠의 속성을 충분히 드러내지 못한다. 단순히 "밤"이라는 시간성을 지닐 뿐이지, 초기시에 나타나는 '절망'이나 '고독'의 정서를 나타내는 것이 아니다. 시적 공간을 지배하는 이미지는 '어둠'에서 '빛'으로 변화하며, '빛'의 이미지는 '순백'의 색채 등으로 구현되어 나타나기도 한다.

① 비행기 타도 못 가는
　하늘꼭두에서
　희디하얀 편지, 눈이 오네
　이 세상에선 못 만드는
　깨끗한 반짝거림
　빛나면서 얼어버린 눈물
　눈이 오네

　　　　　　　　　　　　　　　　　—「눈」 부분

② 생명은 추운 몸으로 온다
　열두 대문 다 지나온 추위로
　하얗게 드러눕는
　함박눈 눈송이로 온다

　　　　　　　　　　　　　　　　　—「생명」 부분

③ 오히려 백옥의 살결
　따스해서 눈물나는
　아기나 하나 낳으려므나
　눈물빛 사리라도
　부디 맺으려무나

　　　　　　　　　　　　　　　　　—「슬픔에게」 부분

　순백의 이미지는 대체로 편안하다. 특히, 백의민족인 우리나라 사람들이 바라보면 더욱 편안하게 다가온다. 이렇듯 순백의 이미지는 독자로 하여금 긍정적인 의미로 작용하는데, 김남조 시도 이러한 의미 영역에 어느 정도 부합하는 모습을 보인다.

①은 하늘에서 내리는 "눈"을 '순백'의 색채를 통해 나타낸다. "희디하얀 편지"는 "눈"의 보조관념으로 사용되는데, 이 순백의 색채는 "깨끗한 반짝거림"을 통해 '빛'의 이미지로 발전된다. 이러한 양상은 '빛'이 가진 깨끗함과 순수함을 돋보이게 만드는데, 이는 "하늘꼭두"에서 "세상"으로 내려오는 하강의 이미지와 함께 시적 공간에 발산된다. ②는 "하얗게 드러눕는"이라는 표현을 통해 '순백'의 이미지를 활성화한다. 이 시의 시적 배경은 "함박눈"이 내리는 계절인 겨울로, 시 전체에 순백의 이미지를 환기하는 역할을 한다. 여기서 활용된 시각적 이미지는 시의 주제인 '생명'을 표상한다. ③에서도 이미지는 긍정적으로 형상된다. 시적 대상인 "아기"는 해당 부분에서 '생명'을 가진 핵심 대상으로 존재하는데, 이를 구체화하는 것이 바로 "백옥의 살결"이라는 표현이다. "백옥"의 이미지는 "살결"의 주인인 아기의 생명을 더욱 존귀하게 만든다. 색채학적 분석에 따르면, 백색은 주로 순수, 순결, 신성, 눈(雪), 청결, 소박 등을 상징[11]하는데, 이러한 분석은 다음 시에서도 적용이 가능하다.

> 누군가가 나에게
> 순백의 새를 보내 주었다
>
> 첫 날의 새는
> 편지처럼 정감 어려 노래했고
> 다음 날의 새는
> 날개에 묻혀 온 햇빛가루로
> 주변을 반짝이게 하더니

---

11 박도상, 앞의 책, 74쪽 참조.

세 번째 새는 섧게 울어
하늘 그리워함을 일깨웠다

광활한 하늘 벌판으로
돌아가거라 돌아가거라고
새들을 날려보내니
저들 중천에서 선회하다 사라지고
가슴 안 추억의 새들까지
희고 빛 부시게 푸드득이노니
세월 너머
오래오래 이러하리니

—「하얀 새」 전문

후기시에 해당하는 제15시집 『영혼과 가슴』(2004)에 수록된 텍스트다. 1연에서 화자에게 전달된 "순백의 새"는 계속해서 화자를 찾아온다. 첫날에 온 "순백의 새"는 "편지"와 같이 정감 있고, 다음 날에 온 새는 "날개에 묻힌 햇빛가루"로 주변을 반짝이는 긍정적인 속성을 지닌다. "세 번째 새"는 서럽게 울어 하늘을 그리워하는 대상으로 표현된다. 즉, 화자에게 '하얀 새'란 세상을 밝히는 긍정적 대상이며 하늘로 올라가고 싶어 하는 화자의 내면을 형상화한 객체로서 존재한다. 이러한 모습은 3연에서 "가슴 안 추억의 새들까지 희고 빛 부시게 푸드득이노니"라는 '빛'의 시각적 이미지를 통해 나타난다. 즉 시에서 순백의 색채는 새의 순수성을 드러내기도 하지만, 이러한 새와 교감하는 화자의 생태적 상상력을 나타나기도 한다. 이러한 양상은 빛의 이미지로 발전하여 시적 공간을 긍정적으로 채색한다.

종이에 성냥 그었을 뿐인데
믿을 수 없는 일,

바람 거들어
불의 풍선 부풀고 부푼다
종이와 성냥과 바람이 작심하여
마른 나무에게 어찌했기에
이런 무서운 일 생겼나
불의 자식들 여럿 태어나
아이마다 한 찰나도 멈추지 않고
수직으로 곤두서며
이리 펄럭이다니

모닥불 둘레의 사람들도
불에 홀려 이상해져서
먼젓세상에 다녀온 듯도 싶고
공연히 눈물 글썽이는 등
이리 되었다

— 「모닥불 감동」 전문

위 시는 "모닥불"이 가지고 있는 시각적 이미지와 "불"이 타오르는 상승 이미지를 통해 모닥불의 역동성과 생명력을 부각한다. 화자는 단지 종이에 성냥을 긋는 행위를 하고 있다. 그런데 이 사소한 행동은 결과적으로 주변 사람에게 감동을 주게 된다. 이 시에서 반복해서 제시되는 "불"은 주변에 불던 "바람"이 거들어 마치 "풍선"이 부풀고 부는 것처럼 확산된다. 이러한 "불"의 역동성은 "수직으로 곤두서며"라는 상승 이미지로 이어지고, 2연에 등장하는 "모닥불 둘레의 사람들"의 내면에 전달된다. 이것은 사람들의 마음에 감동을 준 "눈물"로서 형상화된다. 결과적으로 "불"이 가지고 있는 생명력과 확산의 이미지가 사람들의 내면의 감동을 일으키게 된 셈이다.

김남조 시에서 시각적 이미지는 크게 '어둠'과 '빛'의 이미지로 양분되며, 이는 검정이나 순백과 같은 색채와 어우러져 시적 공간을 채운다. 어둠의 이미지가 초기시에 나타난 자아의 고독과 절망을 드러낸다면, '빛'의 이미지는 중·후기시에 산견되며, 사랑과 순수의 이미지를 역동적으로 발산하는 것이 특징이다.

이제 우리가 주목할 것은 시각적 이미지가 아니라 청각적 이미지이다. 청각적 이미지는 시에 나타난 분위기나 화자의 감정을 소리와 같은 청각적 자극으로 구체화하여 표현한다. 청각적 이미지는 눈에 보이지 않는 것을 청각 자극을 통해 형상화하기에, 시각적 이미지보다 상상력을 더 크게 자극할 수 있다는 장점이 있다. 시각적 이미지만을 사용할 때 생길 수 있는 피상성과 평면성은 청각적 이미지를 통해 극복될 수도 있는 것이다. 이처럼 시인들은 이미지의 상상력을 확대하고 평면성을 극복하는 방법으로 청각적 이미지를 사용하곤 한다.

> 산여울 소리, 비바람 소리, 또 물소리
> 다시는 새벽이라 올 것 같지도 않게 아득캄캄히 저문
> 이 강기슭에
> 허구한 날 태양은 죽고
> 조곡(弔哭)은 밤을 지새웠어도
>
> 이건 구슬임에랴
> 여윈 열 손가락 고이 받치고도 아까운 수심의 빛깔
> 이름하여 묵주라, 이젠 내 마음
> 너의 가르침 앞에 있고 지느니
>
> ─「묵주(默珠)」 부분

화자는 태양이 죽은 어둠속에서 고요한 "묵주"를 바라보고 있다. 화자를 둘러싸고 있는 상황은 "강기슭", "저문 밤"이란 표현을 통해 드러나는데, 이는 "조곡(弔哭)"이라는 시어를 통해 '비애'에 젖은 울음소리가 주변에 가

득한 부정적 상황임을 암시한다. 즉, "조곡(弔哭)"이라는 시어의 청각적 이미지를 통해 비극적이고도 절망적인 상황을 구체화하는 것이다. 시적 공간을 채우는 이미지들은 화자의 내면을 드러내는 데 일조한다. "강기슭"을 채우는 여러 소리들이 서정적 주체의 "조곡"과 결합하여, 내면의 '비애'를 형상화하는 것이다. 이처럼 초기시의 청각적 이미지는 주로 주체의 부정적인 내면을 나타내며 시적 공간을 구성한다.

> 누가 나를 잊으며 돌아서나 보다 이 바람 속에……
> 아슴한 옛날 흐느끼며 흐느끼며 그리운 이의 혼령을 박아 뉘었다는 구리거울인가, 여기 설풋 모습 비추이는 이 분은 나의 누구입니까
>
> 바람은 하섧은 피리의 소리, 나도 바람처럼 울던 날을 가졌더랍니다. 달밤에 벗은 맨몸처럼 염치없고 부끄러운 회상,
> 견뎌낸 슬픔도 못 견딘 슬픔도 모두 물처럼 흘러갔는데 잊어버리노라 죽을 뻔하고, 잊혀짐에서 다시 죽을 뻔 하는 일이 왜 아직 남았답니까
>
> 아섧고 보고 지운 마음들이 발효하여 술이 되는 이 시간, 쓰고 유익한 한약 같은 도무지 한약 같은 어둠만이 둘려 듭니다 그려. 이 바람 속에……
>
> ─「이 바람 속에」 전문

시각과 청각의 이미지가 절묘하게 어우러진 이 시는 화자가 바람이 부는 것을 느끼며 아픈 과거를 회상한다. 화자의 모습은 "구리거울"에 비치는 시각적 현상을 통해 구체화된다. 그 모습은 "달밤에 벗은 맨몸처럼 염치없고 부끄러운 회상"이며, 견뎌낸 슬픔이 다시 회귀하는 비극적 현실을 함의한다. 화자의 내면은 '비애'로 가득하다. "하섧은 피리의 소리"는 화자의 비애를 곱씹게 하며, 마치 "구리거울" 속에서 흐느끼는 소리가 계속 공명하는 듯

한 느낌을 부여한다. 결과적으로 이 시는 "피리의 소리"와 "울음", "흐느낌"의 청각 이미지가 지속되며 비극적 슬픔을 형상화한다. 시간을 거슬러 계속 들려오는 슬픔의 소리는 지나간 과거를 현재로 되돌려놓는 비극을 낳는다.

유리창과 사람과 검은 밤의
앞뒤 없는 통곡,

— 「미명지대」 부분

벗은 나뭇가지들 찬바람 속에 흐느끼며
거친 등걸 속에 무수히 금 긋는
아픔을 앓는 밤이옵기에

— 「장미를 피우듯」 부분

여인이면 누구나
이런 아침에 운다

— 「낙엽 · 물보라」 부분

돌기둥이라도 됐더면
하늘에나 뻗혀둘 걸
치미느니 통곡이라

— 「여인 애가」 부분

아아 혼신의 통곡으로
당신을 부름이여

— 「어두운 이마에」 부분

김남조 시에서 청각적 이미지는 주로 통곡이나 흐느낌의 표현으로 나타난다. 통곡이나 흐느낌은 화자의 '비애'의 정서를 환기하는데, 이러한 정서는 반복적으로 노출되며, 초기시를 대표하는 주제 의식으로 형상화된다. "앞뒤 없는 통곡", "찬바람 속에 흐느낌", "혼신의 통곡"의 시구들은 시 속에서 주체의 청각을 자극하는 부정적 의미의 요소들이다.

그러나, 이 청각의 미학도 그 의미 변화를 분명히 한다. 존재의 내면을 자극하던 '울음'이나 '흐느낌'이 이미지들은 점차 사라지고, 내면에 집중되었던 청각의 요소들은 그 지향점을 외부로 확장한다. 다시 말해서 앞서 제시된 청각적 이미지들이 주로 시적 화자의 비애감을 형상화했다면, 이제는 청각적 이미지들이 위로와 사랑의 정신을 형상화하는 데에 사용되는 것이다. 즉, 내면을 채웠던 청각적 요소들은 타자와 세계를 위한 울림으로 변모해 나간다. 다음 시를 살펴보자.

> 당신에게선 손발에 못박는 소리
> 아슴히 들립니다
> 사랑하는 분이
> 눈앞에서 못 박혀 죽으신 후
> 당신 몸은 못박는 소리와 그 메아리들의
> 소리 사당입니다
>
> 세상에서 가장 강한 건
> 고통입니다
> 고통의 반복 앞에 서는
> 율연한 공포입니다
> 그래도 사랑하는, 사랑입니다
>
> ― 「막달라 마리아 4」 부분

위 시에서 청각적 이미지는 희생과 사랑의 정신을 형상화한다. 예수의 죽음을 지켜본 막달라 마리아의 일화는 위 시에서 '희생'과 '사랑'의 정신을 나타내는 제재로 사용된다. "사랑하는 분"인 예수가 십자가에 못 박혀 죽는 장면을 목격한 마리아의 슬픔은 "손발에 못박는 소리"라는 시구를 통해 사실적으로 형상화된다. 그리고 막달라 마리아의 내면은 "못박히는 소리"들이 살아 숨 쉬는 "그 메아리들의 소리 사당"의 슬픔을 내재한다. 사람들을 위해 희생한 예수의 사랑이 곧 마리아의 신체로 전달된 셈이다.

　주목할 점은 이러한 청각적 이미지가 단순히 막달라 마리아의 슬픔을 드러내기 위한 것만은 아니라는 것이다. 막달라 마리아의 슬픔은 2연에서 "세상에서 가장 강한" 고통 앞에 설 수 있는 예수의 고귀한 희생과 사랑정신으로 승화되기 때문이다. 결과적으로 이 시에 드러난 "못박는 소리"는 마리아의 몸에서 "메아리"쳐 확산되는 예수의 사랑과 희생 이미지로 형상화되는 것을 알 수 있다. 예수에서 시작된 사랑의 전언이 마리아를 통해 타자와 세계로 "메아리"처럼 울려 펴지는 것이다.

　　　바다 건너 더 먼 곳
　　　그의 집으로 나는 가리
　　　세월의 가룻발도 내릴 만큼은 내려
　　　투명한 적설이 되었으리
　　　그는 의자에 앉아 있고
　　　어린 아이가 하듯이
　　　내 몸을 그의 무릎 위에 얹으리
　　　한 생의 무게를 제상에 올리는
　　　적멸한 예식에
　　　온 세상 잠잠하리
　　　그 사이 흐르는 눈물은
　　　눈물의 끝까지 흘리리라

　　　이윽고 작별하여

나의 지정석으로 되돌아올 때
가장 따뜻한 음악 하나가
동행하여 오고
이후
언제나 언제나 울리리라

          — 「따뜻한 음악」 전문

  시인은 감정을 최대한 절제하고 이미지를 형상화하는 것에 집중한다. 여기서 이미지는 어떤 신념이나 윤리와 같은 것을 지지하기 위하여 사용한다는 목적[12]을 가지기보다, 단순히 사물이나 상황을 객관적으로 전달하려는 성격을 지닌다. 시의 전개 과정에서 화자의 감정은 최대한 절제된다. 다만 '그의 집'이 가지고 있는 분위기를 감각적으로 형상화하는 것에 집중하고 있을 뿐이다.

  위 시의 화자는 "바다 건너 더 먼 곳/그의 집"으로 가고자 한다. "그의 집"은 화자가 지향하는 공간으로 "세월의 가룻발"이 내려 "투명한 적설"이 되듯 시간을 초월한 공간으로 시각화된다. 화자의 "적멸한 예식"이 거행되고 "한 생의 무게를 제상에 올리는" 그곳은 화자가 "눈물"을 흘리게 하는 공간이다. 이후 화자에게 "따뜻한 음악"이 동행하는데 이는 화자의 삶을 위로하는 "눈물"과 같은 역할을 하게 된다. 즉 이 시는 "따뜻한 음악", "눈물"과 같은 청각과 시각 이미지를 사용하여 삶에 대한 따뜻한 위로와 사랑의 정신을 형상화하고 있다.

  "따뜻한 음악"의 울림은 "언제나, 언제나" 지속되는 영원성을 획득한다. 화자에게 전달된 위로의 전언이, 청각 이미지의 역동성에 힘입어 타자와

---

12 Ezra Pound, "Vorticism", edited by Richard Ellmann and Charles Feidelson, Jr., *The modern Tradition*, Oxford University Press, 1965, p.149.

세계를 향해 확산되는 것이다. 시간을 초월한 위로의 정신은 울림의 이미
지를 통해 더욱 확산되는 셈이다.

혼잣말도 메아리 울리나봐
메아리의 메아리까지 퍼지나봐

— 「메아리의 메아리」 부분

고요하여라 사랑하여라고
마음의 복음
순하게 울려주는
나비여라 나비여라

— 「나비의 노래」 부분

가장 고요할 때
한 음성 울린다
"내 마음 예 왔음을 그대 아는지"

— 「조용한 시간」 부분

그 음성 아직도 살아 울린다
힘내어라 힘내어라

— 「슬픈 날에」 부분

심연에서 울리는 묵시도
순열한 가슴으로 헤아리셨어라

— 「절망에 싹트는 희망 있으니」 부분

최소한 이 한 말씀의
천둥 울려주십시오

— 「신의 기도」 부분

울림의 감각은 근작에서 자주 활용된다. "메아리", "복음", "음성", "묵시", "말씀" 등의 시어는 울림의 역동성과 결합하여 청각적 자극을 더욱 높여준다. 이때 음성은 주로 절대적 존재의 목소리로서 자아의 내면에서 바깥을 향해 정서적 파장을 일으키는 점이 특징이다. 1인칭 주체의 내면을 자극하던 청각 이미지는, 울림의 역동성에 힘입어 세계에 대한 '평화'의 의미까지 포괄하기도 한다.

> 누구라도 그를 부를 때
> 속삭임으론 안 된다
> 자장가 가락으로 노래해도 안 된다
> 사자처럼 포효하며
> 평화여, 아니 더 크게
> 평화여, 천둥 울려야 한다
>
> 그 인격과 품위
> 그의 출중한 아름다움
> 그가 만인의 연인이며
> 새 천년 이쪽저쪽의 최고 인물인
> 평화여 평화여 부디 오십시오, 라고
> 피멍 무릅쓰고 혼신으로
> 그 이름 연호해야 한다
>
> ─「평화」 부분

위 시에서 청각을 자극하는 요소는 다양하다. "속삭임", "자장가 가락", "포효", "천둥"이라는 시어는 청각적 이미지를 구성하는 요소들이다. 주목되는 점은 이러한 요소들이 궁극적으로 평화의 도래를 유도한다는 점이다. "속삭임"에서 시작된 이미지는 "천둥"의 강렬함으로 발전하여 평화를 지향하는 화자의 태도를 강조하고 있다. 위 시에 나타난 이미지 중에서 가장 '울림'이 크며, 전달의 폭이 넓은 천둥 에너지는 시적 공간에 평화의 전언을 가득 채우는 역할을 한다.

이처럼 감각적 이미지는 김남조의 시세계 전반에 활용되며 텍스트의 내적 구조를 형성한다. 시각적 이미지는 '어둠'과 '빛'의 이미지로 양분할 수 있는데, 초기에서 중·후기로 오면서 '발산'의 속성이 강해지며, 사랑의 본질적 가치를 나타내는 것이 특징이다. 청각적 이미지는 울림의 역동성을 활용한다. 내면을 자극했던 흐느낌과 통곡의 이미지에서 벗어나 점차 타자와 세계에 대한 긍정적 울림으로 발전한다. 다양한 이미지를 통해 발현되는 시인의 상상력은 궁극적으로 질서 바깥을 향한 평화의 상징으로 격상된다.

3. 영속과 포용의 이미지

김춘수는 시 속에 나타난 이미지와 관련하여 "사물의식에 투철해지면 질수록 시는 감각적이 된다"[13]고 말한다. 이처럼 이미지란 추상적인 관념을 표현하는 것임과 동시에 그 자체로 객관적 세계를 구성하는 역할을 한다. 한편으로는 부재의 표지로도 작용하는 등 시적 언어로서 이미지의 기능은 굉장히 다양하다. 이번에 확인할 이미지는 바로 '비유적 이미지'이다. 비유적 이미지는 단순히 감각적 지시로 이루어지는 것이 아니라, 비유적 언어 표현을 통해 이미지를 구체화한다는 점에서 감각적 이미지와 다르다.

---

13 김춘수, 「기질적 이미지스트─김광균과 30년대」, 『삼십년대의 모더니즘─김광균 시 연구논문집』, 범양사출판부, 1987, 13쪽.

김남조의 시 속에는 다양한 비유적 이미지가 활용되는데, 주로 자연물을 활용하여 비유적 표현을 완성한다는 점이 주된 특징이다. 동서고금을 막론하고 많은 시인들의 시에 있어서 표현의 원천은 자연이다. 자연은 태초로부터 우주의 신비와 본질을 파악하도록 해주는 것이었으며, 보편적 이미지로서의 자연적 이미지는 인류정신의 근간을 이뤄왔다.[14] 시 속에 등장하는 자연물들은 시적 화자의 정서를 표현하는 단순한 질료로 작용하는 것이 아니라 시의 생성 주체이며 영혼과 개성을 지는 창조적 주체로 작용한다.[15]

자연은 김남조 시에 빈번히 등장하며 핵심 소재로 작용한다. 특히 물, 불, 나무, 바다 등의 자연물들이 시 속에 구체적으로 실천되는데, 이들은 주로 자신들이 가지는 원형 이미지를 소환함으로써, 영속성을 나타내는 것이 특징이다.

구름은 하늘이
그 가슴에 피우는 장미
이왕에 내가 흐르는 강물에
구름으로 친들 그대 하나를
품어가지 못하랴

모든 걸 단박에 거는
도박사의 멋으로
삶의 의미 그 전부를
후회 없이 맡기고 가는
하얀 목선이다

---

14 김효중, 「김남조 시에 나타난 자연적 상징의 의미」, 『국문학연구』 제11집, 효성여자대학교 대학원 국어국문학 연구실, 1988, 67~68쪽.

15 홍용희, 「사랑과 외로움의 먼 길」, 『외로우니까 사람이다』, 열림원, 1998, 113~114쪽.

차가운 물살에
검은 머리 감아 빗으면
어디선지 울려오는
단풍나무의 음악
꿈이 진실이 되고
아주 가까이에 철철 뿜어나는
이름 모를 분수

옛날 같으면야
말만 들어도 사랑은 어지럼병
지금은 모든 새벽에 미소로 인사하고
모든 밤에 침묵으로 기도한다

내처 내가 가는 뱃전에
노란 램프로 여긴들 족하리라
이왕에 내가 흐르는 강물에
바람으로 친들
불빛으로 친들
그대 하나를 태워가지 못하랴

— 「내가 흐르는 강물에」 전문

　위 시는 강물을 포함해서 구름, 하늘, 단풍나무, 물살 등의 자연물이 지속적으로 언급되며 시적 상황을 구성한다. 화자는 자신을 "강물에 흘러가는 배"에 빗대어 표현하는데, 이는 "그대"를 향한 자신의 영원한 사랑을 전달하는 매개체로서 역할을 한다.

　그대를 향한 화자의 마음은 하늘에 위에 피어 있는 "장미"와 같은 "구름"처럼 아름다운 것이며, "단풍나무의 음악"이 "분수"처럼 흘러나오는 것과 같은 풍성하고 생명력 넘치는 것이다. "흐르는 강물"과도 같은 인생길을 화자는 사랑하는 "그대"와 함께하고자 한다. 사랑의 대상인 "그대"는 곧 자연과도 같은 존재이다. "그대"는 자연물과 함께 공존할 수 있으며, '바람'과 "강물"그리고 "불빛"과 함께 흘러갈 수 있는 존재로 형상화되기 때문이다. 그렇기에 "그대"에 대한 화자의 사랑은 곧 자연에 대한 사랑이며, 자연과 함께 공존할 수 있는 절대적 존재에 대한 사랑이기도 하다.

제6시집 『겨울 바다』(1967)을 기점으로 자연물을 활용한 비유적 이미지는 그 쓰임이 더욱 많아진다. 초기시보다 자연물의 반복과 부연 그리고 이를 활용한 비유적 이미지의 표현이 더 심화되어 나타나는 것이다. 김남조 스스로가 확언한 것처럼, 중기시는 최량(最良)의 시들이 창작되며 시세계가 더욱 풍성[16]해진다. 그래서인지 이 시기 시 속에는 유독 비유적 이미지가 많이 확인된다. 그리고 이미지에 활용된 자연물은 시 속에 반복적으로 제시되며, 향후 지배적 이미지로 작용하기도 한다.

1
이 기쁨 처음엔
작은 꽃씨더니
밤낮으로 자라 큰 기쁨 되고
위태한 꽃나무로 섰네
아, 이제 불이어라
가책의 바람으로도
끌 수 없거니

2
새벽잠 깨면
벌써 출렁이는 마음

---

16 김은전, 「김남조론 – 정념의 시인」, 『한국 현대시 탐구』, 태학사, 1996, 292쪽.

한 쌍의 은행처럼
연한 슬픔과 또 하난 기쁨이래요
말하지 말아야지
나 이번엔 결코 말하지 말아야지
불시에 하늘이 쏟아지던
옛날의 그 한 마디
이 마음의 이름

— 「기쁨」 전문

화자는 자신이 느끼는 정서를 자연물을 통해 형상화한다. 그리고 그 핵심 원리로 비유적 이미지가 사용된다. 화자가 전달하고자 하는 것은 바로 "기쁨"의 정서인데, 이는 "작은 꽃씨", "위태한 꽃나무", 그리고 "불"로 그 이미지가 심화된다. 즉, '기쁨'이라는 원관념을 표현하기 위해 "꽃씨", "꽃", "불"과 같은 자연물이 보조관념으로 작용하며, 화자의 정서를 이미지화하는 것이다. 이러한 자연물은 화자의 정서를 드러내는 한편, 붉은색의 선명한 색채를 드러내며 정렬적인 분위기를 자아낸다.

이를 정리하자면, "불"은 꽃씨가 자라난 "위태한 꽃나무"에서 발산되는 기쁨을 의미하는 것으로, "꽃나무"가 발현하는 색채와 어우러져 정렬의 이미지를 환기한다. 이 "불"은 "가책의 바람"으로 끌 수 없는 존재로 구현되며, 화자의 기쁨을 강조함과 동시에 꺼지지 않는 영속성을 획득하게 된다. 2연에서는 화자의 "출렁이는 마음"을 "한 쌍의 은행"으로 빗대어 표현함으로써 비유적 이미지를 형성한다.

주님,
이 시절은 채워 넘치는 초록의 포도주이오며 땅에서 솟아 오른 초록의
병정들이옵고 삼동의 눈물이 봄볕에 증발하는 녹두빛 안개이옵니다

— 「나무들 2」 부분

꿈만 같게 서럭서럭

눈 내리느니

진실로 은혜니라

백색의 치유이니라

촛불 밝히면 천하가 제대니라

넘쳐 황송한 그 삶이니라

다시금 새해이니라

— 「새해 1」 부분

봄이여

이승에선 제일로

꿈만 같은 꿈만 같은 햇빛 안에

나는 왔는가 싶어

— 「봄에게」 부분

이들 세 편의 시는 모두 밝고 긍정적인 이미지들이 가득하다. 이러한 긍정의 이미지는 자연물을 통해 형상화되는데, 그 과정에서 비유적 표현이 사용된다는 점이 공통된 특징이다. 「나무들 2」는 색채 이미지를 통해 봄의 아름다움을 노래한다. 얼핏 보면 단순한 기도문의 한 구절처럼 보이지만, 이를 구성하는 이미지의 작동 원리에는 비유적 표현이 내재해 있다. 위 시에서 지시하는 "이 시절"은 나무들이 초록빛을 발하는 봄을 의미하는데, 이러한 봄의 이미지는 보조관념인 "초록의 포도주", "초록의 병정들", "봄볕에 증발하는 녹두빛 안개"로 형상화된다. 즉, 단순한 색채 이미지에 머물지 않고 은유적 알고리즘에 적용하여, 이미지의 형상성을 부각하는 것이다.

「새해 1」에서 작동되는 이미지는 색채에서 비롯된다. 이 흰색의 이미지도 시 속에서 순수와 치유의 의미를 지니는데, 이 역시 비유의 원리를 적용하여 이미지를 구체화하는 것이 특징이다. "꿈만 같게 서럭서럭"이라는

표현은 내리는 "눈"을 수식하는 동시에 "백색의 치유"라는 시각적 표현과
도 연결되며 비유적 이미지로 작용한다. 그리고 '치유'의 정신은 "새해"마
다 다시금 반복되는 순환의 속성과 결합하여 지속성을 지니게 된다. 「봄
에게」는 '봄'에게 말을 건네는 방식을 활용한다. 화자는 '봄'이 가지는 '포
용'의 이미지를 "햇빛"이라는 자연물로 형상화하는데, 이는 "꿈만 같은 꿈
만 같은 햇빛"의 직유적 표현으로 실현된다. 인격의 대상인 '봄'은 화자의
전언을 듣는 청자임과 동시에 비유적 이미지의 원관념으로 작용하는 셈
이다.

이처럼 김남조 시에서 비유적 이미지는 감각적 이미지에서 발전되어 자
연물이 지닌 속성을 통해 사랑과 포용의 의미를 형상화하는 장치로 사용된
다. 비유적 표현이 연쇄되는 과정에서 자연물의 속성은 더 강해지고 '영속
성'을 가지게 된다. 한편 '물, 불, 나무, 바다' 이외에 시 속에 등장하여 비유
적 이미지의 대상으로 작용하는 자연물은 '새'와 '바람' 등이 있다.[17] '새'와
'바람'은 시세계에 등장하며 친화적 공존의 대상으로 존립하는데, 이는 김
남조의 근작에 해당하는 제17시집 『심장이 아프다』(2013)에서도 발견할 수
있다.

> 작은 새 하나
> 가녀린 나뭇가지 위에
> 미동 없이 머문다
> 얼음처럼 깨질 듯한 냉기를
> 뼛속까지 견디며
> 서로 측은하여

---

17 새가 등장하여 이미지로 작용하는 김남조의 시는 「夏日」, 「이상한 아침음악」, 「겨울 바
다」, 「밤 오기 전」, 「비 오는 하늘에」 등이 있고, 바람의 경우에는 「나무와 바람」, 「가을
과 바람에의 전설」, 「六月의 시」, 「바람」 등이 대표적이다.

함께 있자 했는가

모처럼 세상이
진실로 가득해진 그 중심에
이들의 화목이
으스름한 가락지로
끼워져 있다

— 「새와 나무」 전문

위 시에 나타난 연대감은 비유적 이미지를 통해 더욱 강조된다. 시적 대상으로 존립하는 "작은 새"와 "가녀린 나뭇가지"는 함께 "냉기"를 견디는 공동체이다. 이 냉기는 비유적 이미지로서 성립하는데, "얼음처럼 깨질듯한"이라는 비유적 표현이 냉기의 차가운 이미지를 더욱 부각한다. 이에 따라 "냉기"를 이겨내고자 하는 "새"와 "나뭇가지"의 연대감은 더욱 강해진다. 대상과 대상 사이에서 드러나는 비유적 표현이 자연물의 생명력과 공동체적 가치관을 돋보이게 하는 셈이다. 이러한 양상은 이미지의 표출에 머물지 않고, 주체와 타자가 서로 공존하며 영향을 주고받는 상호작용을 드러낸다는 점에서 주목된다.

이처럼 김남조 시에서 비유적 이미지는 비인간 자연물의 속성을 부각하기 위해 주로 사용된다. 이는 생명력이나 연대감을 부여하며 주체 중심적 사고에서 벗어나 타자와 세계가 함께하는 공존의 가치를 전달한다. 위 시에서 '나무'와 '새'는 "진실로 가득해진 그 중심"을 우리에게 보여주는 대상이면서, 이들의 친화적 공존[18]이 서로에 대한 사랑과 포용의 정서로 이어짐을 보여준다.

---

18 유성호, 「은은한 '시'의 파문으로 가닿는 궁극적 자기 구원」, 『심장이 아프다』, 문학수첩, 2013, 148쪽.

바람은 안 보인다 하는가
나뭇잎 수런거림이
바람의 모습
강기슭 잔물결은
바람의 문양
앞뒤좌우 바람손님이니 나는
바람과의 동거여라

바람에게 말한다
긴 세월 바람 있어 환하게 잘 지냈는데
오늘도 눈 밝고 귀 밝아
바람을 알아보니
지극 감사하다고

바람에게 말한다
세상에 못다 갚을 내 모든 은혜의 빚을
바람에게 물려줄 일
미리 사죄한다고
바람과 살았으니 바람 외엔
상속자가 없다고

— 「바람에게 말한다」 전문

바람은 흘러가는 속성으로 인해 세월의 흐름으로 인한 무상감이나 시간의 덧없음을 나타내곤 한다. 하지만 김남조 시에 나타난 바람은 의인화된 대상으로서 '영속성'을 지닌 존재로 형상화된다. 위 시에서 바람은 화자와 '동거인'이자 화자가 감사함을 느끼는 대상이다. 시 속에서 "바람"은 "나뭇잎 수런거림"과 같은 표현으로 비유되고, "강기슭 잔물결"처럼 시각화된 존재이다. 그리고 화자는 이러한 "바람"에게 "감사"하다고 말하고 있다.

주목할 점은 "바람"의 속성이다. 화자는 유한성을 가지는 존재이지만, "바람"은 계속 살아 있는 영속의 존재이기 때문이다. 그렇기에 "바람"은 화자가 세상을 떠날지라도 자신의 "은혜의 빚"과 "감사함"을 물려줄 유일한 "상속자"가 될 수 있는 것이다. 결과적으로 바람은 영속의 존재이자 세상 모든 것을 포용하는 힘을 가진 초월적 존재로 형상화된다.

4. 결론

영문학자 W.J.T. 미첼은 "이미지의 삶은 사적인 것 혹은 개인적인 것이 아니라 그것은 사회적인 삶이다"라고 설명한다. 즉 이미지는 '제2의 자연'을 구성하며 세상을 새롭게 배치하고 지각하는 "세상을 만드는 방식"이라는 설명이다.[19] 김남조는 비유적 이미지를 활용하여 자신이 지향하는 세상을 구현하였으며, 자연물은 그 속에서 존재의 '영속'과 '포용'의 정신을 형상화한다. 이와 같은 친화적 사상은 한국문학의 전통과 특질의 큰 흐름을 같이하는 것이다.

김남조는 시각과 청각을 주로 활용한다. 이러한 감각 이미지는 화자의 내면을 형상화하는 것에 머물지 않고 주체 바깥을 향한 긍정적 사유를 표상한다는 점에서 주목된다. 그의 이미지는 세계와의 마주침에 의한 자아의 반응을 나타내는 것이면서 동시에 세계를 향한 자아의 희망의 메시지를 표상한다. 시인의 상상력은 자아와 세계 사이를 역동하는 감각이자 정서적 움직임과 다름없다.

---

19 W.J.T 미첼, 『그림은 무엇을 원하는가─이미지의 삶과 사랑』, 김전유경 역, 그린비, 2010, 158~170쪽 참조.

꽃의 은유, 자연의 직유

1. 서론

김남조 시를 이루는 내적 구조의 특징이 기도와 독백이라면, 그 기도와 독백의 내용을 구현하고 효과적으로 실천하는 것은 바로 수사적 표현이다. 본 논의에서는 김남조 시의 은유와 직유적 표현의 실현 양상에 대해 살펴보고자 한다. 김남조의 은유는 주로 자연물을 보조관념으로 하여 관념을 구체화한다는 점이 특징이다. 비인간 자연물이 제시될 때 주로 활용되는 것은 꽃과 나무와 같은 자연이다. 이러한 자연물은 주로 사랑이나 생명력을 의미하는 데에 쓰인다.

어떠한 경우에는 자연물 자체가 상징성을 지니며 원관념의 형태로 제시되는 사례도 있다. 이 경우 비인간 자연물도 그 자체로 상징성을 지니는 경우가 많다. 주지하다시피 김남조 시인은 원형 상징과 더불어 개인적 상징을 자주 활용하는 시인인데, 이러한 까닭으로 김남조 시는 제목 자체가 하나의 원관념이 되어 하나의 상징성을 지니는 경우가 많다. 이 경우 각 연의 내용들은 제목을 구체화하기 위한 보조 진술의 성격을 지니게 된다.

몇몇 이론에서는 비유법과 같은 표현기법과 수사학을 거의 구분하지 않고[1] 사용하기도 한다. 하지만 본래 서양에서 '수사(rhetoric)'는 '말을 잘하는 기술'을 일컫는 말이었다. 이는 청중을 앞에 둔 사람의 웅변술을 뜻하는 것으로 어떠한 생각을 특별한 방식을 통해 전달하는 기술을 의미한다. 이것은 크게 논거발견술, 논거배열술, 표현술, 기억술, 연기술 등 다섯 영역으로 구분할 수 있다.[2] 이 중 시와 직접적 관련이 있는 것은 표현술이다. 표현술에는 문체(文體, style)와 문채(文彩, figure), 전의(轉意, trope) 등이 포함된다.

일반적으로 문학에 사용하는 수사란 설득 담화로서의 수사가 아니라 시를 구성하고 있는 문채를 가리키는 수사를 지칭한다. 올리비에 르불(Olivier Reboul)은 이와 관련하여 음성적 재료와 관계된 리듬뿐만 아니라 은유나 직유 같은 비유적 표현 그리고 반어와 역설과 같은 사고 측면의 다양한 서법까지 모두 수사적 특성에 포함된다고 말한다.[3] 이외에도 문채를 구분하고 정의하는 방법은 학자들마다 다양하다. 또한 작품을 이루는 언술 역시 다양한 수사적 표현으로 나타나며 이는 작가의 개인적 실천으로 더 확실하게 드러난다. 작가의 작품이란 "어떤 특정 상황에 반응하는 과정이나 구성의 단독성"[4]이라 할 수 있는 것도 바로 이러한 이유 때문이다.

---

1 조너선 컬러, 「수사학, 시학, 시」, 『현대시론의 전개』, 박인기 편역, 지식산업사, 2001, 390쪽.
2 올리비에 르불, 『수사학』, 박인철 역, 한길사, 1999, 제2장 참조. 르불이 제시한 웅변술의 다섯 영역은 '논거발견술(inventio), 논거배열술(dispositio), 표현술(elocutio), 기억술(memoria), 연기술(actio)'이 그것이다.
3 위의 책, 51~94쪽 참조. ① 언어의 음성적인 측면과 관계되는 단어의 문채 ② 비유적 표현에 해당하는 의미의 문채 ③ 도치와 같은 문장 조직상의 문채 ④ 아이러니와 같은 사고 측면의 문채.
4 폴 리쾨르, 『텍스트에서 행동으로』, 박병수 · 남기영 편역, 아카넷, 2002, 123쪽.

2. '꽃'의 은유와 생명력

비유적 언어란 순전히 글자 그대로의 의미와 다른 의미 또는 그 이상의 여러 의미를 갖는 언어를 말한다. 은유란 비유를 대표하는 것으로서 단순한 수사법이 아니라 인간의 사고 작용에 필요한 원리로 인식될[5] 만큼 중요한 가치를 지닌다. 오늘날의 수사학에서 은유는 직유와 알레고리 등과 구별되기보다는 비유적 언어 전체를 포괄하는 개념이라 할 수 있다.[6] 은유의 시작은 아리스토텔레스의 『시학』에서 비롯된다. 『시학』 21장에서는 은유란 "한 사실에서 다른 사실로, 즉 유에서 종으로, 종에서 유로, 종에서 종으로 또는 유추에 의해 한 낱말을 옮겨서 쓰는 것이다"[7]라고 정의한다.

리처즈는 은유가 보편적인 언어 상황에서 나타나는 현상이라고 말한다. 그는 말의 뜻이 고정된 의미를 가진 것이 아니라 발화되는 맥락이나 문맥 속에서 의미를 구성한다는 점에 집중한다.[8] 즉 원관념과 보조관념이 영향을 주고받는 과정에서 새로운 은유적 의미가 창출된다고 보았다. 한편 휠라이트는 시적 언어와의 관계에서 발생하는 의미 변화의 질에 주목했다. 그는 의미 변화의 원인과 방식에 따라 치환은유와 병치은유로 나누어 설

---

5 정원용, 『은유와 환유』, 신지서원, 1996, 11쪽 참조.
6 최영진, 「문학적 은유와 철학적 은유 : 아리스토텔레스의 시학과 수사학의 비교를 통해 본 해체론의 은유 읽기」, 『비평과 이론』, 2004(가을, 겨울), 237~238쪽.
7 아리스토텔레스, 『시학』, 이상섭 역, 문학과지성사, 2008, 70~71쪽. 이와 같은 아리스토텔레스의 이론을 '대치이론'이라고 한다. 대치이론은 은유에 대응되는 문자 표현이 없는 경우, 은유의 성립 자체가 불가능하게 되는 모순에 빠지게 된다. 한편 이러한 약점을 보완하기 위해 제시된 이론은 '비교이론'이다. 비교이론은 대치이론과는 다르게 문장 전체에 초점을 둔다. 대치이론이 대상을 축자적 술어로 대치하는 방법이라면 비교이론은 은유가 기저의 유사성을 응축하거나 원관념이 생략된 직유의 형태로 제시하는 방식을 의미한다.
8 I.A. 리처즈, 『수사학의 철학』, 박우수 역, 고려대학교 출판부, 2001, 84~87쪽.

명했다.[9] 이외에도 은유에 대한 정의는 각 논자별로 의견을 조금씩 달리한다.[10] 이번 장에서는 은유를 '언어형식의 표면이든 이면이든 통사적으로 연관된 두 대상 간의 상호작용을 통해 새로운 의미를 창조하거나 유사성에 원리에 의해 대치하는 표현 양식'이라고 정의한다.

> 타고 있는 불빛입니다
> 눈길에 품고 온 당신의 선물,
> 사향의 과즙이
> 눈물 함께 나의 병실에 서리는군요
> 오직 당신을 기다림에서
> 속 패인 관목처럼
> 내가 불쌍했음을
>
> 정녕코 사람 하나를
> 기다리는 외로움으로
> 저도 나도 공막한 겨울하늘을 담은
> 푸른 유리창이매
> 지금은 열어 주십시오

---

9 휠라이트는 어떤 표현이 은유인가 아닌가를 결정하는 것은 문법적 형태가 아니라 이에서 발휘되는 의미 변화의 질에 따른 것이라고 설명한다. 그는 은유를 치환은유와 병치은유로 구분하고 전자의 경우, 일상적으로 지시하는 공통성과 유사성의 원리에 의한 전환을 뜻하고 후자는 시 속에서 병치되는 대상 간의 상호작용을 통해 새로운 의미가 구성되는 것을 의미한다. 필립 휠라이트, 『은유와 실재』, 김태옥 역, 한국문화사, 2000, 68, 77쪽 참조.
10 언어학적 관점에서의 논의는 촘스키와 그라이스 등에 의해 진행되었다. 통사론적 화용론적 은유는 대상에 대한 일탈의 표현에서 비롯된다. 그리고 일탈적 표현이 수신자의 주의를 환기시키고 긴장감을 유발함에 따라 화자의 생각을 수용하는 것에서 있어서 효율적일 수 있다고 설명한다. 박영순, 『한국어 은유 연구』, 고려대학교 출판부, 2007, 47쪽 참조.

태초의 푸르름을 보여 주십시오

고요히 잠기는 오늘의 낙조
저 침묵의 계시를 들으십니다
작은 짐승인양 가슴으로 파고드는 이것
능금입니다
우리들의 풋풋한 기쁨입니다

— 「능금」 전문

이 시는 "능금"을 통해 청자인 "당신"이 가져온 선물을 형상화한다. 1행에서 "능금"은 "타고 있는 불빛"이자 "눈길"을 헤치고 가져온 "당신의 선물"로 비유된다. 그 과정에서 "당신의 선물"은 보조관념 "불빛"으로 형상화되어 '빛'이 가지고 있는 생명력의 속성을 드러낸다. 그리고 이는 2연에서 "태초의 푸르름"으로 이어져 신성성을 나타낸다. 3연에서 "능금"은 "풋풋한 기쁨"과 같은 존재로 비유되기도 한다. 결국, 위 시에서 "능금"은 기쁨의 존재이며, 신성성과 생명력을 가진 절대적 존재로서 존립하게 된다. 화자에게 "능금"이란 슬픔에 젖은 자신을 위로하는 절대자의 표상이며, 삶의 기쁨을 되찾게 해주는 절대적 사랑을 뜻하는 것이다. 은유적 표현이 능금을 사과라는 지시적 의미에서 벗어나 '신성성'과 '절대자의 사랑'이라는 의미까지 포괄하도록 만든 셈이다. 이처럼 원관념과 보조관념의 상호작용으로 새로운 의미를 형성하는 것이 은유와 비유어의 본질[11]이다.

밤바다 찬 물살에
갈매기 흰 깃을 씻을 제
두메 등잔불 같은 꽃빛을 하고

---

11 홍문표, 『시어론』, 창조문학사, 2004, 124쪽.

어둠으로 어둠으로
제 몸을 밝히는 꽃

어둠은 자비스런 향유
고요와 화평의 달디단 안식을
그 마음 귀중히 아는 꽃이다
가다오다 바람이 입맞춤하고
밤이 깊을수록 더욱
꽃빛깔 연연한 꽃

―「달맞이 꽃」 부분

은유의 원리는 위 시에서도 작용한다. 원관념은 시적 대상인 '달맞이 꽃'이다. 화자는 '달맞이꽃'에 속성을 부여하는데, 이는 "어둠으로 어둠으로/제 몸을 밝히는 꽃"이라는 보조관념으로 구체화된다. 여기서 어둠은 "자비스런 향유"의 비유처럼 긍정의 시간을 의미한다. '달맞이꽃'의 속성은 더 구체화된다. '달맞이꽃'은 "밤이 깊을수록 더욱 꽃빛깔 연연한 꽃"이라는 보조관념으로 이어지며, 결과적으로 '밤'이라는 시적 공간을 고요하고 평화롭게 밝히는 존재로서 형상된다. 나아가 "바람"이 "입맞춤"을 하는 존재인 '달맞이 꽃'은 화자가 관심을 가지는 애정의 대상으로서도 존립하게 된다. '꽃'의 은유는 다음 시에도 적용된다.

기억해 주어요
부디 날 기억해 주어요

나야 이대로 못 잊는 연보라의 물망초지만
나를 잊으려 원하시면
후련히 잊어라도 주어요
나야 언제나 못 잊는 꽃이름의

물망초지만

깜깜한 밤에
속이파리 피어나는
나무들의 기쁨
당신 그늘에
등불 없이 서 있어도
달밤 같은 위로

사람과 꽃이
마음의 길을 트고 살았을 적엔
미소와 도취만의 큰 배 같던 걸
당신이 간 후 바람결에 지워진

꽃빛 연보라
못 잊는 이를 우는
물망초지만

기억해 주어요 지금은 눈도 먼
물망초지만

—「물망초」 전문

　위 시의 은유는 화자가 자신을 물망초로 비유하는 방법으로 나타난다. 그런데 화자는 비유에 머물지 않고, 지속적으로 자신을 물망초에 이입하는 과정을 거친다. 의인화된 '물망초'는 서정적 주체로서, "당신"에 대한 간절한 그리움의 정서를 전달한다. 스스로를 "못 잊는 연보라의 물망초", "언제나 못 잊는 꽃 이름의 물망초"라고 언급하며 자신을 내면을 은유적으로 표현한다. 자신을 '물망초'에 빗대어 표현함으로써, 그리움의 대상인 "당신"에게 애정을 끝없이 갈구하는 것이다.

결과적으로 물망초의 은유는 '자신을 잊지 말라'는 의미를 구성하게 된다. 본래 물망초의 꽃말에는 'forget me not(나를 잊지 말아요)'의 의미[12]가 담겨 있다. 서양의 설화 속에 등장하는 물망초는 주로 사랑과 그리움의 정서를 환기한다. 즉 이 시는 물망초에 담긴 설화적 원형을 바탕으로 시적 화자의 처지를 은유적으로 형상화하여, 사랑에 대한 갈구와 숙명적 그리움을 나타낸다.

이처럼 은유는 시적 언어를 통해 새로운 의미를 부여한다. 앞서 살펴본 시에서 확인되는 공통점은, 은유를 형성하기 위해 사용된 대상이 '능금'이나 '달맞이 꽃', '물망초'와 같은 꽃이나 열매를 대상으로 한다는 것과 은유를 통해 창조된 의미가 절대적 사랑을 의미한다는 점이다.

> 나목 너의 옆에
> 나도 나목이란다
> 맵고 아린 추위에 목욕한단다
> 빛나는 궁창
> 눈부심 희석하니 더 자애롭고
> 겨울나는 꽃대궁이
> 꽃 중의 꽃이어라
>
> 나목 너의 옆에

---

12 최자영, 『요시야 노부코의 꽃 이야기 연구 : 기독교적 표상을 중심으로』, 상명대학교 박사학위 논문, 2011, 41~42쪽. 이탈리아에서 물망초는 '사랑의 꽃'으로, 프랑스에서는 '애정'을 상징하는 꽃을 의미한다. 한편, 독일의 전설은 다음과 같다. 물망초는 도나우강 가운데 섬에서만 자랐다. 어느 날 한 청년이 이 꽃을 사랑하는 여인에게 전달하기 위해 그 섬까지 헤엄쳐 갔다. 그런데 꽃을 꺾어 가지고 오다가 급류에 휘말리고, 가지고 있던 꽃을 애인에게 던져주며 "나를 잊지 말라"는 말을 남기고 사라졌다고 한다.

나도 나목이란다
소름끼 포스스 돋는 얼음 냉수에
너와 나 밤낮 없이
목욕한단다

— 「나목 옆에서」 전문

위 시에서 화자는 자신을 자연물인 '나목'에 빗대어 은유한다. 일인칭 화
자인 '나'는 시적 대상인 "나목" 옆에 존재한다. 그리고 자신을 계속해서
'나목'으로 정의한다. 그 결과 '나=나목=꽃 중의 꽃'으로 계속 치환되며,
화자의 내면은 시상의 흐름에 따라 더 구체적인 이미지로 형상화된다. 이
에 따라 화자와 시적 대상과의 거리감은 거의 부여되지 않는다. 화자와 시
적 대상인 "나무"는 끊임없이 서로 교감하여 상생하는 존재로서 존립하게
된다.

보통 은유적 관계는 비교나 대조, 유추, 유사성, 병치, 동일성 등으로 설
명된다.[13] 김남조 시에서 자주 나타나는 은유는 주로 꽃이나 나무와 같은
자연물을 통해 실현된다. 이들은 주로 원관념으로서 '꽃'이 의인화되거나,
서정적 주체를 '꽃'으로 빗대어 표현하여 그 정서를 시각화하는 것이 특징
이다. '꽃'의 은유는 꽃의 보편적 의미에서 출발하여, 함유된 의미의 차원
을 펼쳐내는 사고의 과정[14]을 거친다. 이는 일차적 의미가 아닌 숨겨진 의
미를 발견하려는 의미론의 차원[15]으로 확장되기에 이른다.

가을 초입에
다른 잎들보다 먼저

---

13 A. Preminger(ed), *Encyclopedia of Poetry and Poetics, Princeton Univ. Press*, 1965, p.490
14 조셉 블라이허, 『현대 해석학』, 권순홍 역, 한마당, 1983, 272쪽.
15 폴 리쾨르, 「은유와 상징」, 정기철 역, 『신학이해』 제14집, 1996.10, 367쪽.

한 세상 잘 살고 땅 위에 내려온

ⓐ 바싹한 잎들
가멸하게 인사 나누고
헤어지면서 더 한번
살결 맞대는 거
ⓐ-1 책 한 권의 사연이리

아침 해, 저녁노을
그 황홀과 운명성의 베틀에서
ⓐ-2 무한정 쏟아내는 글씨로
날마다 일만 권의 책장들이
초고속 바람개비로 회전하는 중에
ⓐ-3 내가 읽는 그 한 권이 명작이리

— 「가멸한 인사법」 전문

위 시는 낙엽이 떨어지는 모습을 다양한 이미지로 풀어낸다. 화자가 바라보는 대상인 "바싹한 잎들"은 ⓐ-1~3의 시행을 통해 그 이미지가 병치되며 새로운 의미를 구성한다. 논리적으로 뚜렷한 관계가 없는 사물들이 당돌하게 병치됨으로써 시적 긴장감을 더욱 유발하는 것이다. 즉 원관념 ⓐ는 "책 한 권의 사연"과 같이 애틋한 것이며, "무한정 쏟아내는 글씨"처럼 황홀한 것이라는 새로운 의미가 시 속에서 새롭게 적용된다. 결과적으로 '명작'과도 같은 낙엽이 떨어지는 모습은 "가멸한 인사"를 건네는 존재로 의인화된다.

이 시에서 드러나듯 병치은유는 일반적인 치환은유보다 고차적이다. 시적 결합 자체가 한 문장의 통사 구조 속에서 이루어지는 것이 아니라 시행 수준을 넘어서서 이루어지기도 하며, 그 결합이 정서적이나 논리적으로 이질적인 것들이 병치되기 때문에 다른 은유에 비해 해체적이다. 반면 병치은유는 특정 경험들을 참신성을 바탕으로 병치하여 새로운 의미가 탄생한다는[16] 점에서 그 의미가 있다.

이와 관련하여 흐루쇼브스키는 은유를 언술의 차원에서 설명한다.[17] 그는 은유를 단순한 언어 장치가 아닌 시적 허구의 일부이며, 담화의 허구로서 간주한다. 단순한 유사성에 근거한 일방적인 수사적 차원이 아니라 담화와 맥락을 고려한 역동적 관계 속에서 고찰되어야 한다는 것이다.

> ⓐ 나무는 서 있는 공부부터
> 자라면서 멀리 보는 공부와
> ⓐ-1 어떤 날씨와도 잘 지내는 공부
> 서로 다가서진 못해도
> ⓐ-2 푸르게 손 흔드는 공부
>
> 나무는 공부를 좋아한다.
> 뿌리에 물 내리는 공부
> 하늘과 구름 그 아득함에서
> ⓐ-3 들꽃, 풀벌레, 모든 종의 형제들에게
> 하나하나 인사하는 공부
> ⓐ-4 땡볕엔 햇볕가리개로
> 나그네 쉼터 되는 공부
>
> 나무는 밤에도 공부한다

---

16 필립 휠라이트, 앞의 책, 77쪽.

17 Hrushovski Benjamin, "Poetic Metaphor and Frames of Reference with Examples from Eiot, Rike, Mayakovsky, Mandelshtam, Pound, Creeley, Amichai and the New York Times", *Poetics Today*, vol. 5, 1984, pp.5~43 참조.

해 저물고 밤 깊어도
ⓐ-5 세상은 아름답다는 공부
어느 날 어느 밤 그 누구도
ⓐ-6 혼자는 아니라고
편지 보내는 공부

— 「나무들 7」 전문

병치은유는 위 시를 지배하는 구조로 작용한다. 원관념인 "나무"를 대상으로 끊임없이 속성을 의인화한다. "나무"의 속성을 나타내는 보조관념을 시 전체에 병치하여 은유를 실현하고 있는 것이다. 구성은 간단하다. 원관념 "나무"는 곧 "공부"와 대치된다. 여기서 "공부"는 나무의 속성을 드러내는 시어인데, 화자는 "공부"의 유형(ⓐ-1~6)을 구체적으로 나열하여 "나무"를 은유한다. 그리고 병치된 의미들이 모여서 시 전체의 주제를 구성한다.

병치된 표현들은 존재에 대한 포용과 애정을 드러낸다. 1연의 "서로 다가서진 못해도/푸르게 손 흔드는 공부", 3연의 "혼자는 아니라고/편지 보내는 공부"에서는 서로를 포용하고 위로하는 나무의 속성이 잘 나타나는 부분이다. 또한 나무는 "들꽃, 풀벌레, 모든 종의 형제"에게 "하나하나 인사"를 전하는 긍정적 존재이기도 하다. 결국, 사소한 존재에게도 관심과 애정을 표현하는 "나무"는 생명력을 획득하며, 세상의 아름다움을 지키는 이상적 존재로서 존립하게 된다.

바람 부스러기로
가랑잎들 가랑잎나비로 바람 불어 갔으니
ⓐ 겨울나무는 이제
뿌리의 힘으로만 산다

흙과 얼음이 절반씩인

캄캄한 땅속에서
비밀스럽게 조제한 양분과 근력을
쉼 없는 펌프질로
스스로의 정수리까지
밀어 올려야 한다.

ⓐ-1 백설로 목욕, 얼음 옷 익숙해지기,
ⓐ-2 추운 교실에서 철학책 읽기,
모든 사람과 모든 동식물의 추위를 묵념하며
삼동내내
ⓐ-3 광야의 기도사로 곧게 서 있기

겨울나무들아
새 봄 되어 초록 잎새 환생하는
어질어질 환한 그 잔칫상 아니어도
그대 퍽은
ⓑ 잘생긴 사람만 같다

— 「나무들 8」 전문

　　병치은유를 통한 자연물의 형상화는 위 시에서도 나타난다. 시인은 대상
에게 인격을 부여하는 표현을 무작위로 배치하여 대상을 구체화한다. '나
무들'이라는 원관념은 궁극적으로 "잘생긴 사람"이라는 보조관념으로 표현
되는데 그 과정에서 다양한 이미지가 병치되며 "겨울나무들"에 대한 의미
를 구성하고 있다. ⓐ-1에서는 "백설"이라는 시각적 이미지, ⓐ-2에는 "추
운 교실"이라는 촉각적 이미지를 불러일으키며 나무들의 모습을 표현한다.
ⓐ-3에서는 "광야의 기도사"로 언급하며 나무들의 굳건한 이미지를 의인
화한다. 즉 'ⓐ = ⓑ'라는 은유를 실현하기 위해 ⓐ-1~3과 같은 병치은유
의 과정이 적용되는 것이다.

김남조 시는 '꽃'과 '나무'와 같은 자연물을 은유의 대상으로 삼는 경향이 짙다. 이들은 치환이나 병치은유를 통해 시 속에서 생명력을 획득하며, 자연을 비롯한 세계 모든 존재에 대한 사랑을 표출한다. 은유는 서정적 자아가 전달하는 본질적 가치를 형상화하는 핵심 원리로 작용한다. 이러한 점에서 은유는 김남조 시의 주제를 전달하는 하나의 구조라고 설명하여도 어색하지 않다.

3. '자연'의 직유와 유사성

직유란 다른 유사한 사물을 끌어다 특정 사물을 형상화하는 방법이다. 두 사물의 연관 관계를 설정하는 것으로 비유법 중 형식이 가장 단순하다. 대체로 직유는 비유적 표현 중 명징성을 얻기 위해 사용된다.

> 직유와 은유를 비교해 볼 때 직유는 의미를 통제하는 힘이 훨씬 더 크다. 직유에서 비유적 의미는 말뚝에 고삐가 매인 채 풀을 뜯어먹는 소처럼 제한된 테두리에서 벗어나지 않으며, 그렇기 때문에 구체적이고 분명하게 쉽게 손에 잡힌다. 요즈음 해체주의와 더불어 '떠도는 시니피에'라는 말이 유행하고 있지만 은유야말로 그 의미가 어느 하나에 얽매이지 않고 끊임없이 떠돈다. 은유에서는 비유적 의미를 잘못 받아들일 가능성이 있지만 직유에서는 그러한 가능성은 아예 없다.[18]

위 설명처럼 직유는 유사성의 정도가 상대적으로 분명하게 드러나기에 의미를 파악하는 것에 큰 어려움이 없다. 은유가 더 다양한 의미를 지닌 보

---

18 김욱동, 『은유와 환유』, 민음사, 1999, 183쪽.

조관념을 가지고 있다면 직유의 경우 원관념과 보조관념의 결합이 직접적인 것이 특징이다. 그만큼 직유는 독자에게 그 의미를 선명하고 신속하게 전달한다. 김남조의 시도 직유를 사용하는데, 주로 계절성을 나타나는 시어를 사용하여 원관념의 의미를 구체화하는 것이 특징이다.

> 비껴가는 햇살의 귤빛 창변에서 눈 시리던 그날의 당신을 기억합니다
> 어느 세월 그 누구와도 화해치 않던 당신의 오만한 고독도 기억합니다
>
> 눈동자를 가르고 내솟는 뜨거운 눈물, 가장 은밀한 참회마저 두렵지 않던 다만 아이 같은 울음으로 우리들 구원받고 팠음을 기억합니다.
> 금방 돌이라고 부수고 싶던 주먹 곱게 펴고, 다시 어린양처럼 유순해지던 슬픈 기다림도 기억합니다.
>
> 바람이 일어 짐짓 서릿발 같은 바람이 일어 우수수 못다 안을 낙엽이 지면,
> 깊은 골짜기 비석처럼 적막한 노송 송피 벗겨지고 다시금 옛날 피 흘러 내려 아파집니다
>
> 산 같은 고집과 어리광 모두 어이하고 이제는 바윗돌처럼 잠이 든 당신의 무덤 그 위에 낙엽이 지고 낙엽이 쌓이는데
>
> 삼단 같은 머릿결 검고 숱한, 나만이 아직도 굳은 벌처럼 젊었습니다
> ―「낙엽」 전문

위 시는 가을을 나타내는 시어들이 직유의 원리에 사용되며 분위기를 형성한다. 전체적으로 고독하고 적막한 분위기 속에서 시적 화자가 느끼는 비애감이 표출되고 있다. 우선 가을의 계절감을 완성하기 위해 시인은 여러 대상들을 동원한다. "바람", "낙엽", "노송"은 직유의 원리에 사용되는

대상들이다. 이들은 "서릿발 같은 바람", "비석처럼 적막한 노송 송피", "바윗돌처럼 잠이 든 당신의 무덤"이라는 표현으로 시적 상황을 구성하며 적막한 분위기를 전달한다. 그리고 "아이 같은 울음", "어린양처럼 유순해지던 슬픈 기다림"이라는 직유적 표현은 시적 공간에 내재된 화자의 비애감을 표출한다. 결과적으로 직유는 시의 정서와 분위기를 드러내며 주제 형성에 기여하는 바가 크다고 볼 수 있다. 이처럼 김남조는 시적 정황을 구성하는 요소들을 표현하기 위해 직유를 통한 형상화 방법을 동원하는 것을 마다하지 않는다. 직유의 방식은 이후의 시편들에서도 빈번하게 쓰인다.

① 오늘은 햇빛이 화살처럼 내리는 대지에
　물줄기처럼 뿜어나는
　내 적라의 심혼을 보렴아
　허리 펴는 의용을 보렴아

— 「산 1」 부분

② 돌 위에 돌을 뉘이자
　돌 위에 돌처럼 굳어진 나를 뉘이자

　낙엽은 쌓여라 낙엽은 쌓여라
　죽은 나비야
　그 위론 흰 눈이 깔리고
　흰 눈 위에 연한 혈액처럼
　붉은 노을은 흘러라
　꽃잎을 문 작은 시내처럼 흘러라

— 「낙엽은 쌓여라」 부분

직유의 원리는 김남조 시 곳곳에서 확인 가능하다. 주목되는 것은 비유를 사용하기 위해 끌어들이는 대상이 주로 "햇빛", "물줄기", "낙엽", "흰 눈"와 같은 자연물들이라는 점이다.

①은 '산'을 발화 주체로 설정하여 화자의 태도를 드러낸다. 산의 의연함은 "햇빛이 화살처럼 내리는 대지"에 "물줄기"처럼 뿜어나는 모습으로 형상화된다. ②는 "낙엽"이 쌓이고 "눈"이 내리는 것을 비유하여 세월의 흐름을 형상화한 작품이다. 화자는 스스로를 "돌 위에 돌처럼 굳어진 나"로 표현함으로써 자신의 삶도 자연의 순리에 맡기고 살아가겠다는 의지를 드러낸다. 특히 직유의 보조관념으로 "흰 눈"과 "혈액"을 대비시키며 초겨울 낙엽의 색채 이미지를 선명하게 드러내고 있다. 결과적으로 위에 인용된 시들은 인격이 있는 주체나 대상을 자연의 속성으로 구체화하고 있다는 점에서 공통적이다.

① 쏟아지는 햇볕에
  목청이 확 트인 종달새 같은
  기쁨의 나무

— 「사월의 나무」 부분

② 소나기같이 온 현기증에
  이마를 짚고 서면

— 「하일(夏日)」 부분

③ 헹구고 헹군
  무명빨래 같은 하늘
  소금발 곱게 눈 내리는 날씨

— 「바람에게」 부분

④ 피 같은 염료

뭔가 영혼 같은 염료로
산과 마을과 나목숲을 물들이는
장려한 겨울 낙조,

— 「겨울 낙조」 부분

인용된 시에서 볼 수 있듯이 직유의 원리는 시 속에서 계절감을 드러내는 데에 사용되기도 한다. 그리고 계절을 나타내기 위해 동원되는 대상들은 자연물이 대부분이다. ①은 "종달새"를 사용하여 직유의 원리를 실현한다. '봄'을 만끽하고 있는 나무의 기쁨은 종달새의 목청으로 형상화된다. ②는 "소나기같이 온 현기증"이라는 표현을 통해 여름의 무더위를 드러낸다. "소나기"만으로 연상되는 여름의 이미지는 직유법으로 더욱 구체화되어 나타난다. ③은 "무명빨래 같은 하늘"이라는 표현으로, ④는 "피 같은 염료/뭔가 영혼 같은 염료"라는 직유로 시간적 배경을 구체화하고 겨울의 계절감을 부각한다. 이처럼 직유는 유사성을 기본 원리로 하여 대상의 속성을 밝히거나, 계절감을 부각하며 작품의 분위기 형성에 기여한다.

시린 적설 위에
ⓐ 묽은 아침해가
ⓐ-1 기도하듯 간절히 엎드려 있다
눈과 둘이서 한밤내
어둠을 밝힌 하얀 빨래들

이상하여라
ⓑ 순백이 순백 위에 설풋 겹친 게
ⓑ-1 살아 있듯이 유정하고
누리 안 냉쾌와 광명이
섬세히 빗질하여

온 세상의 매듭들을 풀었구나
오로지 유순뿐이구나

일상의 예삿일 중에
새삼 황홀히 압도해 오는
아름다움들이
맑디맑게 영혼에까지
갈채 울리고

ⓒ-1 신의 나라인양 넉넉히 자족하는
ⓒ 이네들의 좌석에서
나의 할 바란 최소한
비껴 서기라도 해야 할까보다

　　　　　　　　　　　　　　　　　—「겨울 빨래」 전문

　직유의 표현이 은유보다 직설적이기에 독자에게 다양한 해석의 여지를 주지 못한다는 단점이 있는 것은 확실하다. 하지만 직유의 표현을 단순한 1대 1의 대치 구조가 아니라 통사를 활용한 서술의 형식으로 풀어 설명한다면, 형상화하고자 하는 상황이나 대상을 더욱 자세하게 묘사하는 것도 가능하다. 이 경우 원관념과 보조관념의 거리가 멀어져도, 진술 형식의 직유의 방법을 사용하여 모호해질 수 있는 표현을 통사적으로 결속할 수 있기도 하다. 겨울 배경을 직유의 원리로 표현한 위 시도 이러한 면모를 확인할 수 있다. 우선 원관념은 '겨울'이라는 공간으로 수렴된다. 그리고 이를 각각의 보조관념으로 진술하고 있는 형식을 취한다. 원관념과 보조관념의 지시적 거리가 멀기에 보조관념을 이루는 진술들은 더 구체적이다.
　우선, '겨울'을 대변하는 대상들은 ⓐ, ⓑ, ⓒ에 위치하고 있다. 이들은 'B(보조관념) 같은 A(원관념)'이라는 일반적인 직유의 틀에서 벗어나, 원관념을 수식하는 보조관념을 최대한 구체적으로 풀어낸다. 1연의 주목 대상인 ⓐ를 구체화하는 것은 ⓐ-1인데, 이는 단순한 비유가 아닌 "기도하듯 간절히 엎드려 있는"이라는 의인화된 표현으로 상세하게 묘사된다. 하늘에 떠있는 "해"의 속성과 '엎드리다'라는 시어가 가지는 이질성, 즉 의미적 거리감을 해소하기 위해 보조관념을 이루는 진술이 더 구체적으로 표현된 것이다.

대상을 구체적으로 풀이하는 것은 ⓑ, ⓒ도 마찬가지다. 각각의 보조관념으로 작용하는 ⓑ-1과 ⓒ-1 역시 형상화 대상을 최대한 상세하게 설명하며, 직유의 원관념을 감각적으로 드러낸다. 원관념과 보조관념의 거리가 멀어지는 것을 방지하기 위해, 서정적 자아는 시적 상황을 끊임없이 구체화하며 유사성을 획득한다. 사어(죽은 비유)가 되지 않도록 원관념과 보조관념의 거리를 의도적으로 멀게 하여 낯선 느낌을 주는 전경화 현상은 김남조 시에서 어렵지 않게 찾을 수 있다. 그리고 원관념과 거리가 먼 보조관념이 주는 낯섦을 해소하기 위해 보조관념을 이루는 진술은 더욱 자세하게 표현된다.

> 가장 고요할 때
> 한 음성 울린다
> '내 마음 예 왔음을 그대 아는지'
> '알도다 그 먼저 내가 기다렸으니…'
> 나의 마음이 응답한다
>
> 눈 내린 새벽처럼
> 세상이 순백의 적멸로 완성되고
> 하늘 너머의 어느 먼 하늘인가에서
> 이름 없는 음악

처음 태어나는 선율이
참아온 온 세상의 눈물처럼
넘쳐 흐른다

　　　　　　　　　　　　　　—「조용한 시간」 전문

　위 시에서는 '조용한 시간'을 구체화하기 위해 다양한 시어들이 조합된다. 2연의 "눈", "새벽", "순백", "적멸" 등의 시어는 화자가 특정 존재와 교감하는 시간을 완성하기 위한 재료들이다. 이들은 직유의 형식 안에 포함되어서 시간의 속성을 나타내는데, 이는 '눈 → 새벽 → 순백 → 적멸'로 이어지며 '고요'의 순간을 만들어낸다. '시간'이라는 관념적인 대상을 표현하기 위해, 이질적인 보조관념들을 구체적으로 서술하여 끊임없이 유사성을 획득하는 것이다. 그 결과 '조용한 시간'은 더욱 더디게 간다. 그리고 "처음 태어나는 선율"이 "참아온 온 세상의 눈물"처럼 일시에 넘쳐흐른다. 직유의 원리가 시간의 흐름을 조절한 것이다. 결과적으로 '조용한 시간'은 "눈"이 내리는 겨울의 고요한 풍경을 의미하는 것으로 볼 수 있다. "눈"이 내리는 순간을 "하늘"에서 들려 오는 "이름 없는 음악"과 "선율"로 낯설게 표현함으로써 눈 오는 순간의 평화로움을 감각적으로 채색한다.

　　ⓐ-1 지하수 가멸한 물소리도
　　그대는 들을 듯싶군
　　ⓐ-2 눈으로 보는 듯이 알 것만 같군
　　살결에 문신 새긴 사람이
　　ⓐ- 3 맨살 긁힐 때의 아픔을 간간이 반추하듯
　　ⓐ 그대의 날이 선 민감성을
　　나의 혈관에 이입하여
　　내 몸 안에 섞어 녹이고 싶군

두메 간이역의 목의자에
초췌한 모습으로 나란히 앉은
ⓐ-4 그 연민스런 옆 사람이듯
ⓐ 그대의 민감성이 측은하여
내가 아프다

—「민감성」 전문

위 시는 이질적인 보조관념이 병치되며 전체 의미를 구성한다. '민감성'
이라는 추상적인 소재를 드러내기 위해 화자는 감각적 이미지를 적극적으
로 동원한다. 이 시에서 원관념으로 작용하는 것은 "민감성(ⓐ)"이다. ⓐ는
1연과 2연의 마지막 부분에 위치하여 앞서 제시된 보조관념인 ⓐ-1~4의
수식을 받아 의미를 구체화한다. 화자에게 "그대의 민감성"이란 "지하수
가멸한 물소리"를 들을 것 같고, "눈으로 보는 듯이 알 것"같이 감각적으
로 다가온다. 또한 "맨살 긁힐 때의 아픔을 간간이 반추하듯", "그 연민스
런 옆 사람이듯"이라는 표현처럼 더 구체적으로 서술되고 있다. 보조관념
을 시각과 청각 그리고 촉각적 이미지로 전이하면서 유사성을 획득하고,
이를 통해 '민감성'의 의미를 풍성하게 전달하고 있는 셈이다. 다양한 의미
부여나 해석의 여지가 없다는 직유의 한계를 극복하기 위해 김남조는 보
조관념을 한정하지 않고 다양한 통사 구조를 사용하여 원관념이 가진 의
미를 깊이 있게 전달한다.

먼 데서 ⓐ 손님이 오신다
어디서 떠나 언제 도착할는진 모르나
나의 주소로 순조롭게 다가오신다
그분은 ⓐ-1 최소한 겨울처럼 춥지 않고
ⓐ-2 폭풍처럼 사납지도 않으리라

연치 높으신 만큼의 자애로
내 손을 잡으시며
"내가 왔다 너의 준비된 형편이면 좋으련만······"
그 말씀도 이쯤의 격조는 되시리

—「먼 데서 오는 손님」 부분

근작에서 확인할 수 있는 특징은 바로 원관념과 보조관념의 대응이 '1대 다(多)'로 나타난다는 점이다. 위 시도 마찬가지다. 기다림의 대상인 "손님"을 형상화하기 위해 화자는 ⓐ-1, ⓐ-2와 같이 원관념과는 거리가 먼 시어들을 사용하여, 가능한 상세하게 상술한다. "손님"과 의미적 연관이 없는 "눈"과 "폭풍"의 시어를 사용한 만큼, 화자의 전언은 더욱 구체적으로 풀이된다. 또한 '1대 다'의 대응구조를 사용함으로써, '먼 데서 오는 손님'이 가진 자애로움은 행을 거듭할수록 더욱 자세히 전달된다.

4. 결론

김남조는 비유를 동일성의 권력으로 포획하기 위해 사용하지 않는다. 그의 비유는 개체와 개체가 서로 공존할 수 있는 상상의 장을 마련하기 위해 쓰인다. 인간과 자연, 자연과 자연이 함께 숨 쉬는 생태적 상상력은 비유적 표현과 함께 본질적 의미를 발휘한다. 비유가 적용되는 시적 공간에서 주체가 인간에 한정되지 않고 비인간 자연물로 확장되는 것도 바로 비유와 포개어진 시인의 상상력 때문이다. 이러한 점에서 김남조의 비유는 단편적인 표현에 아니라, 의미의 증폭을 일으키는 하나의 구조나 다름없다.

김남조 시에서 직유는 주로 자연물의 속성을 이용하여 시적 공간의 계절감을 드러내는 것에 쓰인다. 그리고 원관념과 거리가 먼 보조관념을 사용하여 비유하는 '전경화'가 나타나는데, 이 경우 두 관념 사이의 이질성을 해소하기 위해 보조관념을 이루는 진술을 최대한 구체적으로 전달하는 것이 특징이다. 또한, 초기작이 주로 원관념과 보조관념의 '1 대 1'의 대응구조를 통해 표현되었다면 후기시나 근작에는 그 대응이 '1 대 다'로 변화된다는 점도 특징이다.

무엇보다 직유는 김남조 시 속에서 빈번하게 사용되며 그가 전달하고자하는 인간 본연의 정서를 드러내는 데에 중요한 역할을 한다. 직유의 수사장치는 다른 시편들에도 확인되기에, 앞서 언급한 은유와 직유는 모두 김남조 시를 구성하는 기본 원리라 할 수 있다. 직유는 저급한 사실주의 및 시예술의 미숙성과 관련된 것으로 폄하[19]되기도 한다. 그러나 직유도 은유와 같이 유사성에 기인한 비유의 한 가지 기법이라는 점에서 동일성을 지닌다. 은유와 직유는 김남조 시의 생태적 상상력을 드러내는 중요한 미적장치다.

---

19 이승훈, 『詩論』, 고려원, 1986, 148쪽.

시인의 상상은 계속된다

— 문학사적 의의를 대신하여

    김남조 시인은 마지막 순간까지 시를 포기하지 않았다. 김남조가 시인으로 걸어온 길은 70여 년. 시인은 가히 인생의 7할 이상을 시에 헌신한 셈이다. 시에 대해 "병이면서, 병이면서, 또 병이면서 겨우 약간의 치유"라고 언급하면서도, "병이라도 오랜 지병은 따뜻하고 정겨울 것이기에 나는 그 병이 싫지가 않다."[1]라고 말하며 남다른 애정을 보였던 시인. 김남조는 현시대를 살아가는 누구보다도 시를 가장 사랑했던 사람이다.

    김남조 시에 대한 문학사적 의의는 전후문학으로서 시사적 의의, 사랑과 애상의 정서를 전달한 서정시로서의 가치, 그리고 해방 전후의 여성 시인의 흐름을 이어주는 문인으로서의 위치 등을 중심으로 이뤄져왔다. 문학사적 의의는 앞선 연구자들의 논의로 정리할 수 있으나, 근작 시집에서 시인의 세계관이 넓어졌다는 점은 문학사적 의의에 대한 새로운 고찰의 필요성을 제기한다. 필자는 시인의 흔적을 다시 살피는 마음으로 그동안의 평가

---

1   김남조, 「넘어 온 산하(山河)여 아름다워라」, 『시와시학』, 시와시학사, 2015, 여름호, 87쪽.

를 정리함과 동시에 새로운 시사적 의의를 밝히고자 한다.

먼저 김남조는 삶의 본질적 의미를 찾기 위해 노력한 시인이다. 시인의 노력은 성찰에서 출발한다. 그가 구축한 사랑의 시학은 치열한 자기 인식과 성찰 과정에서 도출된 결과다. 누구보다도 치열했던 신에 대한 구도와 자기반성은 김남조의 시를 더욱 깊이 있게 만들었다. "삶은 언제나/은총의 돌층계의 어디쯤이다"(「설일(雪日)」)라는 구절은 삶의 본질을 탐구하려는 시인의 사유를 엿볼 수 있는 대표적인 부분이다. 신에 대한 기도와 구원의 형식은 삶의 본질 탐구에 임하는 간절함과 진지함을 더욱 돋보이게 한다. 그 시인의 메타적 사유와 성찰성은 신을 향한 구도와 어우러져 윤리적 주체의 진정성을 더욱 배가시킨다. 그러므로 고독과 절망, 부끄러움, 기원, 축복, 긍정 등의 태도는 독자에게 더욱 진솔하게 다가온다. 이러한 면모는 분명 현대시사의 모범적 사례가 되기에 충분하다. 그만큼 김남조 시인의 고백은 독자에게 더욱 깊은 공감대를 형성하였고 그렇기에 지금까지도 많은 사람들의 사랑을 받고 있다.

여성시의 새로운 좌표를 제시하였다는 점도 시인의 문학사적 가치 중 하나다. 김남조는 노천명과 모윤숙으로 대표되었던 당시 여성 시인들과 이후 세대인 1960년대 시단을 이어주는 여성 시인이다. 그 가운데 시적 정념의 세계를 독자적으로 구축한 김남조는 해방 전후로 척박했던 여성 문단에 다시 생기를 불어넣었다. "내 마음은 한 폭의 기/보는 이 없는 시공에서/때로 울고 때로 기도드린다"(「정념의 기(旗)」)라는 고백처럼 시인은 사회적 혼란 속에서 기도와 구원의 자세로 정념의 세계를 탐구하며 여성 주체의 정서적 깊이를 심화하였다. 1961년 10월 발표된 『한국전후문제시집(韓國戰後問題詩集)』에 유일한 여성 시인으로서 김남조의 시가 실린 것은 시인의 문학적 위상을 확인하게 한다.

서정시의 전통과 흐름을 이어갔다는 점도 간과할 수 없는 부분이다.

1920년대 김소월과 만해, 1930년대 순수 서정시, 1940년대 청록파와 미당 (未堂)으로 이어지며 꽃을 피워온 우리나라의 서정시의 맥은 1950년대 김남조를 비롯한 시인들에 의해 창조적으로 계승된다. 전통적 서정시의 현대적 변화 속에 있었던 김남조 시에 대해 김재홍은 '휴머니즘적 서정시인'(『한국전쟁과 현대시의 응전력』)으로 정의하기도 하였다. 오세영은 김남조를 김소월, 한용운과 더불어 사랑의 절대성에 집착한 한국 시인의 반열에 올리기도 하였다. 서정시 계승은 비단 내용 측면에만 국한된 것은 아니다. 김남조는 전통적 율격을 변주하여 시의 정형성과 일탈을 함께 추구해 나갔다. 이러한 점에서 김남조는 전통적 서정의 흐름을 창조적으로 계승한 시인이라 말할 수 있다.

종교시로서 가치도 주목된다. 현대시사에서 가톨릭을 비롯한 종교적 세계관을 드러낸 정지용, 윤동주, 김현승, 박목월, 구상 등의 흐름에 김남조가 함께 놓일 수 있다. 기독교적 체험을 통해 사물에 대한 의미를 탐구한 정지용, 자기 성찰을 통한 희생과 부활의 윤동주, 존재의 내면을 기독교적으로 탐구한 김현승, 인간 본연의 그리움을 바탕으로 신앙을 탐구한 박목월, 그리고 구상의 실존적 가톨리시즘으로 이어지는 종교시의 맥에 김남조 역시 닿아 있다. 김남조는 천주교 신자로서 체득한 신앙적 사유를 속죄와 기도의 자세로 형상화한다. "기도말의 처음은 침묵이니 나타내지 못할 찬미요/연이어 침묵이니 줄줄이 이 찬미옵나이다"(「기도」)라는 고백처럼 시인은 존재론적 성찰의 결과를 절대자에 대한 기원의 형식으로 담아낸다. 이후 시인의 가톨릭적 세계관은 강은교에게 그 흐름이 이어진다.

영원에 대한 지향은 김남조의 새로운 시사적 의의를 고찰하게 만든다. 이러한 특징은 2010년 이후에 발표한 시집 『심장이 아프다』(2013), 『충만한 사랑』(2017)에서 주로 나타난다. 시인의 사랑은 존재의 근원에 대한 인식에서 출발하여 삶과 희망의 영원을 지향하는 면모를 드러낸다. 시인은 서정이 근원적으로 지향하는 영원에 대한 탐구에 계속 근접해 나간다. 미당 서정주가 영원성을 존재와 삶의 절대적인 가치체계로 정립하기 위해 세상과 시를 함께 떠돌았다[2]면 김남조는 영원이라는 초월적 사유에 닿기 위해 존재에 대한 성찰과 탐구를 지속한 셈이다. "그대 있어 그대 있어/안도하고 싶어/다음 세상의 끝날까지/끝날 그다음에도/그대 함께 있고 싶어"(「동행」)라는 시인의 말처럼, 그가 추구한 영원성의 시학은 주체와 타자가 상생하는 연대적 가치를 지향한다.

김남조는 1950년대 시단의 연결고리로 작용하며 존재의 절망과 슬픔으로 인한 상처를 위로하였다. 시인은 민주화의 열망과 좌절의 1960년대와 산업화의 1970년대에도 서정시를 창작하며 사랑의 확산을 위해 펜을 든 사람이다. 김남조는 실천 문학의 장이었던 1980대에도 순수 서정의 길을 걸어갔으며, 1990년대에는 긍정적 가치관을 설파하며 자신의 시세계를 확립한다. 2000년대 메마른 사회 현실에서도 시인은 희망을 포기하지 않고 시를 통해 사람들에게 사랑을 전해왔다. 겸허한 성찰과 가톨릭적 신앙에서 출발한 시인의 시작(詩作)은 2010년에도 이어져 2020년 마지막 시집을 출간하기에 이른다.

한국을 대표하는 시인 김남조는 자신의 긍정과 사랑의 시학을 통해 독자들에게 수많은 희망을 전달해왔다. 지금까지 김남조가 받은 상[3]을 보면 김남조가 지금까지 독자에게 전달한 사랑의 가치가 어느 정도인지 알 수 있다. 전쟁과 민주화를 거쳐 바이러스, AI와 공존을 논하는 지금까지, 김남조

2　최현식, 『서정주와 영원성의 시학』, 연세대학교 박사학위 논문, 2003, 187쪽.
3　1958년 제1회 자유문협상 수상, 1974년 제7회 한국시인협회상, 1988년 대한민국 문화예술상, 1990년 제12차 서울 세계시인대회 계관시인, 1992년 제33회 3·1문화상, 1996년 제41회 대한민국 예술원상, 2000년 제25회 지구문학상, 2006년 제4회 영랑시문학상, 2007년 제11회 만해대상, 2014년 한국 가톨릭문학상·김달진문학상, 2017년 제29회 정지용문학상, 2020년 제12회 구상문학상 본상.

는 현대시사에 길이 남을 빛을 비추며 우리와 함께해왔다. 시인으로서 흔들림 없이 자신만의 서정을 걸어온 김남조는 여성시는 물론 한국 서정시의 커다란 흐름을 다음 세대로 이어주었다.

시인은 우리 곁을 떠났지만, 시인의 상상은 우리를 떠나지 않았다. 시인이 남긴 70여 년의 시력은 지금도 우리에게 유의미한 가치를 전달하기 충분하다. 특히 주체 권력을 타파하고 모든 존재가 공존하고 상생하기를 희망하는 탈주체적 가치관은 그의 시에 잠재한 서정의 본질이기도 하다. 은폐된 것을 감각의 층위로 끌어올려 포용하고자 했던 시인의 사랑. 마지막까지 시적인 것의 본질을 찾기 위해 노력했던 시인의 열정. 이 모든 것은 작금을 살아가는 우리에게 시사하는 바가 크지 않을 수 없다. 시인의 상상은 우리가 지켜야 할 유산이다. 아니, 이것은 우리가 적극적으로 맞이해야 할, 미래다.

1. 김남조 1차 자료

시집

『김남조 시전집』(제1시집~15시집 합본), 국학자료원, 2005.

『귀중한 오늘』, 시학, 2009.

『심장이 아프다』, 문학수첩, 2013.

『충만한 사랑』, 열화당, 2017.

『사람아, 사람아』, 문학수첩, 2020.

수필 및 기타 자료

『잠시 그리고 영원히』, 신구문화사, 1964.

『시간의 은모래』, 중앙출판공사, 1966.

『달과 해 사이』, 상아출판사, 1967.

『그래도 못다 한 말』, 상아출판사, 1968.

『다함없는 빛과 노래』, 서문당, 1971.

『여럿이서 혼자서』, 서문당, 1972.

『사랑초서와 촛불』, 혜화당, 1974.

『은총과 고독의 이야기』, 갑인출판사, 1977.

『기억하라, 아침의 약속을』, 여원사, 1979.

『사랑의 말』, 학원사, 1983.

『눈물과 땀과 향유』, 열음사, 1984.

『마음 안의 마음』, 혜원출판사, 1988.

『아름다운 사람들』, 소설문학사, 1984.

『끝나는 고통 끝이 없는 사랑』, 자유문학사, 1990.

『진주를 만드는 상처들』, 청아출판사, 1991.

『예술가의 삶』, 혜화당, 1993.

『사랑 후에 남은 사랑』, 미래지성, 1999.

『사랑은 고백할 때조차 비밀로 남는다』, 다시, 2003.

『기도 – 주님이라는 부름, 그 빛으로』, 고요아침, 2005.

『사랑하리, 사랑하라』, 랜덤하우스코리아, 2006.

『가슴들아 쉬자』, 시인생각, 2012.

『시로 쓴 김대건 신부』, 고요아침, 2017.

2. 참고 도서 및 논문

가스통 바슐라르, 『물과 꿈』, 이가림 역, 문예출판사, 1987.

가스통 바슐라르, 『공기와 꿈』, 정영란 역, 이학사, 2000.

고부응 편, 『탈식민주의 : 이론과 쟁점』, 문학과지성사, 2003.

권혁웅, 『시론』, 문학동네, 2010.

그레고리 J. 시그워스 · 멜리사 그레그, 「미명의 목록[창안]」, 멜리사 그레그 · 그레고리 시그워스 편저, 『정동 이론』, 최성희 · 김지영 · 박혜정 역, 갈무리, 2015.

김열규 외, 『한국문학의 현실과 이상』, 새문사, 1996.

김영민, 『한국근대문학비평사』, 소명, 1999.

김용직, 『현대시원론』, 학연사, 1988.

김욱동, 『은유와 환유』, 민음사, 1999, 183쪽.

김재홍, 『한국 현대시의 사적 탐구』, 일지사, 1998.

김춘수, 『김춘수 시론 전집 1』, 현대문학, 2004.

김혜니, 『외재적 비평 문학의 이론과 실제』, 푸른사상사, 2005.

김학동, 『한국 전후 문제시인 연구』, 예림기획, 2005.

김현, 『상상력과 인간/시인을 찾아서−김현문학전집3』, 문학과지성사, 1991.

김홍중, 『마음의 사회학』, 문학동네 2009.

김홍중, 『사회학적 파상력』, 문학동네, 2016.

남진우, 『미적 근대성과 순간의 시학 연구』, 중앙대학교 박사학위 논문, 2000.

노스럽 프라이, 『상징』, 김용직 역, 문학과 지성사, 1988.

노스럽 프라이, 『비평의 해부』, 임철규 역, 한길사, 2000.

디터 람핑, 『서정시 : 이론과 역사』, 장영태 역, 문학과지성사, 1994.

라이너 마리아 릴케, 『젊은 시인에게 보내는 편지』, 홍경호 역, 범우사, 1999, 23쪽.

로만 야콥슨, 『문학 속의 언어학』, 신문수 외 역, 문학과지성사, 1989.

로만 야콥슨, 『현대시의 이론』, 박인기 역, 지식산업사, 1989.

로이스 타이슨, 『비평이론의 모든 것』, 윤동구 역, 앨피, 2013.

롤랑 바르트, 『텍스트의 즐거움』, 김희영 역, 동문선, 1997.

루시 부라사, 『리듬의 시학을 위하여』, 조재룡 역, 인간사랑, 2007.

리처드 래저러스 · 버니스 래저러스, 『감정과 이성』, 정영목 역, 문예출판사, 1997.

릭 돌피언, 『지구와 물질의 철학』, 우석영 역, 산현재, 2023.

마르틴 하이데거, 『존재와 시간』, 이기상 역, 까치글방, 1998.

마르틴 하이데거, 『사유란 무엇인가』, 권순홍 역, 길, 2005.

마사 누스바움, 『혐오와 수치심』, 조계원 역, 민음사, 2015.

마사 누스바움, 『분노와 용서』, 강동혁 역, 뿌리와이파리, 2018.

막스 피카르트, 『침묵의 세계』, 최승자 역, 까치, 2010.

막스 피카르트, 『인간과 말』, 배수아 역, 봄날의 책, 2013.

박영순, 『한국어 은유 연구』, 고려대학교 출판부, 2007.

박인기, 『현대시론의 전개』, 지식산업사, 2001.

박진환, 『한국시의 공간구조 연구』, 경운출판사, 1991.

박현수, 『시론』, 예옥, 2011.

발터 벤야민, 『발터 벤야민 선집 4, 보들레르 작품에 나타난 제2제정기의 파리』, 김
        영옥 · 황현산 역, 길, 2010.

발터 벤야민, 『발터 벤야민 선집 5, 역사의 개념에 대하여』, 최성만 역, 길, 2008.

발터 벤야민, 『발터 벤야민 선집 9, 서사(敍事) · 기억 · 비평의 자리』, 최성만 역, 길, 2012.

발터 벤야민, 『독일 비애극의 원천』, 최성만 · 김유동 역, 한길사, 2018.

베네딕투스 데 스피노자, 『에티카』, 강영계 역, 서광사, 2007.

볼프강 카이저, 『언어예술작품론』, 김윤섭 역, 대방출판사, 1984.

브라이언 마수미, 『가상계』, 조성훈 역, 갈무리, 2011.

브라이언 마수미, 『정동정치』, 조성훈 역, 갈무리, 2018.

브라이언 마수미, 『존재권력』, 최성희 · 김지영 역, 갈무리, 2021.

브뤼노 라투르, 『판도라의 희망 : 과학기술학의 참모습에 관한 에세이』, 장하원 · 홍성욱 역, 휴머니스트, 2018.

아리스토텔레스, 『시학』, 이상섭 역, 문학과지성사, 2008.

알랭 바디우, 『세기』, 박정태 역, 이학사, 2014.

알랭 바디우, 『유한과 무한』, 조재룡 역, 이숲, 2021.

앤드류 포터, 『진정성이라는 거짓말』, 노시내 역, 마티, 2016.

앨리 러셀 혹실드, 『감정노동』, 이가람 역, 이매진, 2009.

에릭 애크로이드, 『꿈 상징 사전』, 한국심리치료연구소, 김병준 역, 1997.

옥타비오 파스, 『활과 리라』, 김홍근 외 역, 솔, 1998.

옥타비오 파스, 『흙의 자식들』, 김은중 역, 솔, 1999.

올리비에 르불, 『수사학』, 박인철 역, 한길사, 1999.

유리 로트만, 『시 텍스트의 분석 : 시의 구조』, 유재천 역, 가나, 1987.

이경수, 『한국 현대시의 반복 기법과 언술 구조—1930년대 후반기의 백석, 이용악, 서정주 시를 중심으로』, 고려대학교 박사학위 논문, 2002.

이상섭, 『언어와 상상』, 문학과지성사, 1980.

이상섭, 『문학비평용어사전』, 민음사, 2003.

이진성, 『프랑스 시법 개론』, 만남, 2002.

이형권, 『발명되는 감각들』, 서정시학, 2011.

이형권, 『한국시의 현대성과 탈식민성』, 푸른사상사, 2009.

장철환, 『김소월 시 리듬 연구 - '진달래꽃'을 중심으로』, 연세대학교 박사학위 논문, 2009.

장 폴 샤르트르, 『문학이란 무엇인가』, 정명환 역, 민음사, 1998.

정원용, 『은유와 환유』, 신지서원, 1996.

정한모, 『현대시론』, 보성문화사, 1998.

정한모, 『개정판 현대시론』, 보성문화사, 1988.

제인 베넷, 『생동하는 물질』, 문성재 역, 현실문화, 2020.

조셉 블라이허, 『현대 해석학』, 권순홍 역, 한마당, 1983.

지그문트 프로이트, 『정신분석학의 근본 개념』, 윤희기 · 박찬부 역, 열린책들, 2003.

질 들뢰즈, 『푸코』, 권영숙 외 역, 새길아카데미, 1995.

질 들뢰즈, 『차이와 반복』, 김상환 역, 민음사, 2004.

질 들뢰즈 외, 『비물질노동과 다중』, 서창현 외 역, 갈무리, 2005.

질베르 뒤랑, 『상징적 상상력』, 진형준 역, 문학과지성사, 1983.

찰스 귀농, 『진정성에 대하여』, 강혜원 역, 동문선, 2004.

찰스 테일러, 『불안한 현대사회』, 송영배 역, 이학사, 1991.

찰스 테일러, 『자아의 원천들』, 권기돈 외 역, 새물결, 2015.

최현식, 『서정주와 영원성의 시학』, 연세대학교 박사학위 논문, 2003.

칼 구스타프 융, 『인간과 상징』, 조승국 역, 범조사, 1987.

폴 리쾨르, 『텍스트에서 행동으로』, 박병수 · 남기영 역, 아카넷, 2002.

필립 휠라이트, 『은유와 실재』, 김태옥 역, 한국문화사, 2000.

한스 마이어 호프, 『문학과 시간 현상학』, 김준오 역, 삼영사, 1987.

홍문표, 『시어론』, 창조문학사, 2004.

황동규, 『엘리어트』, 문학과지성사, 1978.

I.A. 리처즈, 『수사학의 철학』, 박우수 역, 고려대학교 출판부, 2001.

T.S. 엘리엇, 『문예비평론』, 이경식 역, 범조사, 1985.

W.J.T. 미첼, 『그림은 무엇을 원하는가 - 이미지의 삶과 사랑』, 김전유경 역, 그린비, 2010.

Adorno, Theodor, *Negative Dialectics*, Trans. E.B. Ashton. New York: Continuum, 1973.

Bergson H., *La pensée et le mouvant*, Alcan, 1934.

Brown, Bill, *A Sense of Things: The Object Matter of American Literature*, U of Chicago P, 2002.

Coole, Daniel and Samantha Frost, *New Materialisms: Ontology, Agency, and Politics*, eds, Duke UP, 2010.

Hrushovski, Benjamin, "Poetic Metaphor and Frames of Reference with Examples from Eiot, Rike, Mayakovsky, Mandelshtam, Pound, Creeley, Amichai and the New York Times", *Poetics Today*, vol.5, 1984.

Meschonnic, Henri, *Critique du rythme. Anthropologie historique du langage*, Lagrasse, Verdier, 1982.

Murry, J.M., "Metaphor", *Countries of the Mind*, London, 1931.

Preminger A.(ed), *Encyclopedia of Poetry and Poetics*, Princeton Univ. Press, 1965.

Pound, Ezra, "Vorticism", edited by Richard Ellmann and Charles Feidelson, Jr., *The modern Tradition*, Oxford University Press, 1965.

이 책에 수록한 글들은 아래의 논문에 수정과 첨삭을 가한 것이다.

- 「김남조 시에 나타난 '겨울'의 상징성 연구」, 『현대문학이론연구』 71, 현대문학이론학회, 2017.
- 「김남조 시 연구」, 충남대학교 박사학위 논문, 2018.
- 「김남조 시의 영원성 연구」, 『현대문학이론연구』 74, 현대문학이론학회, 2018.
- 「김남조 초기시에 나타난 분노와 멜랑콜리 연구」, 『우리문학연구』 70, 우리문학회, 2021.
- 「김남조의 시쓰기와 진정성의 시학」, 『한국시학연구』 69, 한국시학회, 2022.
- 「김남조 시에 나타난 신유물론적 사유」, 『우리문학연구』 78, 우리문학회, 2023.
- 「김남조 중기시에 나타난 성찰성과 비재현적 사유」, 『어문연구』 117, 어문연구학회, 2023.

찾아보기

용어

작품 및 도서